U0508634

大鱼文化传媒　大鱼文学

因为是
离别
所以不会
再见

you

原来还是遇见你

The original or meet you

风声晚凉 —— 著

贵州出版集团
贵州人民出版社

图书在版编目（ＣＩＰ）数据

原来还是遇见你 / 风声晚凉著. -- 贵阳 : 贵州
人民出版社, 2016.11（2020.3重印）

ISBN 978-7-221-13702-9

Ⅰ.①原… Ⅱ.①风… Ⅲ.①长篇小说－中国－当代
Ⅳ.①I247.5

中国版本图书馆CIP数据核字(2016)第282284号

原来还是遇见你

风声晚凉 著

出 版 人：苏　桦

出版统筹：陈继光

选题策划：杜莉萍

责任编辑：潘　媛

流程编辑：潘　媛

特约编辑：廖晓霞

装帧设计：Insect

封面绘制：如　月

出版发行：贵州人民出版社（贵阳市观山湖区会展东路SOHO办公区A座
　　　　　邮编：550081）

印　　刷：三河市华东印刷有限公司

开　　本：880×1230毫米 1/32

字　　数：230千字

印　　张：8

版　　次：2017年2月第1版

印　　次：2017年2月第1次印刷
　　　　　2020年3月第2次印刷

书　　号：ISBN 978-7-221-13702-9

定　　价：42.00元

原来还是
遇见　你

The original or meet you —————————

原来还是
遇见　你

The original or meet you ————

当初我对爱情的想象，如今全都走了样。

　　等到回头发现再没有可以相爱的力量，我们要用什么去换。

　　就算站在世界的顶端，身边没有人陪伴，又怎样。

楔子

The original or meet you

　　顾喜彤已经四天没有陆展年的消息了。

　　坊间充满了各种关于陆家的传闻，顾喜彤听得太多，从一开始情绪轻易被各种不明真假的消息所牵动，到后来索性什么都不去看，什么都不去听。

　　不去听那些传言，不去看那些消息，就能假装一切都没发生，假装他一切都好。

　　有时候，没有消息，就是最好的消息吧。

　　"叮咚——叮咚——叮咚——"

　　门铃持续不断地急促响着。

　　顾喜彤听得出来，韩冬屿的耐心已经被耗尽。

　　"砰砰砰！"

　　他大力拍门，语气却又尽可能温柔："彤彤，不管有什么事你都先开门再说，好吗？"

　　这么些年来，他倒是难得对她低声下气，次次都是她低到尘埃里。

　　对面的住户打开门，怒气冲冲地说："吵死了，也不看看现在几点了？再这样我报警了啊！"

韩冬屿赔着笑脸道歉："不好意思不好意思，我小声点。"

顾喜彤想象他费劲地压住火气跟人赔笑脸的样子，到底是有些不忍，心一软，就开了门。

感情也是一种习惯，这些年，她心疼他心疼惯了，就算到了这种时候，也舍不得他受一点罪。

韩冬屿第一时间侧身进了门，紧紧将顾喜彤抱在怀里。

"彤彤。"他深深地唤她的名字，良久，才松开手臂。

这是一个深情的拥抱，顾喜彤感觉得出来。但她睁着布满红血丝的大眼睛看着他，第一句话却是说："有陆展年的消息了吗？"

韩冬屿的脸色微变，他不自然地把目光转向一旁，说："没有。我来找你不是向你报告他的消息的。"

顾喜彤不想理睬他的醋意，她问："陆伯伯真的被抓了？陆灏年也被抓了？"

"我也不是很清楚……"

"明明你就是罪魁祸首，怎么会不清楚？"韩冬屿还没说完，就被顾喜彤愤怒尖厉的质问声打断。

"彤彤，这件事怎么怪到我头上呢？是，我承认我是写了举报材料，可如果陆家的靠山没出事，就算是一百份举报材料又能有什么作用？难道你不明白，他陆环宇能发展到今天，除了靠商业头脑，还有很多别的东西？现在他倒台了，只是因为他的靠山没有了，根本就与我无关。"韩冬屿尽量温和地解释道。

"全都是狗屁！"连日来的担心焦急终于爆发了，顾喜彤狠狠推开韩冬屿，哭得满脸眼泪，她泣不成声地说，"我不管，我不管什么靠山不靠山，也不管陆伯伯究竟做了什么，我只知道陆展年是无辜的……他是无辜的……"

"生在那样一个家庭，他怎么可能无辜？"韩冬屿怒极，他从来没试过顾喜彤明明在他面前，却满心满眼都是另一个男人。这种感觉让他很不爽，很愤怒，怒气冲昏了头脑，他口不择言，"他们全都死有余辜！"

"啪！"

顾喜彤狠狠扇了他一耳光，哭吼道："你把他给我找出来！我要他好好的！"

她一直哭一直哭，嘴里一直碎碎念："陆展年，你要好好的，你一定要好好的……"

韩冬屿愣在原地，不敢相信地捂住自己的脸，过了好久，才红着眼睛问："顾喜彤，你爱他？你爱上他了？什么时候的事？从什么时候开始的？你不是亲口对我说你永远也不会背叛我吗？说！你说啊！"

第一章
如果思念能回收眼泪，时间会不会治愈从前

The original or meet you

1.

有时候模模糊糊地想起来，顾喜彤会觉得，十五岁以前的日子，像梦一样。像梦一样美好，却又像梦一样无法触及，只在清晨，空留枕边的一声叹息。

少不更事的她，曾经觉得自己幸福得像花儿一样。父母恩爱，家庭美满，不愁吃穿，成绩不算太好但也不坏，人缘不错，不缺朋友。因为长得漂亮，隔三岔五会有男生来要电话和QQ号，偶尔在小吃店吃东西，还会有人偷偷结账。

那个时候她真是热爱自己生活的这个小县城啊，县城里种了很多楠木，所以以树命名，叫楠县，离省会成都不到一个小时车程，可以享受大城市的便利，物价却低了很多，是个绝对宜居的地方。

父亲顾华忠是个典型的成都男人，爱老婆，怕老婆，俗称"耙耳朵"。他做得一手好菜，开出租车为生，整天乐呵呵的，休息的时候在河边茶铺里喝一杯十块钱的茶，就觉得很满足了。

母亲白瑞雪，四十岁却仍然保持着姣好的面容和体形。她守着一间卖衣服的小店，有空就去打麻将，最喜欢听别人夸她像顾喜彤的姐姐，最骄傲的便是顾喜彤很好地继承了她的优点，有一双又黑

又亮的大眼睛，鼻梁挺拔，嘴唇饱满而红润，在别人不是为雀斑就是为痘痘发愁时，她却拥有光洁白皙的肌肤，笑起来露出一排整齐的小米牙，从幼儿园开始，就受尽师长宠爱。

这样的人生，若能一直持续下去，该多好啊。

可在这世上，幸福若没有不幸作对比，便也会失了颜色。就像顾喜彤若不曾经历后来的种种，便不会更深刻地懂得，十五岁以前的日子，就是她生命中最好的日子了。

她多想能永远停留在那少不更事的年纪啊。

她多希望，2008年那个初夏，那场举国皆恸的灾难，只是一个出现在电视剧里的情节，若不想看了，换台便是，抑或更简单，关掉电视便是。

可那一天，那场灾难，真真正正地发生了。

顾喜彤不太愿意回忆那一天。此后很长一段时间，她都不愿意看到或听到"地震"两个字，有人来做慈善、献爱心，她都会在心里冷笑，觉得是作秀。专家说，这是精神受到创伤的后遗症，时间久了慢慢就会好起来。

但她却觉得自己从此再也没能好起来。

是的，那场灾难，便是世人皆知的"5·12汶川大地震"。

楠县有山有水，那山，属于龙门山脉的一部分，而汶川地震，在事后其实有专家提出，应该叫龙门山地震更准确一些，因为地震是由龙门山脉断层的活动引起的，除了震中汶川外，龙门山沿线一带很多县市的受灾情况都非常严重。

在此之前，顾喜彤从没经历过地震，对地震一无所知。她不仅数学不好，地理也很渣，所以那天下午地动山摇的时候，最开始她是真的没反应过来发生什么了。

她记得那天是星期一，下午第一节课是她最头疼的数学，她正好来例假，肚子疼，便借此机会跟数学老师请假去上厕所。

　　她所在的教室在一楼，走廊尽头便是厕所。她双手轻轻捂住小腹，慢吞吞地朝厕所走，快到门口时，她突然改了主意，决定多走几步，去操场角落那个厕所，这样可以拖延更多的时间。

　　上完厕所，她刚整理好自己，穿好裤子，还站在蹲位上，地面便开始晃动。一开始她以为自己低血糖，头晕，可地面颠簸得厉害，她完全站不住，头顶也开始有水泥块掉落下来，她惊恐万分地明白过来：地震了！

　　第一反应便是往外冲，可越是着急越不得章法，她一个踉跄，被地上一个水泥块绊倒，重重地摔倒在地，接着是轰隆隆的巨响，漫天的尘土。她吓傻了，双手捂住脑袋，紧紧闭上双眼，大脑一片空白，连"完蛋了"都没空去想。

　　不知道过了多久，也许只是几秒钟，也许是几分钟，人在那样的情况下连一秒都会觉得漫长不已。总之，地面还在晃动，但厕所已经彻底垮塌，顾喜彤哆哆嗦嗦睁开眼，发现自己四周都是混乱的钢筋水泥之类的东西，她再一抬头，吓得魂飞魄散之余又庆幸不已。

　　她的身体上方，几个预制板交错搭在一起，而她，刚好身处那个交错余留出来的空间里，所以并没受伤。

　　真是菩萨保佑。她屏住呼吸，想爬出去，却发现校服裙子的裙摆不知道怎么被钩住了，她想挣脱，可身体一动就有水泥块掉落，她立马吓得僵住，像被施了定身术一般，不敢再挪动丝毫。

　　静下来之后，她才注意到外面的声音，建筑物垮塌的声音，很多人跑动的声音，哭泣的声音，不知道哪里的狗狂叫的声音。

　　她静静地呆着，以为马上就会有老师出现，然后很多人会合力将她救出来，爸爸会马上来接她回家。

　　她根本不知道这是一次多么严重的地震，也不知道这时候人人都自顾不暇，谁会注意到她被困在这个偏僻的角落了？

她也不知道随时可能发生严重的余震，她所处的空间，随时可能被掩埋。

就在她不知所措的时候，有急匆匆的脚步声由远及近地传过来，她马上大喊："我在这里！"

她以为那人是来找她的。

脚步声犹犹豫豫地停下来，很快又响起，这次是由近及远，她吓得要死，怎么可以扔下她？

"救命！我在厕所里，被埋住了！"她不顾形象地大叫起来，几乎是带着哭腔的。她早就想哭了，只是不敢，况且哭了也没用，此时却忍不住泪花四溅，因为觉得委屈，觉得害怕，委屈没人理她，害怕被唯一的希望抛下。

脚步声终于靠近，顾喜彤看见一张焦急惊惶的男生的脸凑过来。她认识他，他叫韩冬屿，是高一的学长，上学期的校庆文艺会演，他担任男主持，听说马上要举行的县艺术节，他也是男主持人之一。

"师兄，帮帮我，我的裙子被钩住了，我出不来。"她语速很快，哀求道。

韩冬屿打量一番，找到她的裙子被钩住的地方，他从垮塌的建筑物废墟外伸手去够她的裙子，手指很快被磨破皮，却还是没办法将钩住的地方扯出来。

"没时间了，这样，你把裙子脱掉爬出来吧。"他严肃地说。

顾喜彤之前不是没想过这个办法，可第一，她被困住的空间太小，根本没给她移动手臂去拉裙子拉链的余地，第二，她好歹也是公认的初中部校花人选之一，叫她只穿一条内裤在那么多人面前出现，她实在没那个勇气。

韩冬屿却没给她犹豫的时间，他果断地摸索到她的后腰，拉开拉链，然后抓住她的手臂开始往外拖。

一切发生得太快，顾喜彤还来不及去为这个动作而脸红，身体就已经感觉到阵阵剧痛，应该是皮肤被磨破皮了，她手脚并用，狼狈地爬出来，还没站稳，余震就来了。

又是一阵颠簸，她差点摔倒，下意识紧紧抓住韩冬屿的手臂，而身后那堆建筑物废墟又发出轰隆隆的声音，不过几秒钟，她刚才所处的空间已经被水泥砖块填满。

她后怕不已，眼泪马上夺眶而出，下半身只穿着内裤这种事，在此刻也已经不足挂齿。

韩冬屿却没空等她平复心情，更没空接受她的感谢，他飞快地脱下上身的白色校服T恤扔给她："穿上吧。我要回家去看我妈，先走了。"说完便急匆匆地跑开了。

顾喜彤边哭，边在自己的校服T恤外面再套上韩冬屿的T恤，他个子高，校服又宽大，所以她穿上他的衣服，完全能把屁股盖住。

她穿好衣服后哭着回头，看见操场上聚集着的慌乱的人群，才懵懵懂懂地意识到，这次地震似乎很严重。

到底有多严重呢？

街边的房子垮掉了，路边躺着伤员，不小心会看见尸体……这些对顾喜彤来说，都还不算最严重。

最严重的是，她费尽周折，才在县政府大楼前的广场上设的临时医疗点找到妈妈，她的手和腿都受伤了。

不，不对，这也不是最严重的，因为即使是受伤了，但妈妈至少还是陪在自己身边的。

比这更严重的是，妈妈告诉她，今天下午，爸爸接了两个客人去山里游玩，此时山里的情况尚不清楚，因为交通中断了，通讯也中断了。

后面那段时间的事情，顾喜彤都记不清了。

或者说，她不想记起来。

看了太多的鲜血、太多的伤痛、太多的眼泪，经历了过去从未经历过的惶恐、慌乱、茫然、担忧、害怕、绝望。

后来，她再也没有听到过爸爸的任何消息，只知道那座山山体垮塌，死伤无数。那些去山里拍婚纱照的新人、那些全家老小去山里旅游的游客、山里的住户，以及，像顾喜彤的爸爸这样的路人，就这样永远留在了那座大山里。

甚至包括爸爸的出租车，也永远消失在山里，连一点线索都没能留给他的妻女。

幸福戛然而止，顾喜彤过去十五年里觉得天经地义的东西，从此以后再难得到，她曾经觉得再平常不过的日子，此后，再也不能拥有。

也正是因为有了过去那些美好日子的对比，此后的生活，才更让她觉得痛苦。

2.

那一年，顾喜彤那届初中毕业生没有参加中考。上高中的成绩是按之前几次考试的平均成绩来算的，算下来，顾喜彤刚够楠县一中重点班的分数线。

但她却根本没心思考虑上学的事。

家里的房子不能住了，妈妈的衣服铺子没有了，左手还落下残疾，食指残缺，不能用力。

办完爸爸的身后事，母女俩住在安置灾民的帐篷里，相对无言，默默垂泪。

其实顾喜彤很讨厌这种感觉。

这些天，她流了太多的眼泪，也看了太多的眼泪。在灾难猝不及防来临的时候，人类显得那么渺小、那么无力，而悲伤和眼泪，改变不了任何，只会让自己在自怜自艾的情绪里一直沉沦。

她讨厌被同情的感觉，讨厌成为弱者，讨厌廉价又无用的眼泪。

但每次只要妈妈一流泪，她就不由自主地觉得鼻子发酸。大概，是母女连心吧。

突然，有人撩起帐篷门，是住在旁边的何叔叔。他热情地对白瑞雪说："白小妹儿，听说有个搞慈善的富太太来了，还要选几个学生来资助呢，你赶快带你家彤彤去看看，万一被选上了，可是好事一桩啊。"

白瑞雪赶紧擦掉眼泪，露出感激的笑容："嗯，好的好的，我们马上就去，谢谢你啊何大哥。"

顾喜彤不想去。她心里明白，很多好心人都对这次地震给予了很大的关注和帮助，所谓"一方有难八方支援"，在这种时候并不是一句空话。

但她也见到一些受灾并不严重，却因为头脑"灵活"，善于拉关系钻空子的人，因为地震，反而得到了很多好处。

她更受不了有的灾民不得不在媒体面前、在志愿者面前、在慈善家面前，一遍又一遍地撕开自己的伤口，讲述自己的故事。

还有那些为了获得更多捐助，从一开始真正伤心，到后来表演伤痛的人。

这短短几十天，她见识到的人生百态，比过去十五年见到的加起来都多。她的世界一次次受到冲击，她不知道到底该怎么想，怎么做，最后索性选择了封闭自己。

但妈妈要她必须去。

"上高中的费用不便宜，要是真能选中咱们，有啥不好的？"

白瑞雪容不得她反抗，拉起她就走。

远远就看见一个帐篷面前围着一堆媒体，拿话筒的、拿相机的、扛摄像机的，阵势不小。

旁边已经有好些家长带着孩子等着了，有几岁的小学生，十几岁的中学生，甚至还有一个大学生。

顾喜彤被白瑞雪按到角落一个凳子上坐下，开始打量媒体围着的那个人。以前她对记者什么的很好奇，可经过这次地震，她算是看够了那些话筒、照相机、摄像机，更是听够了记者的采访。

那是一个四十多岁的女人，虽然打扮得很低调，但一看就是有钱人，她熟练地回答记者的提问，面对镜头落落大方，应该是经常面对公众的人。她留齐耳短发，妆容利落，顾喜彤觉得自己的妈妈就算妈妈辈里的美人了，但这个贵妇人却比妈妈还要漂亮些。

不知道过了多久，那些媒体让出一条路，那个贵妇人走过来，很亲切地开始跟这群家长和孩子交谈。

顾喜彤注意到，她身边除了几个随从人员外，还有个看起来跟自己年龄相当的男孩子，他打扮光鲜、面容俊秀，像是贵妇人的儿子。

等待多时的家长们开始七嘴八舌地介绍起自己家里的受灾情况以及孩子的学习状况，几乎家家户户都夸大了自己受灾的情况，至于孩子，更是个个被吹捧得天上有地下无，要多优秀有多优秀。

甚至有小孩当场表演起了才艺，年龄大些的也有磕磕巴巴背诵英文的，整个场面好不热闹。

顾喜彤静静地坐在角落，说不上来心里是什么滋味，难过吗？悲哀吗？好像都不是。觉得可笑吗，是反感还是同情呢？也说不上来。

她只知道，此刻她多希望自己只是个局外人。

轮到她时，白瑞雪自然也把她夸成了一朵花。她不想让妈妈丢

脸，努力装出乖巧的样子，其实心里一片漠然。

贵妇人听完顾喜彤的情况，随意地说了一句："马上要上高中呀，那跟我家小星一样啊。"旁边的随从个个都是人精，马上就明白贵妇人的意思了，登记信息时，又特地跟顾妈妈确定了一遍。

那个叫小星的男孩子听了妈妈的话，也多看了顾喜彤一眼，这一看，才发现原来这里还有这么漂亮的女孩子，即使只穿着简单的T恤和短裤，绑个马尾，也让人眼前一亮。让他意外的是，她的眼中没有他早已看惯的巴结和奉承，反倒……有一点冷漠。

地震的时候他只是受了一点点惊吓，自然不懂那冷漠是从何而来。

越是不懂，他越是忍不住要多看她几眼。

喧嚣过后，资助对象当场就确定了，被选中的人雀跃不已，落选的有点不甘，但大部分人本来也只是来试试看，没抱太大希望，所以有的默默散去，有的留下来看记者采访那些被选中的人。

顾喜彤听见有家长边往回走边埋怨孩子刚才的才艺没表演好，挨骂的孩子不敢还嘴，闷闷不乐地噘着嘴。

她被选中了。妈妈高兴得不知道该说什么才好。

她和其他几个孩子一起被媒体包围着，脸上挂着机械的笑容，也不知道自己都回答了些什么。

散场后，她跟着妈妈往回走，何叔叔和妈妈有说有笑，她偏过头去看妈妈，那笑容真是久违了，能让妈妈开心一点，有什么不好呢？这样想着，她又释然了。

3.

过了几天，白瑞雪接到消息，富太太会资助顾喜彤去芙蓉中学上学。

富太太来的那天，她们只根据记者的称呼知道她姓秦，别的一无所知。还是后来看了新闻才知道，她是环宇集团的董事长太太秦月，热衷慈善。

顾喜彤不知道什么叫环宇集团，但根据何叔叔从别人那里听来的消息，她至少知道了，楠县县城最高档的小区便是环宇集团旗下的一个房地产公司开发的，隔壁县有一座山，是旅游热门景点，也是环宇集团旗下一个旅游公司开发的，甚至楠县到成都的高速公路，都有环宇集团参与修建。

不论这些消息有没有水分，都让顾喜彤明白了一件事，那便是，那位秦阿姨，真的好有钱。

可她直接资助她上楠县一中就好了啊，为什么非得指定她去芙蓉中学呢？

顾喜彤曾经偶尔听人聊起过芙蓉中学，只觉得那完全是另一个世界，所以并不关注。现在突然要去那里上学了，她努力回忆自己知道的关于芙蓉中学的种种，忍不住有点紧张。

那是一所私立贵族中学，里面的学生非富即贵，学校的教学质量一流，进了芙蓉中学就等于拿到了重点大学的录取通知书。

据说芙蓉中学的老师喜欢这样教训学生："不努力，就等着去对面上大学吧。"

对面，是D大，是楠县一中的重点班前十名的学生才能考上的大学。

所以听说她会去芙蓉中学上学时，妈妈再一次高兴得不知道该说什么了，只会一遍又一遍地在灾民安置区里走来走去，逢人便说："这下好了这下好了，我们家彤彤要去芙蓉中学上高中了。"

去学校报到那天，白瑞雪早早便叫顾喜彤起床，生怕迟到。家里离车站有一段距离，坐车到了成都，还得转公交车穿城，才能到达芙蓉中学。

收拾好行李出门，何叔叔迎了上来，他似乎早就等在门外了："白小妹儿，我送你们吧，成都的路我熟。"

白瑞雪确实很少去成都市区，以前就算去，都是孩子她爸开车，她只管坐车，所以她根本不认路。

"不用麻烦，我送她就行了。"白瑞雪客气地拒绝。

"都是邻居，说什么麻烦不麻烦。你们俩提这么多东西，还要去赶车，这才是真的麻烦。"说着，何叔叔干脆走上来提起顾喜彤的箱子，"我开车，不用挤公交车，又快，保证彤彤不迟到。"

白瑞雪其实也很怕一个人带顾喜彤去成都，于是略有点扭捏地同意了。

顾喜彤看着何叔叔把那个箱子提起来放进后备厢，忍不住有些心酸。以前爸爸还在的时候，妈妈何曾提过这么重的东西，别说拎重物了，就是出门逛街，妈妈的包都一定是爸爸拎着。这种事在年轻人里不稀罕，可在爸爸妈妈那个年纪，还真是挺少见的了。

爸爸……

顾喜彤想起来，一阵泪意涌上来，她赶紧假装低头整理裤脚，飞快地擦了擦眼角。爸爸已经不在了，从此以后，她要坚强起来，不仅保护好自己，还要帮爸爸保护妈妈，让爸爸放心。

何叔叔的车技不错，对路也确实熟悉，所以没费什么周折，轻轻松松地就赶在报到时间之前到达了学校。

芙蓉中学的位置其实很偏僻，但围绕着学校，旁边发展出了一个小小的商业区，有居民楼，有小吃街，有购物中心，也算是热闹。

学校修得很漂亮，英伦风格，一看就充满了贵族气质。顾喜彤想起被地震破坏得一塌糊涂的楠县一中，不由得产生了天堂和地狱的强烈对比感。

气派的校门外早已经停满了琳琅满目的各色车辆，何叔叔绕了很久也没找到车位，只得继续往前开，好不容易看到一个不太好停的车位，脸上一喜，赶紧准备倒车，谁知还没挂上倒挡，就见另一辆车"吱"的一声，飞快地倒进了车位。

何叔叔脸上挂不住，有些生气，按下车窗想理论几句，可那辆车里的人下来了，理都不理他，径直离开了。

何叔叔只得继续找车位，一边找一边念念有词："我开的是宝来，人家开的是保时捷，比不得。"

顾喜彤坐在后座，仍然在回头看刚才那辆保时捷里下来的一家人：司机位置下来的是父亲，个子不高，但身子很壮，手上拎着孩子的行李和书包，走在后面。母亲和女儿都是从后排下车的，手挽着手，有说有笑地走在前面。

虽然有些无礼，但仍然是幸福的一家人啊。只因为这样的画面，顾喜彤便可以原谅他们的无礼。

接下来是到班里报到，因为有资助，所以顾喜彤不用交费，直接去领书，回班级随便找个角落的位子坐下，听老师讲话，然后安排寝室。

一个寝室四个人，上铺是床，下铺是书桌，梯子旁是衣柜。卧室一边是生活阳台，可以晾衣服，另一边有一个小客厅，也有物品柜和书桌，还有简易沙发。独立卫生间，24小时热水供应。

原谅顾喜彤吧，她又想起楠县一中了。初中时班上也有同学住校，她去学生寝室看过，八个人一个寝室，上下铺，房间里除了床就只有一张小桌子紧紧靠着窗户，用来放洗漱用品。一层楼一个卫生间，在走廊的尽头，晚上不到憋得不行，是没人愿意起来上厕所的。至于洗澡，哦，学校没有澡堂，要在学校洗澡，只能去水房打开水，自己到公共厕所去洗。

白瑞雪也对这样的住宿条件感到满意，嘴里一个劲地说："条件真不错，真不错啊。这样我就放心了。"

从小到大，顾喜彤都没离开过家，现在要住校，就算是这么好的学校，这么好的条件，妈妈其实还是放心不下，嘴里说着放心，只是一种自我安慰罢了。

但再放心不下，也得离开。

送走妈妈和何叔叔，顾喜彤愣愣地站在校门口，有些不知所措。

完全陌生的地方，没有一个熟悉的人，从此，她就要开始独自生活了啊。

她摸了摸包里妈妈给的生活费，仿佛那上面还带着妈妈的余温，能给她一点点力量和安慰。那是一张一百块的钞票，就现在她们的境况而言，已经算很不错了。

回到寝室，其余三个女孩子也收拾好，送别父母回来了。四个人坐在各自的书桌前，开始聊天。

有两个女孩初中就是同桌，这次是托了关系分到同一个寝室的。一个叫乔羽晨，一个叫谢絮。乔羽晨长得还不错，看得出来她的脸蛋是经过精心修饰的，加上精致的着装，让她看起来更美了几分。谢絮细眉细眼的，喜欢挽着乔羽晨的胳膊，讲话也总是附和她，没多大主见的样子。

另一个短发女生叫展书琪，不算热情也不算冷漠，笑容很客气。

顾喜彤只简单说了句："我叫顾喜彤，请大家多多关照。"她心里明白自己跟其他人的差距，所以不愿意说太多，怕说错话丢脸，也怕露怯。

乔羽晨倒是很热情，笑眯眯地问顾喜彤："你这裙子蛮好看的，在哪里买的，什么牌子，多少钱？"

谢絮便也伸手摸了摸顾喜彤的裙边："嗯，是挺好看的。"

"不是什么牌子，很便宜的。"

"别这么小气嘛，说出来，我又不会去买一模一样的，顶多去看看这个牌子还有没有别的好看衣服而已嘛。"乔羽晨说。

"真的不是什么牌子，就是在一般小店淘的。"顾喜彤的脸都急红了。

"你喜欢去小店淘衣服啊？我就不行，没那个耐心，嫌麻烦。"乔羽晨顿时没了兴趣。

裙子确实好看，是妈妈特地去以前卖衣服时进货的地方精心挑选的。应该说顾喜彤的衣服都还挺好看的，件件都是妈妈花了心思挑选的，算得上物美价廉。

但她没有勇气讲出那个地名来，因为她知道，如果让乔羽晨她们知道了她的衣服来自哪里，立马会用另一种眼光看她。

荷花池，成都人都知道的一个批发市场，乔羽晨她们，想必从来没去过，就连提起那个地方，都嫌脏乱差。

4.

晚自习前，老师安排了座位，按成绩排名选择座位，轮到顾喜彤时，只剩下几个犄角旮旯的座位了。

她不好意思认真挑选，随便选了剩下的座位里面最靠后的一个，有些仓皇地坐了下来。

她注意到乔羽晨和谢絮坐在中间，特地回头看了她一眼。而展书琪竟然是个学霸，排在前几名，坐在了第一排。

她是寝室里成绩最差的一个，好丢脸。她这样想着，脸也烧起来。

坐她前面那个男生回头看了她一眼，像是要打招呼的样子，她也看了他一眼，不明白他要干什么，便又低下了头。

男生似乎有些生气，愤愤地把凳子往后靠，挤得她的桌子都倾斜了，她虽然生气，却只敢默默把桌子往后挪动一点，给他让出更多的距离来。

同桌也是个男生，看自己旁边坐着个漂亮女生，赶紧搭讪："同学，你叫什么名字？以前怎么没见过啊，不是从初中部升上来的吧？"

"我叫顾喜彤，嗯，是从别的学校来的。"顾喜彤小声说。

"我叫杨耀，初中就在这里读，芙蓉中学没有哪里我不熟，以后有需要，你尽管开口，我肯定帮忙！"男生把胸口拍得啪啪响。

前排那个男生更重地把凳子往后靠，撞得顾喜彤的课桌发出"砰"一声巨响。

顾喜彤有些尴尬又有些委屈地想继续把桌子往后挪。她不明白那个男生怎么了，为什么这么霸道，但她知道这里任何一个人她都惹不起，所以，息事宁人才是最好的选择。

杨耀不满地拍了拍男生："喂，陆展年，你干吗啊？"

叫陆展年的男生回头，气呼呼地说："要你管！"

"注意下你的凳子，你看你把别人都挤成什么样了？"

"怎么，打抱不平，英雄救美啊？"

顾喜彤不明白这个叫陆展年的男生火气怎么这么大，她怕引起别人的注意，只好打圆场："没事没事，我挪一挪没什么的。"

没想到他更生气了，凶巴巴地看着她："喂，你不认识我？"

她有点莫名其妙："之前不认识，但现在认识了，他叫你陆展年，是吧？"

"之前你没见过我？"他指着自己的脸。

顾喜彤无辜地摇摇头。

陆展年觉得自己快气疯了。这个臭女生！凭什么他只看了她一眼就记住了，并且今天第一眼就认出了她，她却说不认识自己！他还以为她是故意挑他身后的座位的，她一定是想要接近他，至少也要感谢他、讨好他吧？

他长得不帅吗？拜托，至少甩了那个丑鬼杨耀十条街好吧，随便数也能在班上数出几个初中时给他表白过的女生。他这样英俊潇洒、气度不凡，应当让人过目难忘才对啊，她怎么可以不记得他？

气死了！

他把手中的书大力砸在课桌上，又是"砰"的一声巨响，吓得顾喜彤的心猛地颤了几颤。

真倒霉，为什么要坐在这个暴躁又霸道的男生后面啊。顾喜彤欲哭无泪。

晚自习下课后，顾喜彤一个人走在回寝室的路上，身边的人大都结伴而行，很多人原本就是从初中部升上来的，所以彼此之间很熟，更显得她有些孤单。

突然，有人有点粗暴地扯了扯她的袖子，她吓了一跳，回头看，是陆展年。

她有些头痛，自己到底怎么得罪这位少爷了，为什么又来找她麻烦？

"拿去！"他凶巴巴地塞了个东西到她手里。

她摊开手心，是一张饭卡。

"这不是我的饭卡。"她今天刚办的饭卡在她包里，还没来得及充费呢。

"这是我妈让我给你的，她说除了资助学费，也要资助生活费，其他人都一样。"他没头没脑地说。

顾喜彤刚开始听不懂他在说什么，但他提到了资助，又提到了其他人，她似乎明白了些什么，可是……

"你是……"她犹犹豫豫地问，"你是秦阿姨的儿子？"

"怎么？不像吗？哎，我说你就真的对我毫无印象？"

"你一说我就想起来了。那天跟秦阿姨一起的男孩子，确实有点像你，但秦阿姨的儿子不是叫小星吗？"

"小星是我的小名，小名！你懂不懂？我警告你，不准告诉别人我有这个小名，不然你就死定了。"陆展年恶声恶气地说。

要是她知道他的小名叫小福星，肯定会当场笑出声来。

他出生那年，爸爸的生意一下子有了起色，之后迅速做大做强，所以爸爸觉得是他给他带来了好运，他就是他的福星，因此给他起了个小名叫小福星。

"我才没那么无聊。"顾喜彤吐了吐舌头，想起手中的卡，又说，"谢谢阿姨。"

"又不是只给你一个人。"陆展年扔下这么一句话，转身走了。

他平时不是这样的，也很少对女生凶，今天也不知道怎么了，一看到顾喜彤就觉得气不打一处来。她怎么可以不认识他？这简直是对骄傲的陆展年的一个沉重打击。亏他还特地去妈妈的助手那里拿来了饭卡，说由自己来给她。

气死了气死了气死了。一路上陆展年还余怒未消，边走边踢地。

顾喜彤看着他的背影，他本来个子高、身姿挺拔，但动作却很幼稚，让人觉得充满了孩子气。

她很感谢他。在教室里，他没有当着别人的面把饭卡给她，没有让别人知道，她是靠着资助——他家的资助，才能来到这里读书的。即使这种事也瞒不了多久，但，她仍然感谢他顾及了她的感受。

这么一想，就觉得他也不是那么讨厌了。

回到寝室，顾喜彤小心地把饭卡收好，然后换上睡衣去洗漱。

乔羽晨正站在镜子前敷面膜，看到顾喜彤过来，往旁边挪了挪，给她让出一点位置。她点头表示感谢，便开始刷牙洗脸。

"你，这就洗完了？"看着顾喜彤捧清水洗脸，洗完了什么护肤品也没抹就要走开，乔羽晨惊讶极了。

"是呀。"顾喜彤理所当然地点点头。

"你不用洗面奶？不抹护肤品？"

"冬天会用点保湿霜，夏天一般不用。"顾喜彤边打洗脚水边回答。她没注意到，乔羽晨的脸色很不好看，似乎不相信自己辛辛苦苦护肤做面膜才能保持现在的肌肤状态，而顾喜彤竟然什么都不用做，就能有那么好的皮肤和那么漂亮的脸蛋。

熄灯了，乔羽晨的面膜还敷着。她站在黑暗里，良久，突然说："顾喜彤，刚才陆展年找你干吗？"

刚才那一幕，她看见了？顾喜彤心里一慌，嘴上就支支吾吾："啊，没……没什么。"

"你们很熟？"

"没有没有，我也是今天刚认识他的，他坐在我前面。"顾喜彤赶紧否认。

乔羽晨不说话了。

顾喜彤没来由地觉得气氛有点僵，但她也不知道该说什么来缓和一下，索性闭上眼睛睡觉。

睡着前，她突然回过味来，似乎明白了些什么。

安排座位时，乔羽晨和谢絮回头，其实不是在看她，而是在看她前面的陆展年吧。她在路上被陆展年拦下，应该是没人注意到的，但乔羽晨却偏偏看见了，不是巧合，而是因为，她特别注意他。

她不知道他们之间有什么瓜葛，她不想树敌，更不想被误会，可她和陆展年之间特殊的关系，叫她如何开得了口？

她真是有苦说不出。

第二章

让异乡的我用不熟悉的言语说他们的悲喜，而我再也不必参与

—————————— *The original or meet you* ——————————

1.

还好之后陆展年便再没理过顾喜彤，乔羽晨对顾喜彤的敌意便也减少了很多。

他们不知道，顾喜彤其实恨不得给自己穿一件隐身衣。本来作为灾民被资助来这里上学这种事就够敏感了，偏偏她还不争气，听老师讲课像在听天书。

尤其是数学和英语，完全跟不上，即使她每天都认真预习、复习、做题，恨不得把上厕所的时间都用在学习上，可基础差距太大，跟不上就是跟不上。

她每天最害怕的事情就是老师抽问，每次心都提到嗓子眼，生怕自己被抽中，要是不幸被抽中，必定会出丑。

几个星期过去了，大家都有了聊得来的朋友，女生们课间会聚在一起聊明星八卦，聊电视剧的剧情，也聊哪个牌子的衣服好看，哪个牌子的护肤品好用。这些，顾喜彤都插不上话，也没那个精力去插话。她只求自己的成绩不要差得太离谱，能一路狂奔追上别人散步的速度，就够了。

每天下午放学后，大家都会三五成群地约着去逛逛学校外面的小吃街和购物中心，这种事，顾喜彤也是从来不会参加的。

原因很简单，没钱。

陆展年给她那张卡，第二天早上她买早饭时就用了，一刷卡，发现里面有三千块，吓了她一跳。

这比妈妈为她准备的一学期的生活费足足多了一倍。

她得承认，惊吓过后，她心里是有些庆幸的。

她不愿意别人知道她有多穷，不愿意显得跟别人不一样。她多害怕每周一百块的生活费，会让她必须躲起来吃饭。尽管她知道，妈妈已经做到最好了。

有了这笔钱，她可以放心地去食堂吃自己喜欢的饭菜，可以大大方方地吃，不用害怕因为太寒酸而被人看不起。

不过很快她就发现，因为饭卡只能在学校内使用，所以学校外那条诱人的小吃街，跟她是扯不上多大关系了。

本来她也不是来吃喝玩乐的。她安慰自己。

乔羽晨最初大概出于礼貌，邀请过她出去，她拒绝了。杨耀也兴致勃勃地喊她跟几个同学一起出去逛逛，还是被拒绝了。

时间久了，大家都发现，班上长得最漂亮的那个顾喜彤，性格有些孤僻。她没有亲近的朋友，也不爱跟人聊天，整天就是坐在座位上看书，可成绩依然不好。别人找她讲话，她总是回答得很快，像是生怕惹谁生气一样，带着点怯生生的温柔。

在一群因为家境优越所以难免有些心高气傲的女孩子中间，顾喜彤这种怯生生的温柔，成了一种别样的风景，吸引了不少男生的目光。

"杨耀，晚自习咱俩换下座位好不？"中午打球时，一个男生凑过来跟杨耀说。

"干吗？不换。"杨耀翻了个白眼，干脆地拒绝了。

"我答应顾喜彤给她讲题，换一下会死啊？"男生说。他是数学课代表，早上收作业时，顾喜彤还没做完，她很不好意思地说有几个题自己不会做，男生大方地拿自己的作业给她抄，并且承诺晚上给她讲题。

"讲题是假，泡妞是真吧？你是不是也看上顾喜彤了？"旁边的男生起哄。

"她长得漂亮，又温柔，还有点笨笨的可爱，你不喜欢啊？"数学课代表说。

"漂亮是漂亮，但我不喜欢，太闷了。"

"你们无不无聊啊，还打不打球了？"陆展年使劲把篮球往篮筐砸过去，篮球大力反弹过来，正好砸到数学课代表的背。

"陆大少爷，你是饱汉子不知饿汉子饥啊，我屁股后面要是也跟着一乔羽晨那么漂亮的女生，我也知足了。"

"少跟我提她，烦。"陆展年不悦地说。

男生们嘻嘻哈哈地又开始打球，杨耀最终也没答应换座位。

下午放学后，陆展年拒绝了好几拨叫他一起吃饭的人，又磨蹭了半天，终于等到人都走光了，只剩下顾喜彤还在看书，他转过身去，恶声恶气地说："数学书拿来。"

顾喜彤吓了一跳。这是那天晚上他拿饭卡给她之后，第一次主动跟她讲话。

她乖乖地拿出数学书，不明所以。

"昨天的作业，哪几个题不懂？"

她用笔钩出不懂的地方，小心翼翼地说："怎么啦？"

"听好了，我只讲一遍。"陆展年不耐烦地拿过草稿本开始演算。

一个题讲完了，他问："听懂了吗？"

顾喜彤犹犹豫豫地点点头："嗯，懂了。"

他看出她的犹豫，指着其中一个步骤问她："那你说说这里是怎么得来的？"

"嗯……"她说不出来，羞得脸都红了，最后说，"对不起，我太笨了……"

"没听懂为什么不说？顾喜彤！我问你，我很可怕吗？"陆展年气呼呼地说。

她不懂他为什么又生气了，只是无辜地摇摇头。

"那你为什么都不跟我说话？有不懂的地方为什么不问我？我难道不是你在这个班里认识时间最长、最熟悉的人吗？"他噼里啪啦冲她吼了一通。

从第一天开始，他就对她憋着一肚子气。他一直等着她来靠近他，不说讨好，至少也要表现出一点点感恩吧？她对他，无论如何也该有点不一样吧？她以为她是谁，凭什么敢对他陆展年那么冷漠，好像他只是个陌生人一样？

他当然不知道，对顾喜彤来说，他霸道又易怒，自然是能不招惹就不招惹，何况还有乔羽晨那双眼睛，在随时关注着他，更让她不敢对他有丝毫热情。

何况，她心里终究是自卑的，时时刻刻都不曾忘记自己是靠他妈妈的资助才能来上学的，她很难把握自己的态度，生怕对他稍微热情点了，就会显得谄媚。她不想让自己活得没有尊严。

对他和他妈妈，她心里是感谢的，明面上，却只能摆出淡淡的样子。

最后陆展年好歹还是压着怒气把题讲完了，也确实把顾喜彤讲懂了。她很佩服他，自己抓破脑袋也搞不懂的题，被他这么一讲，还真的就懂了，而且思路特别清晰。

"谢谢你。"她特别特别真诚地看着他的眼睛说。

"以后有什么不懂的，就来问我，别傻憋着不吭声。"陆展年酷酷地扔下这么一句话。

"真的可以吗？"顾喜彤有些受宠若惊。

"我像开玩笑吗？"陆展年已经几步走到门口，听到她的话，又停下来，回头看着她。

"顾喜彤，你在教室啊，吃饭了吗？"数学课代表远远地走过来，一边讲话，一边从包里摸出一个打包盒，"我给你带了点小吃，你边吃边听我讲题吧。死杨耀，不肯跟我换座位，咱们只能抓紧这点时间了。"

陆展年人已经走出去了，步子却慢下来，竖着耳朵听教室里的动静。

"不用了，谢谢你，我这就去吃饭，那几个题刚才陆展年已经给我讲过了。"

陆展年对这个回答很满意，嘴角止不住上扬。

"没事，以后有什么不懂的题尽管问我，我这数学课代表可不是白当的。"言下之意，他的数学成绩可比陆展年好多了。

拒绝他，狠狠拒绝他，臭小子，得意个屁啊！陆展年恶狠狠地想。

"嗯，谢谢你。那我先去吃饭了。"伴随着回答的，是顾喜彤起身挪动凳子的声音。

陆展年臭着一张脸，飞快地从教室外跑开了。

2.

周末的下午，陆展年窝在家睡觉，睡饿了，打算去楼下找点吃的，刚走出房门，就听见妈妈在楼下客厅里跟远在英国念书的姐姐视频聊天。

"小星最近怎么样啊，没惹您生气吧？"姐姐说。

"他这段时间还不错，老师说成绩大有进步呢，尤其是数学。也不知道怎么，突然就像开了窍。"妈妈很开心地回答。

"您前段时间不是说选了一个灾区的孩子跟他同班吗？"

"是呀，我看着那女孩子清清爽爽，挺不错的，就想着把她放到小星班上，她总能看着点他吧。"

看着他？其实就是监视吧？陆展年听到这里，气得不行，好你个顾喜彤，看不出来呀，平时对我装出一副冷漠的样子，也不跟我说话，原来暗地里在当我妈的间谍呢！难怪上次我跟人约架，还没开打就被发现了，肯定是你告的状吧？哼，虚伪，我妈拿几个破钱就把你收买了！

他东西也不想吃了，"噔噔噔"回到自己房间，猛地坐进沙发里，下决心等去了学校，要给她好看。

"那她帮您看着了吗？"客厅里，视频聊天还在继续，陆展年的姐姐陆蓁蓁问道。

"看什么看呀，我这么忙，一直没抽出时间再见见这孩子，等哪天空了，我得去嘱咐她两句。"

"还是算了吧，这样的小孩儿本来就敏感，您要是再用词不当，伤害到人家就不好了。"

"我在她身上花了钱，让她帮我做点事怎么啦？"

"又来了，妈，你说这种话也不怕被别人听见。"

"好啦，你知道我也就随口说说，这世上，像你妈妈我这样善良的人，不多啦。"秦月又开始絮叨起她的慈善史来。

"陆展年。"顾喜彤小心翼翼地用笔帽戳了戳陆展年的背。

"怎么了？"陆展年转过头去。

"你可以给我讲讲这道题吗？"顾喜彤指着书页的某处。

陆展年飞快地扫了一眼题目，突然拔高了音量："这么简单的题都不会？"

顾喜彤的脸顿时红成一片，只得低头死死咬着嘴唇。

"对不起，爷今天心情不好，不想讲题，谁愿意讲你找谁去吧。我看想给你讲题的人多着呢。"陆展年大声说。

自习课时间，教室里有小声背书和讨论的声音，陆展年的声音这么大，全班都听见了，大家都把目光投向这里。

顾喜彤不明白自己又怎么惹到陆展年了，不是他自己说的，有什么不懂的就去问他吗？那现在他又为什么要给她难堪？

杨耀看不下去了，出来打圆场："你以为自己多了不起啊，不讲就不讲。顾喜彤，说，哪个题不懂，我来讲。"

杨耀家也算有钱人，但远远比不上陆展年的家境，所以有自知之明，平时很少跟他过不去，加上自己的成绩也很渣，更少了几分底气。可这种时候，他也实在是忍不住了。

他喜欢顾喜彤，看不得陆展年这样欺负她。

"谢谢你，我还是再想想，要是最后想不出来，再问你吧。"顾喜彤轻声说。

她怎么可以这么善解人意，杨耀的心都快化了。他的数学差得一塌糊涂，她知道他是解不出那个题的，所以给了他这样一个台阶。

看没什么热闹可看，其他人又把目光收了回去，有些人很快忘记这个小插曲，有些人，却对此上了心。

晚上，顾喜彤回到寝室，发现自己的桌子乱得一塌糊涂，抽屉里的东西都被翻出来了，衣柜门也打开了，衣服散乱地堆着。

乔羽晨和谢絮站在她的衣柜旁边，双手抱在胸前，气势汹汹地看着她。

展书琪已经洗漱好，正躺在自己床上听英语，下面发生的事情，她选择视而不见。

"你是不是喜欢陆展年？"乔羽晨挡在顾喜彤面前，问道。

"没有，你误会了。"顾喜彤本来就很心累，还要回答这种问题，实在是有气无力了。

"不喜欢他你缠着他给你讲题？班上喜欢你的男生大把，愿意给你讲题的男生大把，你为什么偏偏缠着陆展年？"

"是他说有什么不懂的就问他，我也只是因为他坐我前面，问他比较方便而已。"顾喜彤仍旧耐着性子解释。

"不要脸！他今天都当着全班人的面说不想你讲题了，你当我们都是聋子吗？"

"信不信随便你。"顾喜彤也没耐心了。

"就凭你这个穷鬼，也妄想跟陆家搭上关系，门儿都没有！"乔羽晨大声说，"我看你不是不用护肤品，是根本用不起吧？还在我们面前装清高，瞧瞧你的衣服，一件上得台面的都没有，真不知道你是怎么进来芙蓉中学的大门的！芙蓉中学现在是变身难民收容所了吗？"她一边说，一边还用两个指头嫌弃地拎起顾喜彤的衣服在空中抖两抖。

乔家跟陆家有生意上的合作，乔羽晨喜欢陆展年，也是众所周知的事，而她自己，早就把自己当成陆展年将来的女朋友了。

寝室门是开着的，其他寝室的女生听到动静，都在门口探头探脑，很多人早就看不惯顾喜彤独来独往的样子，更是厌恶她赢得了那么多男生的喜欢，所以这时候都抱着看好戏的心态，恨不得也冲上来臭骂她两句。

她站在自己的书桌前，用力握了握拳，然后沉默地走过去，慢慢收拾好桌面凌乱的物品，又将衣服一件件叠好，或者挂起来。

乔羽晨对她的反应并不太满意，但也算占了上风，出了心中的恶气，于是扔下手中的衣服，拍拍手，关上寝室门上床睡觉了。

听见她躺好，一直蹲着整理衣服的顾喜彤终于松了一口气。

她从来没经历过这样的事，从不曾这样被人当面谩骂羞辱过，更不知道该以怎样的态度去回应。她没吵过架，也不敢跟乔羽晨吵架。

来这里的第一天，她就明白，这里的任何人，她都惹不起。

好在，今天就这样收场了，否则她真的不知道该怎么办。

熄灯后，身心俱疲地躺在被窝里，她告诉自己，顾喜彤，你没有哭，好样的。

想起陆展年，她不由得苦笑一声，自己怎么那么傻，竟然会相信那位阴晴不定的大少爷一时兴起的话。会落得这样的下场，说到底还是怪自己活该吧。

不过从今以后，就该学乖了才是。

3.

"砰"的一声，安静的课堂上传来突兀的响声，老师和同学们都不悦地看向噪音来源，而顾喜彤红着脸，正俯下身子艰难地去捡她的杯子。

陆展年摆明了存心欺负她，时不时把凳子猛地往后靠，有时候靠倒她高高摆起的书本，有时候夹住她的卷子，这一次，则是把她的水杯碰到了地上。

她把杯子捡起来，发现杯身摔得裂开了，里面的水滴滴答答地往外漏，很快就把书本打湿了一大片。她只得把杯子暂时放到地上，等下课了再扔掉。

下一节是体育课，下课铃刚响，陆展年就抱起座位下的篮球准备冲出去，却发现篮球上湿了一片，蹭得他的校服也脏了一块。

他低头看，发现水源来自顾喜彤放在地上的杯子。

"喂，你是狗吗？喝水的杯子竟然放到地上。"他凶巴巴地说。

顾喜彤没吭声。

"不说话就算啦？你把我的篮球弄湿了，喏，擦干。"他把篮球递到她面前。

她抬起头看着他，恨不得跳起来扇他两个耳光，但最终，理智还是占了上风，她从抽屉里扯了一张抽纸，接过篮球开始擦上面的水，一边擦，一边又实在是觉得很委屈，眼泪一直在眼眶里打转，她强忍着不让眼泪落下来，憋得肩膀都开始颤抖。

陆展年才不管这些，看她把篮球擦干净了，一把抢过去，头也不回地出了教室。

她蹲下去捡地上的杯子，眼泪终于悄悄落下来。

把杯子扔掉后，顾喜彤打算去操场上体育课，却被乔羽晨和谢絮拦住。

"你漏了一地的水，就这样走掉，太没有公德心了吧？"

她不想跟她们多说，默默去阳台上拿了拖布开始拖地。

"这还差不多。"乔羽晨满意地挽着谢絮去了操场。

拖完地，顾喜彤一路小跑去操场，体育老师已经带着大家在做热身运动了，按规定，迟到了要罚跑一圈。

本来跟老师解释一下，求个情，也许就可以免去惩罚，但她此刻实在不想再低声下气去求人，她不想让陆展年和乔羽晨他们看到自己可怜巴巴的样子。

所以她选择了跑步。

人倒霉起来，走路会崴脚，喝水会呛到。很不巧，今天是她例假第一天，肚子疼得呼吸都困难。

但她还是咬着牙跑起来了。

大家都在做热身运动，就她一个人孤独地迈着沉重的步伐慢慢跑着，很多人都偷偷看她，有人心疼，有人开心，有人漠不关心。

她跑着跑着，突然觉得灰心丧气，她早就知道自己不属于这所学校，不属于这个华丽而遥远的世界，她没想过要融入进来，只想在这里好好念书，将来考个不错的大学，给妈妈争口气而已。

为什么这样简单的要求，在这一刻也显得这么困难？

她好怀念楠县一中，在那里，她从来没被人欺负过，老师喜欢她，身边有一大帮好朋友，无论做什么都有人陪。

一切都怪那场地震，它带走了爸爸，也带走了她所有的幸福生活。

一个中午，就快到午休时间，大家都准备回寝室睡觉，乔羽晨突然站在讲台上，用教鞭敲了敲桌子，面有得色："我有一个神秘的消息要宣布。"

大家都看着她。

"原来顾喜彤是作为地震灾民，被特招进来的，学费全免，生活费也有人出。我就说嘛，成绩那么差，一副穷酸样，咱们学校还真成了难民收容所了！"她几乎是喜气洋洋地宣布了这个消息。

她实在太讨厌顾喜彤了，长得比她漂亮，比她受男生欢迎，还老是跟陆展年不清不楚的，这下揭了她的老底，看她还有什么脸面继续装清高。

顾喜彤毫无心理准备，突然听到自己的秘密被人这样当众说出来，只觉得耳边"轰"一声巨响，一颗心往无底深渊一直坠下去。

但表面上，她还是维持了镇定，只是默默地坐在那里，不说话，也没什么表情。

杨耀用同情的目光看着她，等大家在议论中走光了，这才拍拍她的肩膀："没什么大不了的，别太难过了，啊！"

她木木地点头，想了想，又艰难地冲他露出感激的微笑："嗯，谢谢。"

人都走光了，她一个人坐在教室里，脑子仍然是木木的。

乔羽晨怎么突然就知道她的秘密了？是陆展年告诉她的吧。是啊，除了他，还能有谁。

他到底为什么看她不顺眼？没见他对别的女生有这么坏啊。

也许，他只是觉得自己不配跟他待在同一个班里吧，毕竟他们的身份相差那么多，说难听点，就像古时候少爷和奴婢的差别一样。

而陆展年也气得要死，这个该死的乔羽晨，她是怎么知道这件事的？这件事他应该是唯一的知情者才对，是他和顾喜彤之间的秘密才对，谁要她那么大嘴巴，去告诉全世界？

不过看着顾喜彤难堪的样子，他又觉得有一丝痛快。装，我看你还怎么装，你这个叛徒，间谍，哼！

顾喜彤的身份公开之后，男生们对她的态度大致分为两种，一种是不再接近，因为他们心里清楚地知道，自己跟她不是同一个世界的人。另一种则是变得很大胆，因为他们认定，以她的情况，能得到他们这些富家子弟的青睐，高兴都还来不及，而且就算做错什么惹了她不高兴，他们也不用怕，大不了，多花点钱给她买礼物就行了嘛。

但顾喜彤对他们的态度却并没有任何变化。她依然拒绝每一个男生的接近，绝不接受任何人的礼物。

唯一对她态度没什么变化的，大概就是杨耀了。他还是那副大大咧咧的样子，会跟她吐槽老师，会抄她的作业，会吃掉她抽屉里的饼干，也会给她带外面的小吃。

虽然顾喜彤不止一次地后悔过，当初选座位时为什么要鬼使神差选到陆展年后面的位子，但是因为有杨耀的存在，她又觉得，这个选择也不是那么错误，至少，她还是遇到了一个真正对自己好的人。

如果是以前，这样的善意，这样的男生，她根本不会在意，因为太多了，一点都不稀罕。但对现在的她来说，这份善意是多么可贵啊，所以她特别珍惜。

期末考试完那天下午，学生必须留下来对教室进行大扫除，打扫完了才能离校。

分组是按座位来的，每一竖排是一个小组，各自负责不同的区域。

陆展年当着小组里所有人的面说："你们都去玩儿吧，咱们小组的活儿，全部由顾喜彤负责。"

这些在家里从来不做家务的少爷公主们自然是乐得轻松，没人觉得有什么不对，在他们看来，顾喜彤干活，天经地义，穷人家的孩子嘛，肯定是干活的一把好手啊。

何况他们也早就习惯了看陆展年欺负她。

其实就算是大扫除，也没多少活，他们组分到的无非就是拖地，拖地谁不会啊，有什么好怕的。顾喜彤想着终于考完了，放寒假了，虽然成绩肯定不会太好，但有一个寒假的时间可以待在家里，不用看到陆展年他们那些讨厌的人，真是太高兴了，让她再多干点儿活她也愿意。

所以她一个人把所有的地拖了，拖到最后都快哼起歌了。

但陆展年大概看不惯她苦中作乐的样子，不看到她低头他是不会罢休的。于是他特地去沙坑里踩了满脚沙，她刚把讲台拖完，他就跳上去踩几脚，她又拖，他又踩，如此反复，乐此不疲。

时间不早了，人几乎都走光了，顾喜彤从一开始憋着一口气，当陆展年不存在，只是一遍遍拖着讲台，到后来终于受不了了，把拖把狠狠砸在地上。

"你干吗，要造反啊？"陆展年瞪着她。

"我要回家了。"顾喜彤推开他，想回座位去拿自己的书包。

"没拖干净之前不准走！"他像座山似的挡在她面前。

"陆展年，你欺人太甚！"一直等在外面的杨耀见状，终于忍无可忍，冲了进来。就要放寒假了，他买了小礼物想送给顾喜彤，怕她当着别人的面不好意思收，所以一直在外面等她，想等她打扫完卫生，一个人离开的时候送给她。

"你烦不烦啊，又来英雄救美，也不看看人家领你的情吗？"陆展年根本不怕他。

杨耀一个拳头挥了出去。

两个男生在讲台上扭作一团，还有一两个没走的同学见状马上去办公室通知老师。

老师赶到教室，看到陆展年的眼角已经青了一块，杨耀的嘴角也出血了。两个人的衣服扯得乱七八糟，身上都有对方踢的鞋印。

而顾喜彤站在旁边，紧紧咬着嘴唇，没有哭，神色复杂。

老师马上想到一个词"红颜祸水"，眼前一幕再简单不过，两个男生为了一个漂亮女孩子争风吃醋，然后大打出手。

班上每一个学生的家境老师都很清楚，所以他知道，接下来陆展年的家长必定要来找他的麻烦，而杨耀的家长他也得罪不起，真是头大。

怪谁呢，自然是怪风暴中心那个女孩子了。

当初领导说要把这个女孩子放到他班上时，他就很不乐意，不是他没同情心，而是以他多年的从教经验来看，长得好看，成绩又不好的女生，到哪里都只会惹麻烦。

现在麻烦来了吧。

象征性地问清了事情的缘由，又各自批评了两句之后，老师让陆展年和杨耀先走，把顾喜彤留下来。

沉默了几分钟之后，他说："女孩子呢，要自爱，要注意自己的言行。尤其是你这个年纪的女生，更应该懂得跟男生保持适当的距离了。"

意思就是今天发生的一切都怪她，怪她不自爱，怪她言行不当，没跟男生保持距离？顾喜彤最受不了被人冤枉，当时就气得眼眶都红了，冷着脸不说话，更不认错。

老师一看她这个态度也来气，但架不住她誓将沉默进行到底的样子，最后只得草草了事，挥挥手让她回家。

她一走出办公室就哭了，一哭起来就停不下来，背上书包还在哭，边走边哭，哭得上气不接下气。

她决定了，她要转学，要离开这个鬼地方，永远离开，再也不回来！要是妈妈再不同意，她就辍学，宁愿不念书了，宁愿去打工，也不要再忍受这一切！

"喂。"有个人影不知道从哪里闪出来，挡在她面前。

是陆展年。

"滚开！"她豁出去了，也不再怕他了。

"至于……哭成这样吗？喂，别哭啦。"他有些底气不足地说。

"陆展年！我到底哪里得罪你了？你为什么处处都要跟我过不去？我不就是受你家的资助吗，难道就该被你欺负？是，我又穷，成绩又不好，怎么啦，碍着你什么事儿啦？"她哭得满脸眼泪，双眼通红，鼻头也红红的，怒不可遏地冲他大吼。

"谁让你要当我妈的间谍？说吧，她背地里给了你多少好处？你又打了我多少小报告？你不知道我最讨厌别人当我妈的间谍了吗？"虽然他觉得她哭起来的样子有些楚楚可怜，但他还是努力压下自己内心隐隐涌起来的愧疚，理直气壮地质问她。哼，分明就是她的错，她还有理了，他为什么要心虚？

"你在说什么啊？什么你妈的间谍，我又什么时候打你的小报告了？你妈那么高高在上，我这样的人怎么可能接触到她？"她又气又冤。同一天被人冤枉两次，真是忍无可忍。

"还装，难道我妈没说过要你'看着我'点儿？"

"我这辈子总共就见过你妈一次，当时你不也在场吗？她跟我说过什么，你没听见吗？你是有被害妄想症呢，还是觉得全世界都得围着你转？我告诉你，别人我管不着，但你给我听清楚，我，顾喜彤，对你没有任何兴趣，也没那个空去理你！拜托你，放过我，离我远点儿，有多远滚多远！"顾喜彤越说越来气，也越说越有气势，最后几乎是逼到陆展年的眼前，逼得他都忍不住后退了两步。

"我……"陆展年想要为自己辩解，但张了张嘴，又词穷了。

顾喜彤也没给他讲话的机会，她说完那些话，便转身飞快地跑开了，一边跑，一边还抬手擦眼泪。

"喂，你等等……"陆展年被骂了一通，觉得心里憋屈得很，想说点什么，又什么都说不出来。

她……真的哭得很伤心啊，难道……自己真的冤枉她了？可妈妈确实那样说过啊……好吧，就算是冤枉她了，她至于那么生气吗，大不了他以后不欺负她就是了，可是她说什么要自己有多远滚多远，是不是也有那么一点点过分啊？

直到跨进家门，陆展年还没从刚才发生的事情中回过神来。

"哎呀，小星，你眼睛怎么了？跟人打架啦？"妈妈一看到他狼狈的样子，就大惊小怪地迎上来。

"没什么啦，打篮球的时候不小心伤到了。"陆展年心里乱糟糟的，也没精力去应付妈妈的关怀，转身就往楼上走。

"别走啊，让医生来看看，至少也要上点儿药吧。"妈妈在身后说。

"随便啦，我先去洗个澡。"

打开花洒，陆展年听着哗啦啦的水声，又开始出神。顾喜彤伤心大哭的样子，愤怒不已的样子，现在想起来，竟然都让他觉得有点儿内疚，还有点儿心疼。她问他自己哪里得罪他了，她让他离她远点儿，有多远滚多远，她平时连大声讲话都很少，会说出这样的话，该是受了多大的委屈啊？

下学期，还是对她好点儿吧。要不，跟她道个歉？算了算了，那些矫情话他可说不出口。

第三章
想到一个够远的地方，远得能扯断过往
The original or meet you

1.

整个寒假，陆展年像魔怔了似的，时不时就会想起最后那天下午顾喜彤又伤心又委屈的样子。

其实第二天他就去商场给她买了个很漂亮的杯子，想等发成绩单那天给她。芙蓉中学的传统，每学期期末考试成绩出来后，会让家长带上孩子一起来学校领成绩单，并且布置假期作业。

但那天她竟然没来。他兴冲冲地带着包装得很少女的杯子去了学校，等到散场也没见到她，只得闷闷不乐地又带着杯子回家。

从来都嫌假期太短的陆少爷，头一次觉得寒假怎么那么长，怎么还不开学。

好不容易熬到开学，顾喜彤的座位，却一直空着。

老师收作业的时候，杨耀忍不住问老师，顾喜彤为什么没来？得到的回答是，她转学了。

陆展年僵硬地坐着，脸色阴沉，以至于没人敢来跟他讲话。

他觉得自己心里很难受，又说不出是怎么个难受法。好像自己为了一件事准备了很久，期待了很久，但到头来别人却告诉你，根本没人在乎。过去十多年里，他从来没有试过这种憋屈的感觉，从

来没有这样失望过。

是的，失望。

他在期望些什么呢？他自己也说不清楚，也许是她收到礼物时的笑脸，也许只是希望她多看他两眼，看他时，目光是温柔的，而不是厌恶的。

可是这样低的要求，也无法实现了。

顾喜彤回到了楠县一中。

那天在陆展年面前狠狠发泄了一通之后，她还是觉得自己很委屈，回到家就马上跟妈妈提出，要转学。

她不止一次提过这种话了。

成绩考得太差，没有信心时，她提过一次，被陆展年和乔羽晨欺负得难以忍受时，她也提过一次。

妈妈都没同意。

有人资助她去那么好的学校念书，她怎么可以放弃这个千载难逢的机会？要不是遇上了贵人，以她们家的条件，根本连芙蓉中学的大门都进不去，而进了芙蓉中学，就等于前程多了一重保障。再说了，别人肯资助你就不错了，你难道还能厚着脸皮去提要求？如果不提要求，转学就等于放弃资助，以她们家现在的条件来说，放弃资助，实在不是明智之举。

所以顾喜彤可以理解妈妈，妈妈不同意，她也就算了，成绩跟不上也好，被人欺负也好，她都忍下来了。

但这次她觉得自己真的忍不下去了。

她一天也无法再忍受那个该死的陆展年了，她也不想再见到那个以家境论对错的可恶的班主任老师了。

她也不想杨耀再为了她打架，她知道跟陆展年过不去，他肯定会吃亏。

就让她离开，让她解脱，让她逃得远远的吧。

"妈，让我去打工，我自己挣学费，自己挣生活费，不给家里增加负担好吗？我要转学，我一定要转学，求求你了，妈妈……"顾喜彤"扑通"一声跪在了妈妈面前。

白瑞雪吓了一跳，赶紧扶起女儿搂在怀里。在她印象里，女儿一直很乖，很少对自己提什么过分的要求，她爸爸还在世的时候也很宠她，从来没有什么事，能把她逼成现在这样。

她在那所学校真的很痛苦吧，如果实在不想去，就算了吧。白瑞雪也舍不得女儿受苦。

"傻孩子，妈妈就是砸锅卖铁，也要供你读书，怎么可能让你自己挣学费？你要想好，如果……如果真的在那里念不下去了，咱们就转学吧。"

"真的？妈妈，真的可以吗？"顾喜彤闻言，眼睛一亮，脸颊还挂着泪水，却马上笑起来，整个人都轻松了，"妈妈我爱你！"她肉麻地抱着白瑞雪响亮地亲了一口，欢快地跳起来。

"学费不用担心，有何叔叔在呢。"一直躲在厨房忙碌的何叔叔这时候走了出来。

顾喜彤上高中后没多久，妈妈就跟何叔叔在一起了。最初她觉得很难接受，虽然她知道爸爸已经去世了，妈妈总不能一直一个人过，但她觉得不应该这么快。

日子久了她也渐渐就理解了，以前妈妈身边有她和爸爸，现在爸爸去了，她一周才回家一次，妈妈一个人，肯定会觉得孤独，加上经历了这么多事，她需要一个依靠，也是情理之中吧。

而且何叔叔对妈妈也确实不错，丝毫不嫌弃妈妈的手有残疾，总是抢着做家务。

但他和妈妈到底还没结婚，由他来承担她的学费，似乎不太合适。

没想到，过几天，白瑞雪和何叔叔就来跟顾喜彤商量："彤彤，我们俩想趁着过年的喜气，把证领了，你觉得可以吗？"

她能说不可以吗？看着他们满脸喜色但又小心翼翼的样子，顾喜彤开不了口。她好想知道在天上的爸爸会不会难过，但她又想，爸爸那么善良，那么疼爱妈妈，一定也想有个人替他照顾她吧？

"你要是不同意，我们就先缓缓。"见她不说话，何叔叔赶忙说。

他们是在乎她的感受才来问她的吧，那她又怎么可以那么自私，让他们难过呢。她摆出一个乖巧的笑容："我怎么会不同意呢，妈妈、何叔叔，恭喜你们。"

一直很紧张的白瑞雪终于松了一口气。

她知道自己这么快就再嫁，女儿心里肯定不好受，但她也没有更好的选择。何政对她很好，地震后一直照顾她，他的经济条件也不错，有一个农家乐，生意一直很好。她的朋友圈里，老公去世的人不止她一个，但只有她这么快就有了这样一个条件不错的追求者，朋友之间聊起来，无不对她表示羡慕，让她的虚荣心得到了极大的满足，因为手指残缺而产生的自卑，似乎也随之消失了。

她知道以她现在的条件，何政便是她最好的选择了。虽然她也不想这么快就再婚，可何政老是催她，拒绝得多了，她也觉得对不住他。反正早晚都是要结婚的，何不顺他的意，让他高兴高兴呢？

再说，女儿突然提出要转学，以后的学费和生活费，只有跟何政结了婚，她才能拿得理直气壮。

如果再年轻几岁，打死她，她也想不到自己会有这么一天，把感情和婚姻当成买卖，精明地计算每一分得失。年轻时候的她，感情至上，非黑即白，虽然有条件更好的人追求她，但她义无反顾地选择了顾华忠，不为别的，就为他对她好，她爱他。那时候的她多骄傲啊，妈妈劝她选择那个有钱人，她一声冷笑，觉得感情怎么可以和金钱扯上关系。她和顾华忠发生矛盾了，认错的永远是他，她从来不会考虑他会不会生气。

可那毕竟是过去的事了。无论她多不愿意，也已经落到今天这个局面，往事不可追，她唯一能做的，就是计划好将来。

地震，可恶的地震，毁了她后半生的地震。

她只能一声长叹，然后认命。

去民政局领证那天，顾喜彤也跟着去了。小县城的民政局，地方小，也没人排队，结婚和离婚的人挤作一团，吵吵嚷嚷，没有半点气氛。

折腾了快两个小时才办妥，白瑞雪和何政拿着大红的结婚证出来，脸上是终于办完一项麻烦事的解脱和轻松，倒不像是刚刚结婚。

顾喜彤用手机给他们拍了张合照，作为纪念。

寒假很短，没过几天就开学了。

开学那天，何叔叔的农家乐很忙，顾喜彤也没让他们送，自己坐车就去了学校。

学校离农家乐不算远，所以她不用住校，每天都可以回家陪妈妈。想到再也不用跟讨厌的人住在同一个寝室，她觉得整个人都轻松了，而且她相信，新班级里肯定没有谁会比陆展年更讨厌。想起陆展年，她不由得厌恶得浑身一抖，起了一身的鸡皮疙瘩。

最开心的是，新班级里有她初中时的好朋友姜明明，到时候她们可以坐同桌，可以一起上厕所，一起去食堂，课间一起去买零食，她再也不是异类，再也不会孤单了。

新的一年，真是一切都会变得美好起来呢。

还没走到教室门口，姜明明已经等在那里了，看到顾喜彤，她赶紧跑过来，一把抱住她，两个女孩子互相拥抱，手拉着手又是跳又是叫，兴奋得不得了。

"我想死你了，还以为你去了贵族学校就忘记我了，没想到你又回来了！"

"是啊是啊，我回来啦，贵族学校我待不惯，还是咱们平民学校好。"

"你看到后操场的塑胶跑道了吗？以后去操场散步，再也不怕吃灰了。"

"看到了。这样说来，地震还是有点好处的嘛，要不然，咱们学校不知道猴年马月才会修塑胶跑道。"

两个人好久不见，有说不完的话，直到老师来了，还难舍难分。

老师让顾喜彤到讲台上做自我介绍，她站在讲台上放眼望去，见到好几个初中时候就认识的熟面孔，心里最后一丝紧张也消失了。

终于，回到她的世界了啊。

之后，便是简单的两点一线，每天在学校和家之间往返，在学校的生活也很简单，除了跟姜明明最亲近，跟别人都是泛泛之交。

姜明明有时候忍不住会说："彤，我觉得你变了好多，比以前内向了，话很少，笑得也少了。为什么？"

顾喜彤便冲她笑："是吗？我也不知道，但我想，人总是会变的。"

过去小半年在芙蓉中学的生活，已经无形之中改变了她，要她马上变回原来那个开朗爱笑的样子，怎么可能。何况，如同当初她害怕别人知道她是作为灾民被资助入学一般，如今，她又有了不愿告人的心事——她总觉得妈妈在父亲去世后半年便再嫁，是一件羞耻的事，如果被人知道了，会让她抬不起头。

有心事的人总是很难快乐起来。

2.

　　顾喜彤清楚地记得，那天是3月12号，植树节。下午学校组织各班的学生代表去植树，她大概因为形象好，被选中了。种完树之后，她没有再回学校，而是直接回家洗澡。

　　何叔叔开的农家乐，有一个大院子，一栋三层的楼房是给客人住的，一楼有包间和大厅，用来吃饭和打麻将，另外一栋小小的两层楼房用来自住，跟客房之间隔了一个小花园。

　　快到五点，何叔叔和妈妈应该在客房那边忙着准备客人的晚餐，顾喜彤没跟他们打招呼，回家放下书包就去洗澡了。

　　三月的楠县还是挺冷的，顾喜彤开了浴霸，在满室的水汽里洗得好不欢快。洗到后面，她突然觉得不知道哪里有冷飕飕的风钻进来，把水汽都吹走了，她用手抹了一把脸上的水珠，回头找了一圈，发现浴室的门不知道什么时候开了一条缝，而透过门缝，她看见一双眼睛。

　　那是何叔叔的眼睛。该死，她竟然忘记反锁门了。

　　她迅速吞下了喉咙里那声尖叫，装作什么都没看见，转身背对门口，然后伸手关了浴霸。

　　浴室里顿时暗了下来，加上蒸腾的水汽，外面的人应该看不清里面的场景了。

　　用最快的速度洗完澡，顾喜彤扯过浴巾把自己裹起来，连身上的水珠也不擦，就把睡袍披上。

　　伸手去拉浴室门把手之前，她的心一直"咚咚"狂跳，她没有把握，如果拉开门跟他撞上了，该怎么办？

　　好在门外并没有人。

　　顾喜彤一路狂奔回了自己房间，"砰"的一声关上门、反锁，然后钻进被子里。

她不会看错，那一定是何叔叔。他竟然偷看她洗澡？要不要告诉妈妈？

她觉得害怕，又觉得恶心，窝在被窝里想了很久也拿不定主意，最后竟然迷迷糊糊睡着了。

"彤彤，开门！彤彤，你在里面吗？在干什么？"白瑞雪"砰砰砰"地敲门，顾喜彤被吵醒，迷迷糊糊去开了门，又钻回到被窝里。

"什么事儿呀？"她还没睡醒。

"怎么这么早就睡了，不舒服吗？呀，你的头发怎么还是湿的？洗了澡不吹头发就睡了吗？快起来换衣服下楼吃饭吧。"白瑞雪关切地说。

顾喜彤这才清醒。睡前发生的事一点点清晰起来，她看着妈妈的脸，突然就失语了。

也许，是她看错了，或者，只是她做的一个噩梦吧。何叔叔那么爱妈妈，怎么会做这种事？

她不知道，这天晚上，何政做了很多乱七八糟的梦，但无一例外，梦里都有顾喜彤。

他本来只是过来拿插线板给客人，路过浴室听到水声，还以为是白瑞雪下午洗澡时没把水龙头关好，或者是水龙头出问题了。

他没想到顾喜彤回来得这么早，更没想到她会在这个点在里面洗澡。

那扇门一打开，他扫一眼看见里面的人，吓得马上把门拉上了，可门关到还剩一条缝时，鬼使神差地，他停了下来。

少女美好的曲线，让他移不开自己的目光。

明明知道里面的人算是自己的女儿，明明知道这样做是绝对不可以的，但他就是忍不住。

直到顾喜彤发现他后关了浴霸，他才如梦初醒，轻轻地关上门离开。

隔了一天，是周末，早上还没什么客人的时候，何政决定去采购。

"让彤彤跟着你去吧，还能搭把手。"白瑞雪一边打扫卫生，一边说。

"我不想去，我要看书。"顾喜彤马上拒绝。

"天天关在房间看书，看成傻子了。我要留在家里看着，你跟你叔叔去，别不懂事啊。"白瑞雪跟她使眼色。

她知道妈妈的意思。母女俩现在住他的，吃他的，他还帮顾喜彤交学费，出生活费，虽然他们俩结婚了，但顾喜彤又不是他的亲生女儿，所以妈妈总觉得底气不足。

若是以前，她肯定毫不犹豫地去了，但发生了洗澡那件事之后，她总觉得心里怪怪的，很别扭。

最后她还是不情不愿地上了车。

一路上，她把头偏向一边，假装看风景，一声不吭。

"彤彤，在叔叔家也住了这么久了，还住得惯吗？"何叔叔主动开口。

"嗯，住得惯。"顾喜彤敷衍地回答。

"觉得哪里不好，别客气，直接跟我说。"何叔叔一边说，一边状若随意地伸手拍了拍顾喜彤的大腿。

顾喜彤像被针刺了一样，浑身一抖，不着痕迹地移开自己的腿，嘴上说："何叔叔，开车要注意安全。"

"放心，坐我的车，绝对安全。"何叔叔呵呵一笑，收回自己的手。

回程，顾喜彤选择了坐后排，何叔叔要她坐前排，她推托了几句，他还在劝，她干脆冷着脸不说话了。

当天晚上，等妈妈忙完了，顾喜彤就把上午何叔叔拍她大腿的事告诉了妈妈。洗澡那件事，她最终还是没能说出口。

白瑞雪听她气愤地说完，不在意地笑了："傻丫头，你想多了，你何叔叔平时豪放惯了，又是粗人，可能没注意到这个。不过你也这么大了，这些问题确实该注意一下，我会提醒他的。"

顾喜彤听妈妈这样说，心里很不高兴，他那是豪放吗？明明就是故意的。但妈妈不相信她，她也没办法。

何政也不知道自己是怎么了，自从不小心撞见顾喜彤洗澡之后，他心里就像猫抓一样难受，满脑子想的都是顾喜彤。

白瑞雪算是这个年龄段的美人，他能娶到她，朋友们都很羡慕，按理来说，他也该知足。

可就连白瑞雪跟他明明白白地说了，要他在顾喜彤面前注意分寸，他心里那股子冲动，还是压不住。

只要顾喜彤在家，他就老想着找机会一个人溜回家，想办法在她面前走来走去，借机跟她有身体接触。

她对他很警觉，单独相处时也总是冷着一张脸，但越是得不到，他就越想要。

终于有一天傍晚，白瑞雪出去打麻将了，因为不是周末，农家乐也没客人，何政收拾好客房那边的事，便急匆匆地回了家。

顾喜彤刚放学回家，正坐在客厅沙发上玩手机。

何政坐到她旁边，把头凑过去："在玩儿什么呢？"

顾喜彤马上把手机藏到身后，站起来："没什么。"说完就要回房间。

"彤彤，你的头发好香啊。"何政说着就欺身上来。

"离我远点！"顾喜彤退后两步，厉声说。

"不要总是见到叔叔就走嘛，坐下来我们一起看电视啊。"何政说着，伸手揽住顾喜彤的肩膀，把她按坐到沙发上，坐下后，手并没有拿走，而是在她背上游移。

他凑得很近，近到她能清楚地闻到他身上的烟味、酒味、汗味。他的手像一条蛇，让她背上发冷。

"浑蛋，你想干吗！你再这样我告诉我妈了！"顾喜彤一把推开他就要跑开，他抓住她的胳膊往回扯，想抱她，她急了，一脚踹过去，他闷哼一声松了手，她赶紧狂奔回自己的房间，反锁房门，然后钻进被窝。

她用被子蒙着头，竖起耳朵听外面的动静，没有声音，他没有追上来。

她松了一口气，这才又惊又怕又委屈地哭了出来。

不知道过了多久，他来敲门："彤彤，对不起，你原谅何叔叔这一回，好吗？何叔叔下午喝了点酒，昏头了，不是故意的。你……别告诉你妈，你妈那个人你知道，性子急，不知道会闹得多大。何叔叔跟你道歉，以后不会了，好吗？"

顾喜彤的眼睛早已经哭肿了。

她好想好想爸爸，爸爸在的时候，怎么会有人敢欺负她？可现在，爸爸已经不在了，她只剩下妈妈，而妈妈，能保护她吗？

她有点犹豫了。

晚上，白瑞雪打完麻将回家，一路哼着歌上楼，明显心情不错。

"赢了多少？"何政问。

"赢什么赢啊，还输了点儿呢。"白瑞雪说。

"那你还这么高兴？"

"你不知道，她们几个啊，从头到尾都在夸我保养得有多好，羡慕我能嫁个好老公，说我一瓶面霜，能抵她们一套护肤品了。输点儿算什么啊，打牌不就图个心情。还有老李，每次见面不是试戴我的戒指，就是试穿我的外套，还问我包在哪里买的。你说我精心打扮才出门，不就是为了这个吗？"白瑞雪的声音都是笑着的。

"干脆你明天上午约她逛街吧，看看有没有什么好看的衣服啊包啊之类的。用不用我送你们去逛春熙路？"

顾喜彤在卧室里听着他们的一问一答，本来还犹豫要不要告诉妈妈，最后，彻底没了开口的欲望。

难得妈妈这么开心，她不想打破妈妈此刻的幸福，不想让妈妈难过。

顾喜彤没想到，第二天妈妈跟李阿姨去逛街之后，何政直接把农家乐的事交给了几个帮工，自己则转身回了家。

顾喜彤正在自己的房间里看书，房门是锁上的，她听见钥匙转动的声音，顿时浑身汗毛都竖起来，紧张地看着门口，不知道该怎么办。

"咔哒"一声，门开了，何政带着一脸讨好的笑容走进来，还没说话，顾喜彤就尖声说："你进来干什么？出去！"

何政用脚一钩，门"砰"的一声关上，他又顺手反锁，然后如饿虎扑食般猛地扑过来抱住顾喜彤："彤彤，你别怕，叔叔不会毁了你的清白之身的，叔叔做事有分寸的……"

顾喜彤害怕地死死闭上眼睛，一边尖叫一边伸出双手胡乱抓他，打他，但她的力气那么小，对他来说，根本构不成任何威胁。

"你滚开！滚开！我要告诉我妈，我妈会跟你离婚的！"

"乖乖，告诉你妈只会让她伤心，没用的。"他一边说，一边把她拖到床上，一只手将她的双手反剪在身后死死压住，一只手伸进她的衣服里。

顾喜彤又害怕又愤怒又羞耻，整个人不住地发抖，不停地哭。何政带着老茧的粗糙大手粗鲁地握着她的胸部用力揉搓，搓得她生疼，她拼命挣扎，他整个人压下来，手又往她裤子里伸。她徒劳地想用脚踹他，够不着，又弓起身子咬他的手，他似乎已经着了魔，丝毫不觉得疼，任由她咬着，手上还是在疯狂地动作。

不知道过了多久，何政终于松开她，脸上带着奇异的表情开了门，几步跑回自己的房间，"砰"地关上了门。

顾喜彤躺在床上，满脸泪水，额头被细密的汗珠打湿，胸前和下身都很难受，胳膊也已经发麻，她没有力气起身关门，隔壁卧室里传来何政沉重的喘息，她听得害怕，浑身都起了鸡皮疙瘩。

她好后悔昨天没有把何政的事告诉妈妈，好后悔自己相信了他的道歉，才落得今天这个下场。他为什么不干脆杀了她？叫她死了，倒比现在好过。

不，她不能死，她要杀了他！是的，她要杀了他！

仇恨在一瞬间充满了她的身体，她有了力气，一翻身爬起来，穿好衣服，整理好自己，然后一阵风似的跑到楼下拿来果盘里的水果刀，紧紧握在手里，又一路狂奔到主卧门口，伸手开了门。

何政正躺在床上，地上扔了很多卫生纸，顾喜彤闻到空气里有淡淡的腥味，她已经不小了，知道这里发生了什么，也瞬间明白，此刻他很放松，正是杀他的最好时机。

他听到开门声便转头来看她，电光石火间，她已经来到床边，举起了手里的水果刀，他迅速地跳起来，一把握住她的手腕，用力一拧，她吃痛，手一松，刀便落在了地上。

"傻丫头，你想干什么？就凭你，也想伤我？"他轻蔑地说。

"我要杀了你，我一定要杀了你！你这个畜生！"顾喜彤发疯了一般尖声说。

"杀人偿命，你杀了我，你坐牢了，我死了，留你妈一个人怎么办？你不想想她会多伤心？"

"浑蛋！你对我做这种事就不想想我妈会多伤心吗？"

"彤彤，叔叔是真的喜欢你，但叔叔也有分寸，不会毁了你的清白之身，你就放心吧。"他说着，竟然还露出得意的神色。

　　"老何！老何！"楼下传来帮工的叫声，"客人找你！"

　　"来了！"何政大声应着，扔下顾喜彤，几步就跑下楼。

　　顾喜彤拖着沉重的步子，失神地回到自己的房间，先仔细把门反锁，又搬了凳子抵在门背后，然后才艰难地爬上床，用被子紧紧裹住自己。

　　过了好久，她觉得浑身都疼，这才发现自己一直在发抖。

　　她从枕头下掏出手机，给妈妈拨过去。

　　电话响了好久，妈妈终于接起来，她听见那边很吵，有音乐声，商家的叫卖声，妈妈说："喂，彤彤，怎么啦？"

　　她的眼泪开始疯狂流淌，嗓子哽咽到根本说不出话。

　　白瑞雪听见她的哭声就着急了："彤彤，乖女儿，怎么了？先别哭，有什么事慢慢说。"

　　她努力抑制住哭声，最后还是只能断断续续地说："妈……我……你快回来……"

　　"好好好，我马上就回来，你别急，在家等着，我马上就到。"白瑞雪着急地说完，就挂了电话。

　　虽然是打车，但白瑞雪从市区赶回家，也已经是五十分钟以后的事了。她连手里的购物袋都没来得及放下，就一路小跑上了二楼，伸手去开顾喜彤的门，却发现门被反锁了，她急得大力拍门："乖女儿，妈妈回来了，快开门。"

　　顾喜彤跳下床，搬开板凳，打开房门，扑进妈妈怀里，"哇"的一声大哭起来。

　　她是那么害怕，那么委屈，那么羞耻，又那么痛，她紧紧抱着妈妈，一直哭一直哭，仿佛要把自己的眼泪流干，才能冲淡一点心理和身体上的痛楚。

3.

"老婆,我错了,我真的错了,我喝多了糊涂了,把彤彤当成你了……"何政"扑通"一声跪在白瑞雪面前,边道歉边扇自己的耳光。

"别叫我老婆!明天我们就去民政局离婚!"白瑞雪气得脸都红了。在成都接到女儿的电话,她就觉得心里发慌,一路紧赶慢赶回到家,听女儿哭着说了何政对她做的那些禽兽事,她气得要命,也不管还有客人和帮工在,沉着脸去客房那边把何政抓了回来。

"老婆,你千万别说气话,我这么爱你,怎么可能跟你离婚?我真的是喝多了把彤彤当成你了,你也知道彤彤跟你长得很像,我保证,再也没有下一次了!老婆,你打我吧,出出气,心里能好受点。"何政说着就去拉白瑞雪的手往自己脸上扇。

白瑞雪听见"啪啪"的耳光声,自己的手很快就痛到麻木,她看着他脸上满是手指印,痛哭流涕可怜巴巴的样子,到底是心软了,抽回了自己的手。

"彤彤,你也打我吧,我错了,再也不敢了。"何政又来拉顾喜彤的手。

"别碰我!"顾喜彤尖叫一声,又恶心又害怕地躲到了白瑞雪的身后。

"彤彤,你先去吃饭。"白瑞雪说。

"我吃不下。"

"吃不下也要吃。厨房的张叔叔做了你最喜欢的水煮肉片,无论如何也要吃点。你去吃饭,我们还有话要说。"

顾喜彤心里乱糟糟的,手一直在微微发抖,这种时候她一点也不想离开妈妈,她想被妈妈紧紧地抱在怀里,那样才能让她有一丝安全感。可她知道妈妈和何政要避开她谈话,尽管非常非常不情愿，却还是拖着疲惫又沉重的步伐去了前面大厅。

菜已经摆好了，饭也盛好了，顾喜彤木木地坐下来，也不跟人打招呼，胡乱扒了两口饭，根本不知道自己吃了些什么。完成吃饭这个任务之后，她又木木地往家走，主卧的门关着，能听见妈妈和何政说话的声音，可声音很小，她努力去听，却什么也听不清。

她站在门外等了很久，他们还没出来，最后站不住了，便回房间等，直到后来迷迷糊糊睡去，也没听见他们出来。

顾喜彤做了一夜的噩梦，第二天早早地就醒来了，因为睡得不好，只觉得头疼得厉害，连嗓子都哑了。

大概是昨天哭得太多了。

白瑞雪听见顾喜彤起床的动静，进了她的房间，坐在床边，欲言又止。

"彤彤，我跟他商量好了。"半晌，白瑞雪终于开口了。

顾喜彤有些紧张地等待着妈妈的下文。以后大概又只剩下她们母女两人相依为命了，日子会不会很苦？苦点也不怕，再苦也比跟何政这个禽兽生活在一起要好，她会努力学习，将来努力工作赚钱，让妈妈早点享福。

但妈妈接下来的话却让她如坠深渊："再给他一次机会吧……我想他不会再犯了。"

"妈！？"顾喜彤不敢相信，又震惊又失望地看着自己的妈妈。

"他为了表示诚意，会把房子改到我名下。以后我管钱，他就不敢胡来了。"白瑞雪小心翼翼地说。

为了几个钱，就可以不顾她的安危，不在乎她的感受了？顾喜彤失望透顶，再也不想听妈妈说下去。

"我和他都是再婚，半路夫妻不容易，何况我们才结婚几个月，要是离婚，别人一定会在背后说得很难听。你知道你妈这辈子没别的，就是爱面子……"白瑞雪犹犹豫豫地说，"彤彤，你能不能体谅妈妈？"

顾喜彤倔强地咬着嘴唇，不肯说话。

白瑞雪看她这样子，开始默默掉眼泪。

她受不了妈妈的哭，终于开口："我要住校。"

"可以可以。"白瑞雪急急地说，"住校也好，省得你天天回家，看见他就不开心。"

"我要迟到了，先走了，你忙完了就去学校找我的班主任说住校的事吧。"顾喜彤淡淡地说完，背上书包就要出门。

白瑞雪追上来拉住她的手："彤彤……对不起。你能体谅妈妈吗？"

顾喜彤抽出自己的手，挤出一个难看的假笑："嗯。我要走了。"

一走出门她就哭了。

她不敢相信身后那个把自己的面子看得比她还重要的女人是她的妈妈。她曾经以为爸爸妈妈是这世上最爱她的人，她曾经以为爸爸妈妈可以保护她一辈子，现在看来，没有了爸爸，妈妈便也不再是那个妈妈。

可她又能怪妈妈什么呢？并不是每个女性成为妈妈之后都能强大起来，在成为一个母亲之前，她首先是她自己。回望妈妈这半生，除了地震那一次，何时吃过苦？如果就此离开何政，未来的日子，吃苦是必然的。

她虽然是她的女儿，却也没有资格要求她为自己吃苦吧。本来，每个人从出生开始，就已经是独立的个体。只是，她的心为什么那么痛？她伸手去擦眼泪，一边擦一边想，将来若是有了孩子，她一定会拼尽所有去保护她的孩子。因为她既然让一个生命因自己而来到这世上，那么就必然要为此负责，她会给她的孩子全部的爱，让孩子因为有她这样一个母亲而感到幸福，而不是痛苦和悲伤。

她多希望她能有一个这样的妈妈啊，她甚至已经有些羡慕自己未来的孩子了。能拥有自己这样一个妈妈，该是多幸福的一件事？

从今以后，妈妈不能再保护她，她便只能自己保护自己了。她只剩她自己了。

没有别的办法，既然无人可靠，她便只能强大起来，成为自己的依靠。

如今她还太弱小，面对伤害，唯一能做的，就是逃，逃得远远的，不给敌人伤害她的机会。

总有一天，她会变得足够强大，强大到站在自己想去的地方，不畏惧伤害，不用再逃离。

总有一天。

第四章

也许路上偶尔会有风，风里依然有我们的歌

1.

顾喜彤住校，姜明明很不解："你家那么近，干吗要住校？"

"住在学校里，可以更专心地读书。"

"你这是铁了心要当学霸呀。"

顾喜彤转回楠县一中之后，竟然意外地成为了班上的优生。在芙蓉中学时不尽如人意的英语成绩，到了这里竟然是拔尖的，而曾经拖后腿的数学，到了这里也可以勉强混个中等，加上语文和文综的优势，她次次考试都能拿到年级前十的好成绩。

她终于体会到了芙蓉中学的好，甚至有些后悔，要是她继续在那里上学，将来一定能考个不错的大学吧，到时候，她就能远远离开妈妈和那个可怕的男人，还有更大的机会，靠自己的努力摆脱他们，过上想要的生活。

但想到陆展年，她厌恶得马上起了一阵鸡皮疙瘩，瞬间就清醒了。跟那个浑蛋相处三年？还是算了吧。

有时候她也会想起另一个人，那个在她最无助的时候，向她伸出援手，救了她一命的人，韩冬屿。

地震过后，她曾经回学校找过他，但他班上的同学说他地震后

就没有出现过。那段时间到处都乱糟糟的，她也就没有继续打听他的消息。

回来念书之后，她又去找过他，可他的同学说，没有人知道他去了哪里。

她甚至鼓起勇气去找了他的班主任，打听他的下落，希望可以感谢他的救命之恩，但班主任只是告诉她，他转学了，至于转到哪里了，就不得而知。

发生了何政那件事之后，也许是太无助了，顾喜彤竟然频频梦见韩冬屿，尽管他只在她生命中出现了那么短短几分钟，但在梦里，他的脸是那么清晰，他的手是那么温暖，他总会在她被何政欺负的时候出现，英勇地打败何政，然后牵着她的手往前跑，前面雾气蒙蒙，什么都看不见，但她却确信那里一定是一个美好的地方，她放心地跟着他跑，一直跑一直跑，跑了很久也不会觉得累。

可他们永远都跑不到终点。

每次醒来，她都怅然若失，对韩冬屿的思念愈发浓郁。他去了哪里？一个人怎么可能跟自己的过去割断得这么彻底，竟然没有一个故人知道他的消息？

无论他去了哪里，只要还活着，终有一天，她会再遇见他吧。

如今，她只能一遍遍在回忆里搜寻他的痕迹，努力将那些已经有些模糊的记忆重重描画，使自己不要忘记。

韩冬屿初中也是在楠县一中上的学，他只比顾喜彤高一级，所以早在她上初一时，就已经认识他。

他很优秀，每次考试都是年级前三名，他不仅是班长，还是初中部极少数加入了广播站的学生之一。小小的县城里，很少有男生的普通话能讲得像他那么标准，所以每次学校文艺会演，他都会和另外几个广播站成员一起表演朗诵。

顾喜彤认得他的声音，因为有段时间，他刚好处在变声期，每周二中午，都能听见他有些沙哑的自我介绍："大家好，我是今天的播音员，韩冬屿。"

每学期必然有一个周一的早上，会是由他作国旗下演讲，到了高中，他当仁不让地成为各种活动的主持人。

顾喜彤对他并没有特别的感觉，只觉得他脸上总是有一副超出年龄的老成，显得很稳重很可靠，他的衣服永远都干净整洁，倒是很配他的优生形象。

而不论是午间跟他搭档播音，还是朗诵时跟他配合，抑或是当主持人时站在他旁边的，似乎总是同一个女生。可惜当时没太留意，现在也想不起来到底是谁了，更不知道他们是不是恋人。

一个周末，顾喜彤去姜明明家玩，突然在书架上看到一沓楠县一中校园报，她随手翻看，竟然在其中一期看到韩冬屿的照片。

那是一篇关于当时的文艺会演的报道，配了几张照片，其中一张就是主持人的照片，韩冬屿旁边，正是顾喜彤记忆中的那个女生。

可惜印刷效果太差，她只能大概认出是他们，却看不清女生到底长什么样。

尽管如此，她还是央姜明明把报纸送给了她。除了那件校服，这便是她拥有的唯一一件跟韩冬屿有关的东西了，她视若珍宝，并且一厢情愿地认为，总有一天，她能重遇韩冬屿，到时候，她一定能拥有更多与他有关的物件。

甚至，她还可能会拥有他这个人。

五月，学校要举办校园歌手大赛，所有非毕业班的同学都可以报名参加比赛，或参选主持人。

从来没有任何主持经验的顾喜彤突然决定报名参选主持人。姜明明问起来，她只说自己想多尝试点新东西，真正的原因，她却说不出口。

她不能告诉她，她心里一直牵挂着一个男生，报名参选主持人，也只是为了站在他曾经站过的地方，做他曾经做过的事情，为了多靠近他一点，多拥有一点跟他相同的体验。

韩冬屿是她心底的秘密，是她想要藏起来，不被任何人触碰的小美好。

大概因为心里有坚定的信念，所以主持人竞选那天，顾喜彤发挥得很好，落落大方，丝毫不怯场，加上她本身普通话就讲得好，声音清脆，外表又出众，所以评委老师毫不犹豫地定了她。

男主持则定了一个叫邵一搏的男生。他是广播站站长，据说过去一年里主持过学校里大大小小不少的活动，因为下学期就要上高三了，所以这是他最后一次担任主持。

而在他之前，自然是韩冬屿包揽了各项活动的主持人。

一年了，距离遇见韩冬屿，足足有一年了。顾喜彤看着新闻里铺天盖地的关于地震一周年的报道，常常觉得眼眶泛酸。

有时候想想，她会觉得没有韩冬屿的消息也是一件好事，没有消息就是最好的消息，这样她才能一直把他放在心底，一直存着希望。

主持人竞选比赛的第二天，老师把邵一搏和顾喜彤叫到办公室，正式通知他们担任这次歌手大赛的主持人。

就在老师想交代他们如何写主持稿时，邵一搏面带难色，犹犹豫豫地开口了："何老师，我有几句话想单独跟您说。"

负责这次比赛的何老师有些诧异，不过还是让顾喜彤先到外面去，然后关上了办公室的门。

可惜窗户没关，所以虽然邵一搏的声音很小，顾喜彤还是听见了。

"何老师，我跟刘钰搭档惯了，这次突然换成这个新人，我怕不习惯。刘钰主持得挺好啊，而且她主持过这么多次，有经验，临场不会出问题，突然换成这个新人，到时候上场一紧张闹笑话了怎么办呢？"

"刘钰叫你来说这些话的吧？"何老师突然说。

"没有没有，您别误会，是我自己这样想的。"

"还替她遮掩，这姑娘就是得失心太重，主持过几次，就觉得那个位置非她莫属。昨天跑来跟我打听结果，话里话外都在劝我改主意，今天又让你来说这些。"

"不不不，真不是她叫我来说的，刚才我和这位顾同学在办公室等你的时候，我们俩试着主持了几句，我真觉得跟她配合起来毫无默契，还是跟刘钰配合得好。"

顾喜彤气得脸都红了，很想一把推开门问他，自己什么时候跟他试着主持过？撒谎不眨眼的烂人！

可是她还是忍住了。

她现在已经不是当初那个冲动的顾喜彤了，她已经没有冲动的资本了。

办公室里，何老师半信半疑地问邵一搏："真的？"

"真的，何老师，我发誓。"邵一搏像是自己都相信了自己说的话，信誓旦旦地说。

"那干脆把你也换了，重新找个跟顾喜彤能默契配合的男生来主持吧。"何老师突然说。

邵一搏惨叫一声："何老师，别啊……"

"好啦，开个玩笑而已。其实刘钰的主持并没有什么问题，我们只是觉得顾喜彤更出色，作为新面孔也能让人耳目一新，不过既然你这样说，我们再考虑考虑吧。"何老师说完，走过来打开门，对门外的顾喜彤和门里的邵一搏说，"我还有点事，你们先回班里吧，主持的事情先放一放，下次我再通知你们。"

邵一搏和顾喜彤一起往高中楼走去，一路沉默。邵一搏大概有些心虚，所以走得很快，把顾喜彤甩在后面。

"邵师兄。"顾喜彤突然开口。

他停下脚步："嗯？"

"那个刘钰，是你的女朋友吗？"

邵一搏不明白她为什么突然这样问，但大概出于愧疚，还是回答了她："不是。"

"你喜欢她？"她又问。

"她？别胡说，我才不喜欢她。"

"那你为什么要帮她争主持人？"她就那样站着，睁着大大的眼睛落落大方地看着他，声音很冷静，"你刚才说的话我都听见了。"

邵一搏从来没见过遇上这种事还能如此冷静的女生，他有几秒的出神，然后就脸红了，为自己的小人之行。

"对不起。"他道歉，又忍不住解释，"我们都是广播站的，也经常一起主持，关系还不错，她拜托我帮忙，我也不好拒绝。"

"师兄你一定很优秀，所以何老师才那么重视你的意见。"她突然说。

她连夸奖人的语气都是冷静的，也因此让人觉得她并不是在虚假地奉承，而是真心真意地在夸奖。邵一搏觉得很受用，谦虚道："没有啦，是因为何老师是那种比较民主的老师。"

"我看过你主持演讲比赛，觉得你很棒，一直很想跟你搭档主持一次。"她突然低下头，声音变得闷闷的，"只是没想到……是我考虑不周，毕竟刘钰跟你搭档惯了。"

邵一搏一时也不知道说什么，只觉得很对不起她，看着她难过的样子，他也很不好受。两个人沉默半晌，他犹犹豫豫地开口："我去向老师建议，这次采用四个人主持，你觉得怎么样？这样你和刘钰就都能上台主持了。"

当天下午，顾喜彤又来到了何老师的办公室。跟她一起来的，还有邵一搏、刘钰和另一个男生。

顾喜彤不知道邵一搏花了多大功夫来说服何老师，但见何老师对着邵一搏就有些脸臭，便知道他一定很卖力，卖力到何老师都嫌他烦了。

她赌赢了。她最终还是以主持人的身份，站到了韩冬屿曾经站过的那个位置。

除了实力，感谢上天还赐了她一点运气，让她遇上的是邵一搏这么一个心软又善良的男生。

否则她的第一次竞争也许就真的会输在刘钰手里。

校园歌手大赛那天，顾喜彤穿一件嫩绿色的晚礼服，她皮肤白，长长的裙摆一直拖到地上，衬托得她像一朵初夏的马蹄莲般楚楚动人。上台和下台的时候，邵一搏都很绅士地帮她牵住裙摆，引得台下的学生兴奋不已，口哨声此起彼伏，倒是比参赛选手更惹眼。

刘钰一直笑得很勉强，顾喜彤抢了她的风头，曾经对她还算殷勤的邵一搏现在也对她几乎视若无睹，转而对顾喜彤大献殷勤，这让她难以忍受。

之后在学校贴吧里，居然还有人专门贴图对比了两个女主持，下面的评论一边倒地赞顾喜彤，刘钰气得好久不看贴吧。

校园歌手大赛一完，邵一搏就开始追顾喜彤。一起背主持稿的日子其实也没多长，但他就是觉得自己对她日久生情了，喜欢她到了茶饭不思的地步。

这时候想追顾喜彤的男生不少，大都是看了她的主持之后对她动了心，邵一搏觉得自己跟这些只看外表的肤浅男生是不一样的，而且他相信自己在顾喜彤心中也是特别的。毕竟，她是为了跟他同台主持才去参加了主持人竞选。

可惜现实是很残酷的，顾喜彤果断地拒绝了他。

连拒绝的理由都很官方：你很优秀，但抱歉我现在只想好好学习，不想谈恋爱。

偏偏她的成绩又让她这句话显得很有说服力。

过几天，邵一搏借酒消愁醉倒在寝室的消息传到顾喜彤耳朵里，姜明明倒是很感动："我那天在食堂看见邵师兄，这才几天啊，感觉他就瘦了呢。他是真的很喜欢你吧。"

顾喜彤无动于衷："他喜欢的只是喜欢一个人的感觉而已，或者说，他只是喜欢这种为了感情醉生梦死的感觉而已。"

"彤，你现在讲话好深奥，我都听不懂了。"姜明明崇拜地看着顾喜彤。

但没想到快到期末考试了，流言开始满天飞。

大家都在传，一开始竞选主持人，顾喜彤是落选了的，为了选上，她去勾引邵一搏，以跟他谈恋爱为条件，让他想办法帮她当上主持人，她挤不掉刘钰，不知道又用了什么手段，才使得主持人的名额增加到四个。

现在她主持人也当了，风头也出了，在全校出名了，就踹掉邵一搏，对他的死活不闻不问。

"长得漂亮了不起啊？居然利用别人的感情，真是太卑鄙了。"

"是啊，看她平时一副清高样，其实这么爱慕虚荣啊，为了出风头，不择手段。"

"两个字，贱人。"

诸如此类的评价时不时飘到顾喜彤和姜明明的耳朵里，一开始顾喜彤不打算跟谁计较，她相信这个世界的焦点变得很快，人们今天还热衷于谈论你，也许明天就又热衷另一个话题了。

可那些话越来越难听，也越来越影响她的心情，让她没法好好复习备考。

终于，某天当她听见同班一个女生恶毒地说："听说她为了争个破主持的名额，不惜爬到了某人的床上。"

顾喜彤忍无可忍，走过去一把将那个坐着的女生的肩膀抓住揪起来，厉声说："你说什么？再说一次？"

女生被她的表情吓到了，但就此示弱又显得没面子，于是强撑着说："又不是我说的，我也是听别人说的。你要是没做过，干吗这么紧张？"

"听说？听谁说的？你带我去找她，我们当面对质！"顾喜彤几乎是咬牙切齿地说。

"大家都在传，我怎么记得是谁说的？"

"不记得？那好，我就当是你说的，你现在跟我来，我们去找邵一搏，当着所有人的面问他，我顾喜彤到底跟他有没有什么！如果他说有，我向你道歉，如果他说没有，你要当场向我道歉！"

"万一他袒护你呢……我怎么知道他说的是真是假……"女生还要强撑，但声音已经变得很微弱。

"你是不想讲道理了？好，我们去后操场打一架，谁输了谁道歉，OK？"顾喜彤使劲抓住女生的胳膊往外拉，力道大得课桌都被带倒了。

教室里静悄悄的，没人敢发出任何声音，所有人都被顾喜彤的怒气吓到了。

女生到底是怕了，一边费劲地挣扎一边连声说："不要不要，我不去，我道歉还不行吗？我不该胡说八道，以后也不乱传你的谣言了。"

顾喜彤这才松开手，阴沉着脸用不大不小的声音说："你知道那是谣言就好。"

女生没再开口，默默地扶起课桌，又蹲下去将散了一地的书一本一本捡起来整理好。

之后，顾喜彤和姜明明耳边再也没有听到任何流言，她们，尤其是顾喜彤，总算可以清清静静地复习备考了。

姜明明也不用再被那些流言气得要哭了。

"其实每次听到那些话，我也很想抽她们，但只是想想而已，什么时候我也能像你这么勇敢就好了。"姜明明挽着顾喜彤的胳膊，笑嘻嘻地说。

"最好不要，有些勇气都是被逼出来的。"顾喜彤淡淡地笑。

她希望姜明明永远都能像现在这样，做一个快乐又温柔，天真又可爱的小女生，无忧无虑，不会有谁来伤害她，天塌下来也有爱她的人顶着。

这样就很好。

坚强、勇敢、独立，这些特质都是伴随着苦难和不幸产生的，都是经过眼泪的磨炼才能得到的。

但愿她可爱的好朋友永远不要经历那些苦难。

2.

漫长的暑假来临了，所有人都欢呼雀跃，顾喜彤却愁眉不展。

她不能再留在学校了，可又能去哪里？回去陪妈妈住几天是可以的，可要她在那个地方待上两个月，怎么可能？

她想来想去也没别的办法，只能硬着头皮跟姜明明说："明明，我去你家住几天，我们一起把暑假作业突击了，好不好？"

"好啊好啊，先把作业做完，剩下的时间就可以放开玩儿了！你负责做作业，我负责后勤，给你端茶倒水。"姜明明笑得眼睛闪闪发光。

回家住了一天，跟妈妈打了招呼，顾喜彤就带上书本和简单的换洗衣服去了姜明明家。

姜明明的父母都很热情，知道顾喜彤要来，早早准备了一些女孩子爱吃的零食水果。

两个女孩儿先窝在沙发里看了半天的电视剧，然后顾喜彤就有点不好意思了，叔叔阿姨一会儿给她们削水果，一会儿拿零食，又早早去厨房里忙活，姜明明自然早就习惯了，可顾喜彤却做不到心安理得。

是从什么时候开始，习惯了卑微，习惯了隐忍，习惯了所有的孤独和不快乐，却唯独不习惯被关爱被照顾？从什么时候开始，自己咬紧牙关撑下去才是生活的常态，稍微放松一点，就让她如此不安？

其实也不是很久，但因为太难熬，所以显得漫长。

顾喜彤起身要去厨房帮忙，自然是被叔叔阿姨推出来，晚饭后要帮忙洗碗，姜明明赶紧拽着她小声说："不准表现这么好，不然我妈又该念我了，说你多乖多懂事，我多懒多馋……"

她都这样说了，顾喜彤只好又坐回到凳子上。

吃了饭后水果，顾喜彤终于把姜明明拖到书房："来来来，我们开始做作业吧。"

"我负责语文！"姜明明拿过语文书，"你负责其余的，嘿嘿！"

语文作业是几篇古文的翻译，参考书上都有，抄上去就行了。顾喜彤乐意承担更难的任务，于是拿过英语书，开始埋头苦干。

这样吃吃喝喝，看看电视做做作业，过了三天，作业竟然就完成得差不多了。

"哇，彤，你的效率好高，从小到大，我每次的假期作业都是拖到去学校的前一天才胡乱做完，从来没试过刚放假就把作业做完，接下来的一个多月都不用愁作业了，这种感觉太爽了！"姜明明高兴得抱着顾喜彤狠狠亲了一口。

顾喜彤反倒是怅然若失。等剩下那一点点作业做完了，她也就没有留下来的理由了。

晚上，姜明明的妈妈到卧室里来，一脸温柔的笑容："明明，你爸爸和我打算请年假，带你去青海湖玩，怎么样？"

"耶！原来早早做完作业就能有这么好的待遇啊，那我以后每次放假都先把作业做完，好吗妈妈？"姜明明把头靠在妈妈怀里撒娇。

"小彤也一起去吧，你们两个女孩子有个伴儿，才能玩得更开心。"姜妈妈又说。

她的邀请很诚恳，绝不是客套，但顾喜彤还是拒绝了："谢谢你，阿姨，可我妈妈还在家等着我呢。"说起妈妈，她露出很想念的神态，倒让姜妈妈不好意思了："也对，明明说你平时就住校，难得跟妈妈在一起，现在放假了是该好好陪陪你妈妈。"

姜妈妈走后，姜明明一脸认真地看着顾喜彤："跟我一起去青海湖，好不好？听说那里很漂亮，你是我最好的朋友，漂亮的风景，我想和你一起分享。"

她知道顾喜彤不想回家，平时很多个周末，她都是在学校度过的，有时候所有人都走光了，学校里除了保安和校工，就只有她一个人，尤其是晚上，偌大的寝室楼里，只有她的台灯亮着，她都不会觉得孤独吗？

一定会的吧，但她宁愿忍受孤独，忍受漫长的黑夜，也不愿意回家，就说明那个家带给她的痛苦，远胜过孤独的痛苦。

姜明明记得从前的顾喜彤是很开朗的，聊天的时候经常聊到爸爸妈妈，可现在，她再也不会在闲聊时提到自己的家人。她是唯一一个知道顾喜彤的妈妈再嫁的人，也听顾喜彤隐隐约约提起过，她有多么讨厌自己的继父。

虽然不知道到底为什么，但她相信一定不是顾喜彤的错。

"我真的不去了，你好好玩，多拍点照片，能给我再带点特产就更好了。"顾喜彤还是拒绝了。

其实她也很向往那一望无际的蓝色湖水，向往湖边大片大片的油菜花，可让她每天看着姜明明他们一家三口有多幸福，那无疑是一次次提醒她，她也曾这么幸福过，而以后，她再也不会拥有这样的幸福了。

得到过再失去，一定比从未得到更痛苦。她又何必撕开自己的伤口，让自己再痛一次呢？

第二天一早，顾喜彤就收拾东西回家了。

回去的公交车上，顾喜彤坐在最后一排靠窗的座位，看着外面熙熙攘攘的人群，有一丝流泪的冲动。

天地之大，她却不知道该何去何从。

终于还是回家。打开家门，何政不在，妈妈正在打扫卫生，看见顾喜彤回来了，很高兴，迎上来接过她手里的东西："彤彤回来啦？饿不饿？"

顾喜彤回了她一个笑容："不饿。"

坐了几分钟，她起身帮妈妈打扫卫生，一边打扫，一边说："妈，我想去找点兼职做做，楠县太小，兼职机会也少，你能不能给姑姑打个电话，让她帮我问问？"

顾喜彤唯一的姑姑住在成都，对顾喜彤还算疼爱。但父亲去世后，母亲再嫁，姑姑跟她们的联系就少了很多。

"好不容易放假，就在家里好好休息不行吗？我知道你担心什么，我保证他不会再犯了，好不好？"白瑞雪言语间还是有点难过。

顾喜彤低着头不说话。是从什么时候开始，沉默成了她对抗这个世界的姿态？

白瑞雪等了很久，也没等到她的回答，只得长叹一口气，然后拨通了姑姑的电话。姑姑很爽快地邀请顾喜彤马上去她家，说等她去了再带她出去找合适的兼职。

吃过午饭，何政从农家乐客房那边回来了，见到顾喜彤，笑着迎上来："彤彤回来啦？"

顾喜彤看了他一眼，点点头，表示回答。

"晚上想吃什么，我叫厨房做？学校的饭菜不好吃吧，我看彤彤都瘦了。"他热情地说。

顾喜彤恨不得马上抓一床棉被来裹住自己的身体，他的目光她都嫌脏。

得知顾喜彤马上要走，何政皱起眉头说："又出去？放假了怎么不在家里好好待着？"

这些冠冕堂皇的话他倒是说得出口。家，这里对她来说，能称之为家吗？家不应该是温暖的避风港吗，为何对她来说，却成了最厌恶也最不安全的地方？

拒绝了何政提出的开车送她的建议，顾喜彤提着简单的行李，自己转了两趟车来到姑姑家。

姑姑带顾喜彤去外面闲逛了一圈，顾喜彤提出来，想去KFC打工。她从前只在书上看到别人讲去KFC打工有多累，她很想尝试一下，工作够累，才能让她没精力去想那些不开心的事。

KFC本来是不招短期兼职的，但姑姑正好认识家附近那家店的经理，经理答应给顾喜彤一个面试的机会，面试时见她很是聪明伶俐、反应快，笑容也够甜，就答应让她试一试。

顾喜彤再次感谢上天，给她实力的同时，总不忘再给她一点点运气。

简单培训之后就上岗了，顾喜彤的工作是前台，从上午十点到晚上八点，中间有半个小时的午饭休息时间。除了这半个小时，她需要一直站在前台，对顾客笑脸相迎，打招呼，点餐，收银，看似简单的工作却让她有些手忙脚乱。因为一个甜筒没打好，她还被一个顾客抱怨了几句，她不敢说什么，只能笑着鞠躬，不断地说抱歉。

　　一天下来，累得脸上的肌肉都僵硬了，双腿发抖，路也走不动了，倒真是没空再想任何心事。

　　姑姑舍不得她这么辛苦，她却觉得没什么，劝姑姑说年轻人就是该吃点苦，多锻炼，几句话说得姑姑眼眶都红了。

　　虽然彼此都不说，但她们一定都想起了那个已经去世的人。爸爸还在的时候，顾喜彤哪知道什么叫吃苦？

　　可爸爸已经不在了，未来的路，她只能靠自己坚强地走下去，一辈子那么长，她一定还会遇见很多风霜雨雪，因为无从依靠，所以只能把自己变强大，等到她的盔甲足够坚硬，再难走的路，她走起来也会稍微轻松点吧。

3.

　　"欢迎光临，请问需要点什么？"顾喜彤如同往常一样对面前的客人露出礼貌的笑容。

　　面前的男孩子一脸不耐烦地看着菜单说："十对鸡翅、五个蛋挞、五个甜筒。"

　　"十对鸡翅、五个蛋挞、五个甜筒，请问还需要点别的什么吗？"

　　"不用了。"男孩子扫了一眼面前显示点餐明细的屏幕，视线落到顾喜彤脸上，顿时惊讶地瞪大了双眼，"是你？顾喜彤！你怎么在这里？"

"请问是打包还是在这里吃？"顾喜彤努力维持脸上的微笑，却在低头时偷偷翻了个白眼。陆展年进门时她就看到他了，他这种大少爷也会来KFC，真是让人意外。

"你又跟我装什么陌生人？当初为什么招呼也不打一个就走掉？"陆展年一点都没变，还是那么霸道。

"先生，后面还有客人排队。"顾喜彤假笑着提醒他。凭什么要跟你打招呼，你以为你是谁啊！她腹诽道。

后面的客人确实对陆展年的啰唆有点不满了，他只好掏出钱包，一边付钱一边气呼呼地说："在这里吃。"

靠窗的座位上，有两个男孩子正在等着陆展年，他端着餐盘，艰难地拿着五个甜筒，显得有些狼狈，两个男孩子却坏笑着看着他，并不起身帮忙。

他跟他们打赌赌输了，需要一个人吃掉所有的东西。他们明知道他最讨厌吃洋快餐，偏偏选了这么狠的赌注。

但陆展年出乎他们的意料，埋头苦吃，非常爽快，丝毫没有要赖的迹象，他们甚至怀疑他是不是几天没吃饭了，或者什么时候突然喜欢上了鸡翅冰激凌一类的东西。

他们哪里知道，陆展年在这里意外重遇顾喜彤，满心欢喜，所以无心恋战，胡乱吃完那堆东西之后，便找理由把他们打发走了。

顾喜彤在忙碌的间隙会忍不住看向陆展年。那些东西他几乎是吃一半浪费一半，看他被冰激凌冻得眉毛皱起来，一脸痛苦的样子，她心里暗爽，活该。

等到两个同伴走了，陆展年便蹭到柜台前，趁没人的间隙问顾喜彤："你什么时候下班？"

"先生，请问你要点餐吗？"

"喂，你……"陆展年气得说不出话来，又不愿意发火，想了想，只好又坐回到原来的位子上，百无聊赖地等顾喜彤下班。

她很缺钱吗？为什么不找一份轻松一点的工作？他只是坐着看她，都觉得累。不知道过了多久，他眼睛都看花了，一恍神，咦，顾喜彤跑哪儿去了？

他一个激灵跳起来，冲到柜台前问旁边的工作人员："顾喜彤呢？"

"下班了。"

他觉得心里慌慌的，两三步跑到门口，推开门跑出去，外面是熙熙攘攘的人群，他看花了眼，也没找到顾喜彤的身影。

几个小时前的喜悦心情荡然无存，他头一次生出了害怕的感觉，怕就这样失去了顾喜彤的消息，虽然他知道，明天她应该还会来上班，他也知道，就算她再也不来了，只要他想，就一定能找到她的下落，可就在这一秒，他却真真切切地感到了害怕。

此前的人生里，他从来没有害怕过失去谁。过分的是，他甚至不知道自己为什么要害怕失去她的消息。她对他来说，算什么？

他不知道，也懒得去想。

第二天，顾喜彤刚推开KFC的大门，就发现陆展年已经坐在昨天那个位子上了。要不是因为他换了衣服，她甚至会觉得他一直坐在那里，根本就没离开过。

她刚站到前台他就凑上来了，随便点了些东西，然后问她："你昨天为什么招呼都不打一个就跑掉？我发现你很喜欢干这种事哎。"

"你又不是我的上司，我下班为什么要跟你打招呼？"她面无表情地回答他。

陆展年气得牙痒痒："那你转学为什么也不告诉我？"

"为什么要告诉你？我们俩关系很好吗？"她已经没有理由再怕他了，所以对他说话也没必要再客气。

"你是不是还在生我的气？"陆展年突然换了可怜巴巴的表情。

　　"请你不要影响我的工作好吗？"顾喜彤不为所动，冷冷地说。

　　陆展年只好端着餐盘又坐回到他的老位子。

　　到了顾喜彤的午饭时间，陆展年一看她转身要离开前台，马上凑上去讨好地说："我请你吃饭？"

　　她觉得他有些莫名其妙，拒绝道："不用了。"然后就进了工作间。她每天都会自己带饭，姑姑的手艺很好。

　　等她吃完饭走出去，发现陆展年还在老位子坐着。他是闲得没事做，又拿她来找乐子吗？但一直坐在那儿有什么好玩的？她想不通，只觉得他实在是无聊。

　　她更没想到的是，此后陆展年居然每天都来，即使她总是对他冷冷的，态度很差，他竟然也不生气。所有的同事，包括经理，都知道有这么一个男孩子，大家都劝顾喜彤，女孩子闹脾气也要有个度，太过了就不好了。

　　年轻的女同事们个个都对陆展年温言软语，有时候还打趣道："小陆脾气这么好，对喜彤简直百依百顺，喜彤太有福气了。"

　　顾喜彤真想一口血喷出来，陆展年的脾气好？他又什么时候对她百依百顺了？重点是，大家都误会他们是情侣关系，无论她怎么解释也没用，他为什么也不辩解？

　　终于，在陆展年再次凑到她跟前时，她努力忍住对他的讨厌，和和气气地问他："你能不能告诉我，你为什么每天都来这里？"

　　陆展年见她态度这么好，心情也变好了，眉开眼笑地说："我想请你吃饭。"

　　"你也看到了，我每天都很忙，根本没空出去吃饭，再说无功不受禄，我也没理由让你请吃饭。"她耐心解释道。

"怎么没理由了，我以前欺负你，让你难过，让你生气，请你吃饭就当赔罪了。"他一本正经地说。

顾喜彤忍不住又想翻白眼了，她在心里大吼：你也知道你欺负我啊，你也知道你让我难过让我生气了啊！你以为你做的那些事只是请吃饭就能抵消了吗？可笑！

但纵然内心在咆哮，表面上，她还是客气地微笑："真的不用了。"

"那你还生我的气吗？"他一脸期盼地看着她的眼睛。

"过去那么久了，早就不生气了。"她说。只要能送走这尊瘟神，更违心的话她也愿意说。再让他天天守在这里，恐怕连姑姑，甚至是妈妈，都知道她有"男朋友"了。

"真的？"陆展年的眼里迸发出灿烂的神采。

"真的。"

第二天，顾喜彤上班时，提心吊胆地往陆展年的老位子看过去，看见那里空着，她总算是松了一口气。他在这里赖了这么久，就是为了听她说不生他的气了？他什么时候转性了，良心发现了吗？不过对她来说这些都不重要，只要他别来打扰她，她就谢天谢地。

快到顾喜彤的休息时间时，陆展年居然又出现了。

"你没空出去吃饭，我就给你带了便当。"他一脸献宝的表情，从袋子里拿出一个很漂亮的三层的饭盒，"我家阿姨做饭很好吃的，我叫她给你做了……"

"你怎么又来了？"顾喜彤冷冷地打断他。

"我来请你吃饭啊。"他对她的态度感到奇怪。

"是我昨天说得不够清楚吗？我不生你的气了，你也不用请我吃饭，我想我们的关系并没有好到带便当的程度，我和你，只是曾经做过一个学期的同学而已。其实我们并不是很熟。"顾喜彤真的生气了，她讨厌他的莫名其妙，讨厌他的纠缠不休，讨厌他那么没有自知之明，竟然认为他曾经对她做了那么多过分的事以后，可以这么轻易就一笔勾销。

她不是圣母，别人对她的好和不好她都会记得清清楚楚，她讨厌陆展年，这不是几个笑脸、一个便当就可以改变的。

"你说这些话是什么意思？"陆展年的脸也马上冷下来，大概此前从来没谁对他这样翻脸过，一时之间，他完全不能接受。她的话那样冷，将他的满腔热情浇了个透。

"也许你很闲，但是你也看到了，我真的很忙，这份工作来之不易，请你不要再来打扰我。"她毫不客气地说。

陆展年气得转身就要走，顾喜彤叫住他，他以为她后悔了，满脸期待地回头，却听见她说："便当你带走，我自己带了饭的。"

"你！"陆展年恨恨地看着她，她毫不畏惧地迎上他的目光。

他一把抓过饭盒，几步走到垃圾桶面前，粗暴地扔进去，然后头也不回地离开了。

看着他脸都被气歪了的样子，顾喜彤觉得很解气。她也算是为当初那个受气包一样的自己小小地报仇了。

第二天，陆展年没有来，第三天，陆展年也没来，剩下不多的日子里，他再也没出现过。

顾喜彤觉得神清气爽，同时又有一丝懊悔，早知道放狠话能让他滚蛋，应该早点这样做的。嗯，其实话还可以说得更狠一些的，只是她没什么经验，这已经是她的极限了。

暑假结束，顾喜彤领到三千块钱的工资。姑姑带她去办了人生中第一张银行卡，她把钱存进去，小心地把银行卡收好，觉得自己对未来似乎没有以前那么害怕了。

三千块对别人来说也许不算多，但对顾喜彤来说，她不再害怕离开家独自一人生活，她知道就算没有了何政，没有了妈妈，她还是可以活下去，只要她肯努力，她不仅可以活下去，还可以活得很好。

　　这个暑假对她来说意义重大，她不仅向独立迈出了一大步，第一次尝到了进入社会的酸甜苦辣，还用从没有过的强硬态度跟陆展年对抗，并且胜利了。她很想对天上的爸爸说，爸爸，别担心，我很好，我会学着保护我自己，我会变得更强大，你的小女孩儿，她已经长大了。

第五章

我拿什么跟你计较，我想留的你想忘掉

———————— *The original or meet you* ————————

1.

新学期，转来一个新同学。

姜明明正缠着顾喜彤，要她分享减肥秘诀，她想知道她到底吃了什么，做了什么，一个暑假下来竟然又瘦了不少，脸都变小了。

班主任领着新同学走进来时，所有人的注意力都被吸引，然后就听见女生们"嗡"的一声开始议论纷纷，男生们大都一脸轻蔑，以示对讲台上那个人的不屑。

"啊，好帅！"姜明明再也顾不上什么减肥秘诀，马上激动地掐着顾喜彤的手。

顾喜彤无力地挣扎了一下，最终只能由得她了。

哎，帅什么帅，你们是没见过他霸道又刻薄的样子。顾喜彤又翻了个白眼。她怀疑她这辈子的白眼大概都用在陆展年身上了。

是的，掐死她她都想不到，陆展年竟然会出现在她们班的讲台上，以一个转学生的身份。虽然故作镇定，但天知道她心里有多慌，这人怎么这样啊，拿转学当儿戏的吗？就因为她拒绝了他的便当让他不高兴了，他就要追到她们学校来，追到她所在的班上来报仇？

简直变态嘛。

陆展年自我介绍完之后，拎着书包往座位上走，顾喜彤觉得自己像在做梦，有没有搞错，他怎么坐到了她后面？她后面不是有人坐吗，那人什么时候搬走的，她怎么毫不知情？

姜明明已经兴奋得要晕倒，顺便也把顾喜彤的手掐得伤痕累累。

"来了来了，他往我们这边来了！"

"啊！不会吧，他竟然坐到了我的右后方！幸福要不要来得这么突然呀……"

说起来她们也认识四年了，她还从来没见过姜明明这么花痴的样子，她好想抓着姜明明的肩膀说："醒醒吧！这个人就是个浑蛋，是个恶魔！"

顾喜彤在紧张中度过了第一天。

出乎她意料的是，陆展年竟然像不认识她一样，从头到尾都没跟她说过一句话，甚至看都不曾多看她一眼。

好几个胆子大的女生在课间主动跑过来跟他聊天，他客气地应付着，很得体的样子。

顾喜彤不敢放松警惕。谁知道他葫芦里卖的什么药，他一天不出招，她就一天不放心。

但就这么过了一星期，他们之间竟然都相安无事，甚至她有一次没注意，板凳不小心靠到他的桌沿，把他正好搭在那里的左手手指夹到了，她吓得半死，一个劲道歉，他竟然也只是客气地笑着说没关系。

她几乎要怀疑这个人只是跟她认识的陆展年名字相同，长相相似而已了。

倒是姜明明心疼坏了，一个劲埋怨顾喜彤，怪她不小心，怎么能伤到她男神的手呢。

姜明明这次好像是来真的，从前活蹦乱跳一个女孩子，现在变得无比文静，只要有陆展年在，她绝不会大声说话。她能花很长时间去想一个跟他说话的理由，又只因为他客客气气的回答，就觉得幸福不已。

好几次，顾喜彤都想把自己和陆展年的过节告诉她，但看她每天双眼不住往外冒桃心的样子，又觉得不忍心。算了吧，她这种像追星一样的短暂的迷恋应该很快就会过去，她没必要给她添堵。

就这样过去了好几周，除了姜明明每天的花痴样，以及课间她身后总是多了很多女生走来走去，教室外总有别班女生有意无意地路过以外，别的一切如常。

日子久了，大家渐渐发现，陆展年看起来对人客气，但那客气其实是一种疏离，他对每个女生都一样有礼貌，没有任何人能让他特别对待。从他的吃穿用度和日常谈吐中，大家都猜到他家很有钱，可具体有钱到什么程度，却没人知道。

倒是男孩子们从一开始排斥他到后来喜欢他。他成绩好，是老师的心头爱，但他也爱打球，每次组织篮球赛或是因为打球而迟到，只要有他在，老师的态度都会好很多。而且他大气爽朗，谈吐幽默风趣，是那种可以当兄弟的人。

顾喜彤真是不明白，难道是一方水土养一方人，他到了她的这所平民学校，怎么突然变得这么受欢迎了？

其实陆展年性格一直都挺好，人缘向来不错，从前在芙蓉中学时，也只是对顾喜彤一个人"特别"对待而已。有些事情大概真是命中注定吧，她就是他命定的那个"特别"，让他一遇上就会马上变得"不一样"。只是那时候顾喜彤如同一只胆小的刺猬，忙着竖起全身的刺艰难求生存，哪里还有空注意别的。

陆展年转来楠县一中已经几个月了，唯一反常的地方便是，周末他总是很晚才离校，很早就来了。很多时候学校里只有他们两个学生，顾喜彤在教室的时候，他也在教室，顾喜彤回寝室了，他还在教室，也不知道他到底是什么时候离开的。

虽然他什么都不说，什么都不做，表现得跟她没有任何关系，但她总觉得不放心，他到底想干吗！她好想像上次一样明明白白地问他，陆展年，你到底想干什么？可他都没来招惹她，她实在不敢主动出击，她怕他会一脸无辜地看着她说："我认真学习啊。"

直到平安夜，谜底才终于揭晓。

2.

离圣诞节还有好几天，校门外的精品店就开始售卖各种充满节日气氛的小礼物了。最受欢迎的是那种用漂亮的包装纸包装起来的苹果，苹果表面有字，分别有"平安""喜乐""祝福""LOVE"四种。

姜明明买了个"LOVE"想送给陆展年，后来又觉得太直白，便又买了"喜乐"，想着上面有个喜欢的喜字，能表达自己的心意，也还算含蓄。

平安夜那天下午，陆展年抽屉里放满了苹果和别的小礼物，跟他关系好的男生乐翻了，大口大口地啃着苹果，气得送礼物的女生牙根都咬紧了。

顾喜彤也收到了几份礼物，有围巾手套，也有苹果，都是在里面留了小字条，托人转送的。只有一份礼物，不知道什么时候就静静地躺在她的课桌抽屉里，没有托人转送，也没有留下只言片语。

是一个杯子。包装得很漂亮，但有些奇怪的是，那包装看起来不算很新，似乎已经有些日子了。别的东西可以退还，但这个杯子，因为不知道来自谁，也因为实在很漂亮，顾喜彤稍微犹豫了那么一下，就选择了留下它。

晚餐时间，姜明明还在纠结送给陆展年的苹果到底是当面送还是悄悄送，看到别人的礼物基本都没什么好下场，她又开心又担心，开心没有人可以得到陆展年的青睐，担心自己也只是炮灰。

顾喜彤陪她坐在教室里纠结，但并未开口给她任何建议，凡是关于陆展年的事，她都保持沉默。姜明明一直想不通她为什么会看陆展年不顺眼，她经常跟她讲陆展年有多好多好，希望她能对他改观，不过收效甚微。

"顾喜彤，你出来一下。"突然有人在门口喊顾喜彤的名字。

是很久没见的邵一搏。

顾喜彤起身走出去，因为是晚餐时间，走廊上空荡荡的，只有他们两个人。

"送给你。"邵一搏手里举着一个透明的包装袋。里面是四个苹果，上面分明写着"祝福""平安""喜乐""LOVE"。连起来看倒真像是一句话了。

他是唯一一个当面送礼物给她的人，一时之间，她竟然不知道该怎么开口拒绝了。

"我不要。"她硬邦邦地抛出一句。

"只是苹果而已，没有别的意思，你就收下吧。如果不想吃，扔掉也可以。"他深深地看着她。

"谢谢。"她伸手接过，闷闷地说了一句。

"我们要一诊考试了，能不能给我一个鼓励？"他又说。

怎么鼓励？有什么好鼓励的？难道鼓励一下，你就能多考五十分？顾喜彤对这个要求很无语，但出于礼貌，她还是说："加油。"

"能不能拥抱一下？你别误会，我是说，朋友之间的那种拥抱。"他小心翼翼地观察她的反应。

这人是不是有点得寸进尺？顾喜彤不耐烦了。他到底有多喜欢她，她根本不在乎，对她而言，他只是个路人，只是曾经一起主持过一次节目而已。而且自从发生了何政那些事之后，她就非常厌恶跟异性有任何身体接触。

可不等她拒绝，他竟然就张开双臂，虽然他神情坦荡，似乎自己做出的只是一个朋友间最普通的举动而已，但对顾喜彤来说，却像是一座大山突然压过来，让她瞬间喘不过气，她心里一慌，下意识尖叫一声，一把推开他。

但她伸出手去却并没碰到他。就在她尖叫的同时，突然一个人影蹿过来，粗暴地揪着邵一搏的领子一把将他拎到了旁边。

是陆展年，他一声怒吼："你小子想干吗！"

"你是哪根葱？关你什么事？"邵一搏也生气了。这人谁啊，一上来就是一副打架的架势，以为他怕了不成？他和顾喜彤之间的事，要他来瞎掺和？

"人家都拒绝你了你还要拥抱要鼓励，要不要脸啊？"陆展年恨恨地看着他。

走廊上明明没人啊，教室里除了一个埋头睡大觉的男生之外也只有姜明明，这小子躲在哪儿听墙角呢，竟然把他们的对话都听了去。邵一搏有些恼羞成怒："关你屁事！"

也是凑巧，陆展年注意到顾喜彤没去食堂吃饭，就返回教室想看看她怎么了，走到楼梯口刚好听见他们的对话。

听见邵一搏说要拥抱一下时，他恨得牙痒痒，听见顾喜彤尖叫，他只觉得脑袋"嗡"的一声，身体已经弹出去，冲到了她面前。

虽然他没有静下心来思考过，但那一刻，他只知道，他要保护她。

是的，他要保护她。

"我们班女生的事就是我们全班的事！"关键时刻，陆展年搬出了班集体这种冠冕堂皇的理由。

下意识的恐惧感过去之后，顾喜彤冷静下来，面前两个男生浑身怒气对峙的样子让她有种莫名的熟悉感，她害怕旧事重演，赶紧上去劝架："都少说两句吧。"

"他是你男朋友吗？"像顾喜彤曾经问邵一搏一样，如今他反过来问她。

"不是。"

"那不就结了，你又不是她男朋友，她干什么你管得着吗？"邵一搏顿时冲陆展年咆哮。

其实本来不是什么大事，但青春期的男孩子，绝对不能忍受在自己喜欢的女生面前丢脸，所以邵一搏今天非要争个输赢。

"她的事我就是要管，而且管定了。"陆展年凶巴巴地说。

谁也没注意到不知道什么时候站在教室门口的姜明明，她手里攥着一个包装得很漂亮的苹果，静静地看着这一切。

"算了算了，别说了。"顾喜彤上去拽着陆展年的胳膊就要往教室里拖。他都搬出班集体了，她也不想拆他的台，何况他毕竟是在帮她，所以她选择了以息事宁人的态度站在他这边。

没想到陆展年的倔脾气上来了，他觉得离开就是认输，他怎么可能认输，怎么可能在一个喜欢顾喜彤的男孩子面前认输？所以他一抬胳膊，挥开了顾喜彤的手。

他没注意到顾喜彤站的位置，顾喜彤也没料到他会大力抬胳膊，只听又一声尖叫，她的脚一滑，居然顺着楼梯滚了下去。

随着她那声尖叫，陆展年脑子"嗡"的一声，他来不及思考，几步跨下楼扶起顾喜彤，着急地问："你没事吧？摔到哪儿了？"

好在冬天穿得厚，顾喜彤没什么大碍，只是崴了脚，手背和脸颊擦破点皮。

她甩开他的手，瞪着他，恨恨地从牙齿缝里吐出两个字：

"灾星。"

邵一搏和姜明明也跑下来了，姜明明扶着顾喜彤担心地问："彤，没事吧？"

"没事。"她冲她笑笑，看着欲言又止且满脸愧疚的邵一搏，"学长，苹果我收下了，一诊考试你要加油哦。"

这是下了委婉的逐客令，邵一搏觉得自己是她摔下楼梯的间接肇事者，也不好意思再坚持了，一再确认她没受什么伤之后，又用那种深深的目光看着她，说："对不起。"然后"噔噔噔"跑下楼了。

剩下顾喜彤、姜明明和陆展年三个人。陆展年要来扶她，她身子一退瞪着他："你就别来祸害我了。"

他自知理亏，不敢再说什么，闷闷地跟在她们身后上了楼。

进了教室，他讨好地说："你们还没吃饭吧，等着，我给你们买来。"说完不等她们回答，他就风一样冲出教室了。

他不能，也不敢给她拒绝的机会。

顾喜彤摸出湿巾清理手背和脸颊，姜明明呆呆地坐在旁边，突然，她拆开一直攥在手里的苹果包装，拿出水果刀，开始削起苹果皮来。

"你干吗！"顾喜彤吓了一跳，"你不送啦？"

"不送了。"姜明明一边说，一边切下一块苹果塞到顾喜彤嘴巴里，又切下一块放进自己嘴里，然后含混不清地说，"他不喜欢我，送了也没用。"

顾喜彤一时之间不知道该说什么，她本来就不希望姜明明在陆展年身上浪费感情，可她突然这样消沉，她又觉得难受。

"以前我以为他心里没有喜欢的人，所以觉得可以努力一下，我又不差，万一他就喜欢上了我呢。可今天我才知道，原来，他早就有喜欢的人了。"姜明明慢慢地说。

"是谁？你怎么知道的？"顾喜彤追问道。

"笨蛋，就是你呀。"姜明明温柔地看着她，轻轻说出这句话，然后眼眶就红了，"他喜欢的那个人，竟然是你。你是我最好的朋友，他喜欢你，我应该感到高兴才对。"

"傻瓜，你在胡说什么呀！"看她哭了，顾喜彤着急死了。

"你才是傻瓜呢，他喜欢你，你竟然一点感觉都没有吗？现在想想也是，全班有那么多座位，他非要坐你后面，他跟好多人都闲聊过，就是不跟你说话，对了，还有周末，他周末总是待在学校，原来是为了陪你！"姜明明越分析越觉得就是这么回事，既因为自己发现了一个惊天大秘密而兴奋，又因为自己喜欢的人心有所属而失落。

"怎么可能，我看你是言情小说看太多了吧。"顾喜彤觉得她完全是胡说八道。

"你看他什么时候像今天这么冲动过？今天这事儿要是换了别的女生，他肯定视而不见。"

说话间，陆展年回来了，手里拎着黑色口袋，大冬天的，额头上也有一层薄汗。

"饭来了饭来了。"他急匆匆地小跑过来，将袋子里的东西拿出来摆在她们的课桌上。

先是冒菜，然后是花溪牛肉粉、酸辣粉、烤肠，还有两杯奶茶。

桌子上摆得满满当当，热气腾腾的，看着就很有食欲。

重点是，这些都是顾喜彤爱吃的，包括奶茶，都是她喜欢的口味。姜明明朝她递了个眼色，意思是：你看，这下信了吧。

"吃吧吃吧，趁热吃。"陆展年急切地说，他那神色，真像等待主人摸摸头夸它乖的小狗狗。

"无功不受禄。"也许是怕姜明明伤心，怕证实了她的话，顾喜彤迫切地想跟陆展年划清界限。

"我害你摔下楼梯，让我赔罪可以吗？"

"不必了。"顾喜彤的语气很差。

气氛突然变得很尴尬，只有桌子上的食物还在散发袅袅香气，陆展年努力压制自己的怒气，这个女人脑子是不是有病，干吗非要跟他过不去！吃了他送的食物是会死还是会怎么样！

"嘭！"

姜明明把吸管插进奶茶杯里，"咕噜噜"喝了两口，然后露出夸张的傻笑："太好了，以后我就沾我们家彤的光，至少有免费奶茶喝了。喂，下次买好吃的也算我一个，可以吗？"

"啊？好，没问题。"陆展年有点摸不着头脑，但还是答应了。

"喜欢一个人呢，就要说出来，这样别扭地表达，有可能会弄巧成拙哦。"姜明明又笑眯眯地说。

顾喜彤都觉得她那笑容有些做作了。哎，心里明明很不开心，为什么要强颜欢笑？何况，她不想姜明明因为自己而不开心。

"喜欢？喜欢谁？你的意思是说我喜欢她？"陆展年像炸毛的猫一样跳起来，"胡说八道什么，谁会喜欢她！脾气臭得要死，我就算喜欢你也不会喜欢她好吗！我是看她崴脚了于心不忍而已！"

他一通吱哇乱叫，然后乒乒乓乓地推开挡住自己的板凳，重重地走出教室，又重重地摔上教室门，临走前，还气呼呼地说："爱吃不吃！"

教室里唯一的局外人，一个一直在睡觉的男生被这巨大的动静吵醒，抬起头，睁着迷茫的双眼四处看看，露出很无辜的表情：我只是想睡个觉而已，让我清静地睡会儿好吗？

换作以前，姜明明要是惹得陆展年这么生气，肯定早就惶恐不安了，可这次她很淡定，拿起吸管插进另一杯奶茶里，递给顾喜彤，然后掰开筷子说："吃吧，凉了就不好吃了。"

吃了两口，她又说："原来我男神在喜欢的女生面前这么幼稚啊。"

顾喜彤实在不知道该说什么，叹了口气，开始吃起冒菜来。

美食当前，不该辜负。

3.

这天晚上，窗外居然应景地飘起了雪花。楠县很少下雪，因此所有人都很兴奋，姜明明却很担心："这人跑哪儿去了，怎么连晚自习都不上了？"

顾喜彤心里也隐隐觉得不安，他那臭脾气，就这么冲出去了，说不准又会闹出什么荒唐事来。外面这么冷，他那么一个娇生惯养的大少爷，受得了吗？也不知道他现在到底在哪里。

第二节晚自习时，姜明明到底还是不放心，非要拖着顾喜彤去找陆展年。

"要去你自己去，我才不去找他。他那么大个人了，你还怕他走丢？"顾喜彤不肯去。

"我去有什么用，就算找到他，他也未必肯跟我回来，你去才有用啊。"姜明明硬拖着她往外走。

她拗不过姜明明，只好跟她出去。

在食堂和小卖部搜寻了一圈，无果。

姜明明非要再去操场看一看。顾喜彤很不满："这么冷，谁会待在操场啊，不被冻傻也被冻僵了。"

但她们真的在操场找到陆展年了。

他一个人坐在双杠上，像一座冰雕般一动不动，肩膀上落满了雪花。从教室里冲出来之后，他不知道该去哪儿，也不知道自己为什么要冲出来，就沿着操场一遍遍地走，也不知道到底走了多少圈，走到后来累了，就坐在双杠上休息。

他终于理清楚自己的思绪了。

为什么明明很想见到顾喜彤，明明是为了她才付出巨大代价转学过来的，但真的见到她了，却要假装不认识？为什么每天都会无数次将目光落在她身上，有时候上课也会看着她的背影出神，但她回头时，他却只敢马上移开目光，装作在看别的地方？为什么明明就是怕她周末时一个人留在学校会孤独会害怕，所以总是留下来陪她，可却从来不敢跟她说一句话？为什么看见别的男生靠近她，就会无法控制地冲上去，想要保护她？

以前他都没有仔细想过，只是凭着本能行事，今天，他却都想明白了。

因为他怕她再次装作不认识他，所以只好先假装不认识她。因为他知道她讨厌自己，他害怕自己的靠近会引起她更大的反感，所以只好默默坐在她后面。

他脑子有病吗？为什么她在KFC里那样羞辱他了，他却还要转学过来？为什么他要这样对待一个讨厌他的人？

是姜明明点醒了他。

原来，他做这一切，都只是因为他喜欢她啊。

什么时候开始的？为什么会喜欢上她？不知道。无解。没有答案。如果能够清清楚楚说出喜欢一个人的理由的话，他也就不会这么痛苦了。因为，只要破解掉那个理由就好了啊。可喜欢一个人，却不是说破解就能破解的。

因为喜欢她，想要见到她，想要和她在一起，想要改变自己在她心中糟糕的形象，想要她不要那么讨厌自己，所以，他求妈妈让他转学过来，他甚至签了协议，虽然来这里上学，但成绩绝不能有丝毫下滑，将来必须考上F大，如果考不上，就去英国留学，并且必须自己赢得奖学金，自己负担生活费。

他从来不知道缺钱是什么滋味，这个协议中的那个如果，已经是他能想象到的最糟糕的情况了。

还好，他今天把一切都想清楚了，想清楚就好了，喜欢一个人也不是什么大不了的事，他有信心，一定能让顾喜彤也喜欢上自己。他是谁？是陆展年啊。陆展年还拿不下一个顾喜彤？

正想着，顾喜彤和姜明明就来到他面前。

"你怎么在这里啊？冻死啦，快回教室吧。"姜明明说。

陆展年却并不说话，只是用热烈的眼神看着顾喜彤。

顾喜彤被看得有些不自在，白了他一眼，小声说："神经病。"

陆展年突然从双杠上跳下来，站在顾喜彤面前，因为距离太近，顾喜彤下意识后退了两步，保持两人之间的安全距离。

这个动作让陆展年很受伤，他想了想，问她："你很讨厌我吗？"

"人不犯我我不犯人。"她很含蓄地答道。

其实她很想说，是啊，你不会才知道吧，我岂止是讨厌你，明明就是讨厌你讨厌得要死！

他的眼珠转了两圈，似乎在思考她刚才的话，然后问她："有没有可能，将来有一天，你会喜欢上我？"

"当然不可能！你脑子有病吗？还是你以为我有病？我又不是受虐狂。"她的脸马上烧起来，气得要死，姜明明就在旁边哎，他怎么能当着姜明明说这种话？就算他们之间没有那些过节，她也不可能喜欢上好朋友喜欢的男生啊，何况，凭着他过去那些行为，她不恨他一辈子就算不错了好吗？怎么可能喜欢上他？

"可是，我喜欢你。顾喜彤，我是说真的，我喜欢你。"陆展年这辈子从来没有这么认真地表白过自己的心意。

姜明明热泪盈眶地站在旁边，又难过又开心。如果自己喜欢的人和自己的好朋友都能幸福，她会祝福他们的。

"神经病！"顾喜彤怒气冲冲地一把推开陆展年，拉起姜明明，"我们走！"

陆展年没防备，被推得后退了几步。姜明明也很意外，完全不懂她为什么会这么生气。

"喂，我是真心的！"陆展年对顾喜彤的怒气也是一脸莫名其妙，还在她们身后喊。

"闭嘴！不准你再说，再说我就缝上你的嘴！"顾喜彤几乎是恶狠狠地回头喊出这句话，然后又拖着姜明明大步往前走。

姜明明被她吓得不敢吭声，心情复杂，不知道该怎么办，只好被动地跟着她往教室走。

陆展年在原地站了一会儿，甩甩头，也慢慢地跟在她们后面往教室走。

似乎自从他在KFC重遇她起，她就变了。他第一次见她，她是冷漠的，后来在学校里见到她，她总是小心翼翼、很卑微的样子，无论被他欺负成什么样都默默忍受。

最后一次，她在校门口哭着对他喊出那些话，看得出来，她已经鼓足所有勇气，如果不是当时被怒气冲昏了头，如果等她的怒气稍微平息一点点，她其实是说不出那些话的。

可时隔半年，在KFC再遇到她，她身上那些小心翼翼，那些卑微，似乎完全消失了。她仿佛从一只柔柔弱弱的只会躲在角落里的小鼹鼠，变成了一只浑身是刺的刺猬，时刻紧紧抱住自己，用身上那些锋利的刺来面对这个世界。

如果没有再遇见她，日子久了，他心里那些不甘、那些愧疚、那些恼怒、那么多那么多的复杂的情绪，可能也就慢慢地淡了。但再见到她那一刻，心里的喜悦和渴望是那么强烈，没错，她扔掉了他精心准备的便当，他都快气死了，但为什么回家关上门生了半天的闷气之后，他却做出了要转学去找她的决定？

仅仅是不甘心吗？

不甘心，无论是冷漠的她，还是卑微的她，抑或是如今浑身是刺，总是强硬地对抗周遭世界的她，眼里都没有他。

这个笨女人，为什么这么糟糕，为什么就不能像姜明明她们一样，大方一点、爽朗一点、温柔一点、乖巧一点？

他气呼呼地推开教室门，拉开凳子坐下。距离太窄，他下意识把桌子往前推，却在碰到顾喜彤的凳子的那一刻，又拉了回来。

算了，窄点就窄点吧。多给她留点空间。毕竟，以后她就是他的女人了，要对她好点。他这样默默想到。

顾喜彤可不知道陆展年的这番心思。她只觉得生气，无比生气，要多生气有多生气。从小到大，喜欢过她的男生可不要太多，无论是三分钟热度，还是一往情深的，她都从来没有因为别人喜欢自己而生气过。被人喜欢是一种幸运，但如果那个人换成陆展年？

他以为他还是小学生吗？喜欢一个人所以要欺负她？他都逼得她在那所学校待不下去了，也配称为喜欢？

她光是想想，都觉得起鸡皮疙瘩。

姜明明百思不得其解，鼓起勇气问她："彤，你真的讨厌他到了这种程度？为什么？我觉得他真的很好啊，他喜欢你，我很为你感到高兴的。"

顾喜彤正在气头上，一股脑把她和陆展年之间的过节都讲了出来，讲到激动的地方，她恨不得回头去扇陆展年几个大嘴巴。

但姜明明的感受完全不一样。

当她知道他们之间那些事时，顿时觉得自己像是一个可笑的小丑。顾喜彤明明知道陆展年是为了她才转学过来的，为什么在最初的时候不告诉自己？这么久以来，冷眼旁观自己对她的裙下之臣大献殷勤，她一定充满了优越感吧？

姜明明忍了又忍，终于还是问她："一开始你为什么不告诉我？如果刚开始我就知道他是为了你才转过来的，我也不会喜欢上他啊！"

"对不起……"顾喜彤没想到她会是这个反应，"我以为他是来报复我的，再说，我以为你只是一时兴起，没想到你会真的喜欢上他……"

姜明明紧紧咬着嘴唇，眼眶里包着眼泪，沉默不语。

顾喜彤充满了愧疚感，伸手去牵住她的手，紧紧握了握："明明，对不起，我真的不是故意的……"

姜明明的泪终于落下来，半晌，她回握了顾喜彤的手，吸了吸鼻子说："好啦好啦，为一个男生吵架，不值得。"

两个女生的手紧紧握在一起，那么温暖。

第六章

就算疲惫不堪，也认定你和我为伴

The original or meet you

1.

陆展年喜欢顾喜彤的消息很快就传了出去。虽然大部分女生都嫉妒顾喜彤能得到陆展年的青睐，但又不得不承认，俩人只是站在一起，就已经很般配。高挑的身材，绝佳的身高差，还有超高的颜值。更别提他们俩还长期霸占年级一二名的成绩了。

以前很多人都想过，陆展年到底会喜欢什么样的女生？或者，到底什么样的女生才能配得上陆展年？如今答案揭晓，大家都有种恍然大悟的感觉。

但女主角似乎不太配合。

"你送的？"顾喜彤皱着眉头从课桌抽屉里摸出一个盒子，不满地看着陆展年。是一盒写满字母的巧克力，里面还有一朵香槟玫瑰。

陆展年的脸居然红了。其实他觉得送花送巧克力什么的真的很土很俗，可他也想不出更好的点子了，只好从基础做起。

"我姐寄回来的，我觉得很好吃，就想送给你尝尝。"他说的是真心话，遇上好东西，想和自己喜欢的人分享，也是人之常情。

"我不要。我早就跟你说过，别送东西给我，我们并不是很熟。"顾喜彤毫不留情地说。

从来都很骄傲的陆展年居然沉默了。这是她第二次当众拒绝他，他不可能再像上次那样幼稚地发脾气，但也真的不知道该作何反应。

顾喜彤见他不说话，也没那个耐心等他，直接把巧克力放回到他桌子上，然后转身开始背单词。

气氛尴尬得几乎快结冰了。同桌为了缓和气氛，笑呵呵地拿过那盒巧克力："这么高级的东西我还没吃过呢，我尝尝，我尝尝。"

陆展年没吭声，同桌只好硬着头皮拆开盒子，拿出一颗巧克力，撕开外面的锡纸，放进嘴里，然后夸张地说："哇，简直太好吃了！"

陆展年勉强挤出一个笑容："谁还要吃？"

附近的同学纷纷伸手来抢，教室里的气氛才终于恢复正常。

姜明明有些看不过眼，她毕竟还是心疼陆展年的，于是悄悄地跟顾喜彤说："彤，你这样也太不给他面子了吧，下次能不能别当着这么多人的面，不太好。"

"我想速战速决，不想拖拖拉拉，对他狠一点，他早点恢复正常，对大家都好。"

她说得确实有道理，可姜明明看着陆展年尴尬又难过的样子，还是觉得难受。

除了姜明明，还有更多的女生替陆展年难受。她们跟顾喜彤不是好朋友，所以第一时间站在了陆展年这边，开始讨厌，或者说变得比原来更讨厌顾喜彤。

这些，顾喜彤不是不知道。

从前她是很在意别人对自己的看法的，她有很多朋友，她喜欢一大帮子人在一起嘻哈打闹的感觉，她轻易不会得罪任何人，她很享受那种被人围绕的感觉。

可现在，她有了更重要的事，没有精力，也没有兴趣，再去操心人际关系。她要防着何政，她要好好学习，将来考一个好大学，她要学着自己保护自己，她还要找寻跟韩冬屿有关的蛛丝马迹，用那一点点跟他有关的东西，在不眠的深夜里慰藉自己。

除了姜明明，其他那些因为一个谣言就疏远她，因为一个男生就讨厌她的人，她也根本不稀罕。

但她没想到，这些女生会这么幼稚。

每年元旦，学校都会举办文艺会演，得奖的节目还有奖金。顾喜彤从小学舞，初中时因为年纪小，只参加过一次大型的舞蹈，这一次，在班主任的支持下，她和班里几个女生一起排了一支舞。别的女生只是想去舞台上露脸，或者获奖，而顾喜彤，则是冲着一等奖的奖金去的。

除了舞蹈，顾喜彤还担任了本次会演的主持人，搭档是隔壁班学播音主持的一个男孩子。

演出那天，天气阴沉沉的，随时可能下雨。顾喜彤和其他演员们在学校外面化了妆，换好衣服，然后回到学校安心候场。

进行曲放了一遍又一遍，领导们终于到齐了，校长致辞，然后是学生会文艺部的开场舞。开场舞结束，就该主持人上台了。

校长致辞完毕，走下舞台将话筒交给主持人，顾喜彤走上前去接话筒，却在接过话筒往回走的时候，感觉自己猛地崴了一下。

右脚高跟鞋的鞋跟居然断了。

她急得要命，环顾四周，其他演员们要么是穿着平常的运动休闲鞋，要么穿着各种靴子，竟然没有一个是穿普通高跟鞋的。没办法，她只好央姜明明去四处问问，看能不能临时借来一双高跟鞋，同时自己做两手准备，顺手捡起旁边也不知道哪个节目的道具里的几根丝绸，在脚上仔细缠好，缠出芭蕾舞鞋的样子。

开场舞跳到一半，丝绸缠好了，姜明明还没回来。顾喜彤安慰自己，没关系，不就是一双鞋吗，说不定她就算赤足上场，也根本没人注意呢。

可她还是紧张得要命。她是个完美主义者，心里很清楚，等下上场跟男主持会有几个简单的拉丁舞动作串场，他们已经练得很熟了，如果临时修改，男主持人会被打乱节奏，如果不修改，没有高跟鞋一定会大大影响舞蹈效果。

开场舞跳完了，姜明明还没回来。顾喜彤深吸一口气，抱着豁出去的心态，准备上场。谁知这时候，音乐又响起来了，男主持人没管她，而是自己跳上舞台，开始活跃气氛："今天的天气有点阴沉啊，没关系，让我们为大家带来阳光，首先让我们有请各位老师为我们来一曲歌曲串烧吧！"

彩排的时候并没有这个环节，除了音响师，所有人都很意外，台下坐着的领导和评委老师也很意外，男主持人走下舞台，将话筒首先对准了校长，校长也不推辞，站起来就开始唱："泥巴裹满裤腿，汗水湿透衣背……"

看着平时严肃的校长唱这么老一首歌，学生们都觉得很好笑，其他老师也跃跃欲试，现场气氛一下子就活跃起来。

就在歌曲串烧唱到尾声时，姜明明带着一双全新的银色高跟鞋回来了。一起带来的还有一条大红色的礼服裙。

"都换上吧。"她气喘吁吁地说。

"为什么要换衣服？"顾喜彤不解。

"没时间了，先换了再说。"姜明明把她推到后台的化妆室，帮她飞快地换了衣服。

顾喜彤皮肤白，穿红色非常漂亮。

后来表演结束，顾喜彤去收拾换下来的衣服时，才发现裙摆被人做了文章，如果她在上楼梯时被后面的人轻轻一踩，裙子就会撕裂开，露出底裤。

她不知道是谁要这样害她，但还是惊出一身冷汗。

而除了主持，她们班的舞蹈也出问题了。

候场的时候，其余四个女孩子突然齐齐围住顾喜彤说："等下的表演你就不要上了吧。"

"为什么？"她镇定地看着她们。

"我们讨厌你，不想和你一起跳舞。"

"大家以后可以不合作，但这次已经排练了这么久，何必为了一时意气破坏大家的心血呢？"顾喜彤尝试说服她们。

"你的意思是你非要上了？"女孩子们没想到顾喜彤会如此镇定，竟然还反过来劝她们。换成别人，被人当面这样说，早就捂着脸落荒而逃了。

"嗯。我希望我们的努力不要白费。你们讨厌我，大不了跳完这支舞，以后不来往。何必在这时候意气用事？"

"行，你非要上你就上吧，大不了我们不上了。"其中一个女生气得跺脚。她们不想放弃这个上台的机会，所以本意只是逼顾喜彤退出，却没想到她如此坚持，只好十分不情愿地拿不上台来威胁她。

这支舞蹈一共有六个人，如果她们四个都退出，就只剩下顾喜彤和姜明明了。

"随便你们。不过，我希望你们考虑好。"顾喜彤淡淡地说。

女生们闻言更是气得要命，手拉手扬长而去。

"彤，现在怎么办？"姜明明紧张得声音都在发抖。

"没关系，两个人也可以跳。等下我们俩距离隔远点，动作还是不变，你注意点，不要偏台。"

轮到顾喜彤和姜明明上台时，天下起了细细密密的雨。她们跳的是古典舞，在雨里挥舞着水袖，一圈又一圈地转着，竟然充满了遗世独立的味道。

因为舞台很大，所以从来没有人敢只用两三个人在上面跳舞，就算排了也通不过竞选，毕竟那么大的舞台上，只站两三个人，看起来会太过小气，撑不起台面。

但顾喜彤和姜明明这支舞蹈，却并不让人觉得小气，相反，大家的目光都被她们紧紧吸引，一曲终了，还意犹未尽。

关于这个节目的评分，评委们第一次出现分歧。她们跳得好，是公认的，但人少，也是无法忽视的一个缺点。

最后，这支舞蹈得了三等奖。奖金虽然比一等奖少了很多，但因为只有两个人分，所以顾喜彤拿到手的，反而比一等奖还多。

元旦文艺会演就这样有惊无险地度过了。事后，顾喜彤才知道，那天陆展年第一时间注意到姜明明在为顾喜彤找鞋子，于是马上带她上街买了鞋子，为了以防万一，他还做主买了那件大红色的晚礼服，他说，顾喜彤的高跟鞋应该不是意外坏掉的，既然鞋子能坏，衣服就也有可能坏。因为知道时间可能赶不及，他又给男主持人打电话，拜托他拖延时间，甚至让老师们唱歌曲串烧，也是他出的主意。

"他这是在赎罪呢。为什么有人会在背地里整我？还不是因为他。"顾喜彤说。

话是这样说，她心里其实还是感谢他的。鞋子的事还是小事，要是她真的当着全校人的面，被人把裙子踩下来，她的脸就真的丢尽了。

他心思这么细腻，这么有想法，她倒是真没想到。

"我觉得你这样对他真的不太公平。你就不能试着忘记他曾经犯的错,给他一个机会?"姜明明劝她。

"他不会无耻到派你来当说客吧?"

"他才不是这种人。就连他帮你买鞋子买衣服的事,他都不让我说,非要我答应他,骗你说东西是我借来的。可我想让你知道,他对你真的很好。"姜明明说着说着,忍不住有点激动。

那天和陆展年上街买东西,是他们这么久以来最亲近的一次了,他询问她顾喜彤的鞋码,让她帮忙挑鞋子,看她走得太急差点摔跤又伸手扶她。所以虽然她跑得很累,即使是冬天也满头大汗,但她觉得值得,因为既可以帮助顾喜彤,又可以让他安心。

她从来没有这么卑微地喜欢过一个人。最初她也以为自己只是喜欢他的皮囊,长得帅有什么稀罕的,全世界难道就他陆展年一个人长得帅吗?

可后来她发现,就算明知道他喜欢的人是顾喜彤,就算无数次想象他将来变老变丑的样子,她却还是喜欢他。

她甚至希望他能一夜苍老,变得鸡皮鹤发,这样,就没有人会喜欢他了,就只剩她还在他身边了。那时候,他是否就能属于她了呢?

所以看见他的心意被顾喜彤辜负,她真的很难过。

2.

来年春天,年级上组织学生去郊游,地点是大邑县安仁镇的建川博物馆。

时间一定下来,所有人就都兴奋起来,计划着那天坐车时谁挨着谁,带什么零食,谁带相机。而目的地是哪里,反倒不是那么重要了。因为有两个多小时的车程,所以车上座位的安排就变得格外重要。

顾喜彤对此不太关心,反正她走到哪里身边都是姜明明。但那天当她和因为拉肚子临时上了很久厕所的姜明明最后上车时，却发现车上并没有两个挨在一起的空位了。

车上只剩两个座位，一个在陆展年旁边，一个在当初因为传顾喜彤和邵一搏的谣言而被她当众揪起来的那个女生旁边。

顾喜彤马上就明白过来当下的局面了。还用说吗，自然是陆展年安排的。为了逼她选择他旁边的座位，他也是够拼的，连那个女生都说动了。

他知道她是骄傲的，不可能主动坐到那个女生旁边。但他又太不了解她，她不会因此就妥协，就坐到他身边。他们都忘了，车上其实还有个单人座位，就在车门旁边。大家都默认那是带队老师的位子，但她为什么不可以坐那里？

陆展年和那个女生一前一后地坐着，旁边的空位一前一后地等待着，姜明明很自然地拉着顾喜彤的手往空位上走，自己先坐在了那个女生旁边，然后边放包边说："没有两个挨着的位子了，将就吧。"

全车人都在明目张胆地或者偷偷地看着顾喜彤。

她对姜明明笑笑："没关系，这边还有个位子。"说完就去那个单人座位上坐了下来。

带队老师清点了人数之后，也没觉得有什么不妥，很自然地在唯一一个空位，也就是陆展年旁边的座位上坐了下来。

顾喜彤几乎能听见好多人失望的叹息声。她满腔怒火，努力压抑着，想找个没人的时机，再冲陆展年发出来。

为什么要把她逼成这样？为什么要用"喜欢她"这个理由来把她推到万众瞩目的境地？她不介意因为自己优异的成绩，因为出色的舞蹈，因为流畅的主持而被人注意，但她讨厌这种像是被人看好戏一般的感觉，她讨厌所有人都觉得他能喜欢她就是她的福气了，她讨厌每个人都在等着她回应他，似乎不回应他的感情，她就犯了天大的错一般。

这些为陆展年抱不平的人，有谁亲眼见到他当初是怎么对她的了？如果那样的行为也能算喜欢一个人的话，她只能说，这种喜欢她无福消受。

不过她压根儿没想过，安排座位这个事，其实是姜明明策划的。她想最后再努力撮合他们一次，却没想到，又一次让陆展年当众难堪。

车子行驶的过程中，她一直看着陆展年。他戴着耳机听歌，从头到尾不曾说过一句话，仿佛满车的热闹都与他无关。他一定很难过吧？姜明明几乎快要恨上顾喜彤了。

车子到达目的地之后，顾喜彤若无其事地下车，像往常一样挽着姜明明的手，却敏感地发现她没有回应她。

快到午饭时间，姜明明突然跟偶遇的几个女生打招呼，表示要和她们一起去吃饭。顾喜彤不明白发生了什么，自从她转学回来，只要她在学校吃饭，从来都是姜明明陪她，绝不会有第三个人。但整个上午，她清楚地感觉到姜明明的不高兴，她也大概明白这是她闹别扭的一种方式，于是她放开她的手说："那你和她们一起去吧，我就在那边吃碗面就好。"

她带了泡面，去茶馆里要了开水，自己一个人端着泡面坐在河边吃。建川博物馆很大，生态环境也很好，她选的地方周围是树林，面前是河流，除了她之外，再没有其他人。

面吃到一半，陆展年来了。

她一看见他就烦，他还没开口呢，她就忍不住说："你怎么阴魂不散，哪里都有你！"

"喂喂喂，我又哪里惹到你了，至于见到我就这么大火气吗？"他举起双手做投降状，颇有些委屈地说。

她不愿意承认，其实姜明明的行为伤害到她了。姜明明对她来说，是很重要的一个人，所以她扔下她跟其他女生去吃饭时，她有种被抛弃的感觉。她现在拥有的已经不多了，而姜明明，占了其中很大一部分。

造成她们之间芥蒂的，不就是面前这个罪魁祸首吗？所以她除了冲他发火，还能怎么办？更别提早上坐车那件事，她还余怒未消呢。

"红颜祸水。"她不满地嘀咕了一句。

"喂喂喂，这句我可听到了。你觉得我是红颜祸水？我能不能把这当成一种表扬？"陆展年在她身边坐下来，厚着脸皮说。

"离我远点！"她不满地瞪着他。

"好好好，你说怎么就怎么。"他好脾气地往旁边挪了挪。

接着，两个人都沉默了。

周遭有鸟叫声，有风吹树叶的声音，还有潺潺的流水声，顾喜彤静静地感受着微风拂面的感觉，心也慢慢静了下来。

"喂？"陆展年突然说话了。

"嗯？"顾喜彤挑了挑眉毛。

"不管别人怎么说你，都不要害怕，因为我一定会相信你的。"他突然没头没脑地说出这么一句。

大概是因为当时的环境太美好，顾喜彤懒得跟他抬杠，所以只是随口答应道："嗯。"

"我是说真的。"他又强调道。

"知道啦。"她随口说。

过了会儿，他突然又说："不管你信不信，我都一定会保护你。"

"烦死了，你的话怎么这么多。"顾喜彤终于不耐烦了，站起来拍拍屁股上的灰，然后把泡面碗扔进垃圾桶。

"好啦好啦，我不说了。下午跟我一起参观吧，我来过几次，可以给你讲解。"陆展年趁她心情还不错，赶紧提要求。

"还是算了吧。我去找明明了。"她说完，蹦蹦跳跳地走掉了。

他还从来没见过她这么放松的一面，看着她像个小学生一样蹦蹦跳跳的背影，他又心疼又开心，那些话也不忍说出口了。

就在刚才，陆展年和一群男生在阿庆嫂茶铺吃饭，姜明明和几个女生也叽叽喳喳地走进来，他特意看了下，没看见顾喜彤，于是把姜明明拉到一边，小声问她："顾喜彤呢？她怎么没来吃饭？"

姜明明的脸一下子就拉下来。她看了看四周，把他拉到无人处，小声说："你到底喜欢她什么？"

陆展年觉得她这个问题过界了。她不过是他喜欢的女孩子的好朋友而已，以他们之间的关系，她是不应该问他这种问题的。

但他还是勉强回答了："为什么这样问？喜欢就是喜欢咯。"

"她是不会喜欢你的，你死心吧。"她非常不高兴地说。

陆展年简直搞不懂女生的世界了。前一天晚上明明是她来找到自己，跟他交代了一番，说今天一定想办法让顾喜彤坐车时坐在他旁边，怎么现在就变脸了？

看着他脸上的疑问，她又说："我已经尽力了，她对你却还是这样，我怀疑她根本就不会喜欢任何一个男生。其实……她和她继父之间……好像有点问题。"

"你这话是什么意思？你是她最好的朋友，怎么能这样说她？"陆展年觉得姜明明的话实在是太刺耳了。

"我又没撒谎。我知道你喜欢她，所以觉得她什么都好，但我……我喜欢你，所以不想看你这样陷下去。你别误会，我并不奢求你会喜欢我，我只是……只是不想看到你伤心，不想看到你继续做无用功，你明白吗？"姜明明说着说着，眼泪都出来了。

但陆展年却觉得她那根本就是鳄鱼的眼泪。

"喂！她可是你最好的朋友！"他忍不住低吼道。吼完了，又觉得不放心顾喜彤，于是转身出来寻她。

没想到他却看到一个在小河边自得其乐吃泡面的她。他以为她真的那么强大，强大到连姜明明那样的话语都不在乎，却没想到，她原来根本还不知情。

他不忍心告诉她。他看得出来，这个朋友对她来说有多重要。晚一点知道，就能晚一点受伤吧。

下午，逛到地震馆时，陆展年又遇上落单的顾喜彤。其他人见状都知趣地离开了，只剩下他们两人。

"你怎么一个人？"陆展年小心翼翼地问。

"我想多看会儿这里，明明在前面等我。"顾喜彤轻声回答道。

"哦。"陆展年说完，也不知道该说什么，就只是静静地站在她身边陪着她。

"你觉得它会孤独吗？"顾喜彤指着面前的一头猪说。这头猪就是著名的猪坚强，5·12地震的时候被埋了36天，被救出来时居然还活着。后来建川博物馆的馆长将它买下来，送到博物馆，有舒适的住处，还有专人喂养。

"它？"陆展年看着那头胖得都快走不动的猪，实在没法将它和孤独联系起来。

"连猪都有这么强烈的求生欲望，人也一样吧。有时候我会想，会不会爸爸其实还活着，只是因为某种原因，没法回来找我？"

这是她第一次在他面前袒露心扉。也许是今天姜明明的刻意疏远，让她觉得孤独吧。她拥有的温情越少，那些温情对她来说，也就越重要。无论她怎样逼自己强大起来，毕竟也只是个十七岁的女孩子而已。

"如果你爸爸还在，他一定会想尽办法回来找你的。"陆展年此刻多恨自己竟然是个笨嘴笨舌的男生啊，一点也不会安慰人。

顾喜彤沉默了很久，离开前突然说："其实我知道，根本就没有这个如果。人不应该抱有不切实际的幻想，这对现实毫无帮助。"

她说这话时，表情很平静，但陆展年看着这样平静的她，却觉得心里好难过好难过。这一刻，他突然理解了古代那些拱手天下只为换你欢颜的君王，因为此刻的他，真的愿意付出所有来让她开心。

哪怕她永远不会喜欢上他，哪怕她还是那么讨厌他，但只要能让她开心，他都愿意承受。

很久以后想起来，陆展年觉得自己对顾喜彤的感情就是在那一天发生变化的。从前他是那么幼稚地喜欢着她，不甘心被她忽视，不能接受被她讨厌，骄傲地想要征服她，但从那一天起，他抛开了自己所有的不甘和骄傲，只希望她开心就好。

他也并不会觉得自己的感情多么伟大，因为他渐渐明白，真正喜欢一个人，并不是要占有，而是，只要她好，就一切都好。

3.

没过多久，关于顾喜彤的谣言再次在班里流传开来。最初顾喜彤并不清楚具体情况，上次她对那个传她谣言的女生当众发难之后，所有人都知道她是不好惹的，所以不敢再像以前一样当着她的面说难听的话。

但她能感觉到自己周遭氛围的变化。

以前她就算人际关系不太好，可也有一些与世无争的女生跟她算是点头之交，但现在，所有人都用一种怪异的眼神看着她，只要她靠近，无论那些人在聊什么，一定会马上安静下来，等她走过去了，再重新开始聊天。

甚至姜明明也越来越多地不跟她一起上厕所，一起吃饭，而是跟其他几个女生常常混在一起。

姜明明要疏远她的意图那么明显，她觉得难过，却又不知道该如何开口，如何挽留。

终于有一天，体育课自由活动时间，她多了个心眼，偷偷跑回教学楼，站在教室外面偷听里面的聊天，果然，聊天内容几乎都是关于她的。

主题无非有两个：第一，她的父亲去世不过半年，母亲就再婚了。第二，她跟继父之间不清不楚，大家甚至猜测，继父根本就是为了她才娶她母亲的。

"难怪无论是谁追她，她从来没动心过，也没见她喜欢过哪个男生，邵一搏就不说了吧，连陆展年她都不动心，原来如此啊……"

聊得热火朝天的那几个女生中，有两个正好是最近跟姜明明走得比较近的那几个其中之二。

大夏天的，顾喜彤却觉得如坠冰窖。

她该感谢姜明明本人现在不在其中吗？她无法想象，如果听到这些话从姜明明的口中说出来，对她来说会是多么大的打击。

是的，这两年来，她也算经历过一些风风雨雨了，她懂得了很多同龄女生还不懂的道理，看开了很多同龄人无法看开的事。这些谣言，如果早一年让她听见，她一定会崩溃，但现在，她根本不在乎。

母亲在父亲去世后半年就再婚，这是事实，她无法反驳。若换作从前，她会因为别人议论自己的妈妈而冲上去跟人拼命，但现在，不会了。她突然觉得人活在这世上，牵挂越少，倒真是越轻松。没有那么多要为之拼搏的人和事，反倒简单。

而她和何政之间，是怎样就是怎样，别人再怎么议论，也改变不了事实。再说，她们，或者说是她姜明明，不过是凭她曾说过的模糊的只言片语来妄加猜测罢了，又能议论出个什么。

真正让她痛心的，让她难以接受的，是姜明明对她的背叛。

是的，敏感如她，早慧如她，毫不费力地就可以猜到，这一切谣言的背后，一定是姜明明在操控。

因为所有的同学里，只有她知道顾喜彤的母亲再婚，顾喜彤讨厌继父，甚至因为继父而不愿意回家。

姜明明已经是她在这个世界上唯一愿意相信、愿意付出真心的人了。无论她对别人如何冷漠，如何不在乎，但对她，她就是一只张开怀抱的刺猬，把所有的柔软都暴露在了她的面前。

可她却用一把利剑，狠狠地刺穿了她的胸膛。

她要感谢过去这两年的磨炼吧，它们使得她的心坚硬粗糙了不少，才不至于被这一剑彻底击垮。

但她还是很痛，伤得很重。她紧紧蜷缩起来，缩成一团，默默疗伤。她紧紧地抱住自己，拼命让自己记住此刻伤痛的感觉。她命令自己，从此以后，再也不能给任何人伤害自己的机会了。

从此，她只会用浑身的利刺去跟这个世界战斗，那所有的柔软，她只会深深地、深深地藏起来，再也不展示给任何人。

她不想再痛一次了。

第七章

人要畅快一点，把甘苦尝遍，最好是爱恨都体会，青春不浪费

The original or meet you

1.

顾喜彤并没有去找姜明明兴师问罪，她甚至连当面对质都不敢。

她害怕听见她亲口承认对她的背叛。

反倒是陆展年，在越传越离谱的谣言里找到姜明明，愤怒地质问她。

"那些话，你跟我说说就算了，为什么要到处乱传？她是你最好的朋友，你怎么可以这样对她？"他的眼里几乎要喷出火来。

姜明明从来没见过他这么生气的样子。想到他的怒气都是为了顾喜彤，那个对他毫不在乎、毫不珍惜、总是当众给他难堪的顾喜彤，她更生气了："她算什么朋友？是朋友，当初就不会瞒着我你们早就认识的事，看我傻乎乎地陷进去；是朋友，就应该听我的劝，不要总是在我面前践踏你的心意，让我难受！陆展年，你以为我愿意这样吗？我多希望自己从来就没有喜欢上你，那样的话，你的自尊被人踩到尘埃里也不管我的事！你凭什么来怪我？要怪就怪她，干吗跟自己的继父牵扯不清，要怪就怪你，为什么要喜欢我最好的朋友！"

"你也知道她是你最好的朋友啊！好朋友之间难道不是应该互相体谅，甘苦与共吗？她待你不薄，你呢？你根本就不配！我警告你，以后不要再说任何一句关于她的坏话，不然，我不保证能一直坚持不打女人！"陆展年气得紧紧握着拳头，关节"咔咔"作响，他残余的一丝理智使他没有扇姜明明一个耳光，但临走之前，他还是扔出了一颗重磅炸弹。

"别再说你喜欢我。被你这样的人喜欢，让我恶心。"他冷冷地说完，转身就走。

在他身后，姜明明早已经泣不成声。她知道，她把一切都毁了，她毁了和顾喜彤之间的友情，也毁了陆展年对她可能存在的最后一丝善意。

她不愿意去想自己是否后悔，她只知道，自己做过的事，就要为此承担后果，哪怕是付出巨大的代价。

姜明明找老师申请换位子，老师找来顾喜彤询问她的意见。一直以来，包括老师都知道她们俩是好朋友，这次老师以为她们是闹了什么小别扭，所以想要调解。

顾喜彤提出，干脆把她换到讲桌旁边吧。

讲桌的左边和右边被称为耳朵，两个耳朵各有一个座位，以往都是安排比较调皮的学生坐，因为最靠近老师，方便管理。

而且那个座位吃粉笔灰最多，看黑板也得偏着头，很不舒服，所以没人愿意主动坐那里。

但顾喜彤觉得那里也挺好，听老师讲课听得清楚，上课不容易分散注意力，每两周一次的调位，也不用参加，不用再换来换去，省心。

第二天，陆展年就换到了另一个耳朵上。

从此，他们班的耳朵不再是差生专座，而变成了学霸专座，并且这一坐，就坐到了毕业。

顾喜彤和陆展年的座位换走以后，姜明明突然剪了头发。从前的披肩长发变成了像小男生一样的短发，显出几分利落，但更多的是不协调。

没多久，姜明明开始逃课，一开始只是逃晚自习，后来连正课也逃。

再后来，听说她开始抽烟喝酒。

她被老师频频叫到办公室批评，家长也请了无数次。头疼不已的姜妈妈来找过顾喜彤，想知道自己的女儿为什么突然变成这样，也希望她可以帮忙劝说。

顾喜彤含糊搪塞了过去，心里却也不是不难过。

终于，在她当面在厕所里撞见姜明明抽烟时，她忍不住了。

她把姜明明叫到天台，用从未有过的语气很凶地说："你看看你现在这样子，像什么？玩颓废吗？你玩给谁看？你有没有考虑过你爸妈的感受？"

姜明明冷冷地看着她："这是我自己的事。"

"你以为我想管你？我只是念着叔叔阿姨从前对我的好，不想他们伤心而已！"顾喜彤没好气地说。

"你懂什么？你知道那种爱而不得的伤痛吗？从来都是男生喜欢你，你根本不懂喜欢一个不喜欢自己的人有多难过！"姜明明愤怒地说。

"爱而不得？"顾喜彤一声冷笑，"你觉得喜欢一个不喜欢自己的人就算天大的事了吗？为了一个根本不喜欢自己的男生，你就可以糟蹋自己、背叛朋友、让爸妈伤心？你看看你现在这副样子，你自己都不自爱，别人凭什么来爱你？你有那么美满幸福的家庭，有那么爱你的爸爸妈妈，但你根本不珍惜！就因为感情受了一点挫折，你就自暴自弃，我告诉你姜明明，你这点事儿根本就不是个事儿！真正的大风大浪你还没见过呢！"

"你少来教训我！咱们俩现在是井水不犯河水，别以为我背后说了你几句，你就站在道德制高点了。拜拜，我不奉陪了。"姜明明吊儿郎当地说完这些话，将一直拿在手中的烟蒂扔在地上，狠狠碾灭，然后头也不回地离开。

她不想让顾喜彤看见她的眼泪。

不管谁对谁错，她们之间，都已经走到这一步，再也回不去了。

她走后，顾喜彤一个人站在天台上，吹着风，看着远处的街景，并没有哭。她不会再为不爱她，伤害她的人流眼泪了。

2.

从那天起，直到毕业，整整一年，姜明明和顾喜彤之间再也没有讲过一句话。

进入高三，学习越来越紧张，关于顾喜彤的谣言传了一阵子，当事人始终那么镇定，始终不做任何回应，慢慢地，谣言也就散去了。

但顾喜彤彻底落单了。

整整一年，再也没有任何女生来接近她，她也没兴趣接近任何人。她开始习惯课间一个人去厕所，习惯出操时将双手插在衣兜里独自下楼梯，习惯一个人去食堂吃饭，习惯体育课的自由活动时间，一个人练练双杠，慢跑几圈，以此锻炼身体。

没什么可怕的。当初在芙蓉中学那一学期，她也是一个人挺过来的，那时候多糟糕啊，自己又自卑又懦弱，还随时可能被人欺负，就算被欺负了也只能默默忍受，丝毫不敢反抗。

现在已经好多了，她拥有日渐强大的内心，不再自卑，她成绩优异，是老师的宠儿，她懂得保护自己，就算独来独往，也没人敢来欺负她。而且从前欺负她欺负得最厉害的陆展年，现在竟然喜欢她，不仅不再欺负她，反而处处护着她。

她不得不承认，有时候，她还是感谢陆展年的。

女生们集体孤立她，但班上各种活动，难免有需要组队完成的情况。每一次，无论是老师要求讨论某个问题时需要分组，还是打扫卫生需要分组，他都会第一时间热情邀请她跟自己一组，从来不在乎任何人的眼光。

她知道他并不是为了接近她，而是为了照顾她的感受，不让她因为落单而难堪。

因为有他的存在，她才能将孤单的状态应付得游刃有余。她不怕孤单，因为她并不是真正的孤单。任何时候，只要有需要，陆展年总会第一时间出现在她身边。

所以在班里那几个成绩不错，但从来都用很轻蔑的眼神看着顾喜彤的女生来找她，提出想邀请她参加班里的辩论队，去参加学校的辩论大赛时，她毫不犹豫地拒绝了。

她知道这是她重回女生群体的一个机会，但她不屑。已经高三了，她不想把时间浪费在不相干的人和事上面。

她宁愿多跟陆展年讨论几个题。

陆展年总在课间找她讨论题，其实虽然他是年级第一，她是年级第二，但她的成绩比他差了不是一点半点。他的基础好，每个周末还被迫接受芙蓉中学的名师补课，她会做的题，他一定会做，而他不会的，她根本不可能会。

但他还是乐此不疲地跟她讨论题目，讨论书上某个知识点，每次讨论结束，她都觉得自己学到很多东西。那时候她不懂，他其实根本是在借这种方式帮她补习。

日子久了，他竟然成为这个班里跟她最亲近，讲话最多的人。

她能体会到他的好意，有时候也会调侃他："你干吗拼命给我讲题啊？是在弥补吗？告诉你，我可是很记仇的。"

她说的是当初在芙蓉中学，他主动提出要给她讲题，但后来她找他问题时，他却翻脸，搞得她在全班人面前下不来台的那件事。

他笑得很尴尬："往事不堪回首，那些事，不提也罢，不提也罢。"

有时候顾喜彤也会提醒自己，是不是对陆展年过于放松警惕了。他曾经那样欺负她，为什么他们现在却可以谈笑风生？真的是因为他喜欢她，对她好，而她也接受这样的好吗？

她想来想去，清楚地知道，并不是这样的。他们可以谈笑风生，不是因为她接受了他的好，而是因为她从来就没有忘记过他对她的伤害，正是因为有一条警戒线在那里，她知道他在她的世界里最远可以走多远，所以反而安全。

离高考没几个月时，又发生了一件事。

班里有个女生的家人得了重病，需要大笔治疗费，于是班长号召同学们捐款。这个女生人缘还不错，大部分同学也就慷慨解囊，少部分吝啬一点的，也捐了一顿饭钱。

只有顾喜彤不肯捐。

人人都骂她太记仇、太冷血，就算曾经跟人家有过节，人家的家人都生病了，还有什么好计较的？

其实顾喜彤根本不觉得她跟这个女生有什么过节。其他人念叨的，无非就是元旦文艺会演表演节目那回事。这个女生是当时退出演出，想让她难堪的四个人之一。但顾喜彤根本就不觉得这算个事儿，她才懒得占用大脑的储存空间去计较那么多鸡毛蒜皮的小事。

捐款主角，换成任何人，她都不会捐。

因为她没钱。

何政跟妈妈不知道因为什么吵架了，为了道歉，何政帮妈妈报了团，妈妈去云南旅游了。顾喜彤已经两周没回家，原计划这个周末回家拿生活费，但妈妈不在，她是无论如何也不可能回去独自面对何政的。

剩下那点点钱，她至少还要支撑一周多，所以她连自己的口粮都成问题，哪里还有余钱捐给别人？

但她是不可能跟任何人解释的，她不愿意，也觉得没必要。何况就算真说了，谁会相信？这世上，真正关心你背后苦衷的，能有几人？大多数人只是喜欢看热闹，看笑话，喜欢满足自己的好奇心罢了。所以，完全没必要到处倾诉自己的苦衷。

后来，有个一直对顾喜彤有点儿意思，但是迫于陆展年的原因而不敢表明的男生，帮她捐了二十块钱。

他没来问过顾喜彤的意见，只是交了二十块钱给班长，说，记到顾喜彤名下吧。

顾喜彤听说这个事情之后，不置可否。

男生却将此解读为她默认了。

男生之所以敢这么做，是因为这几天陆展年不在，他去省里参加数学竞赛了。

陆展年回校后，第一时间听说了这件事。他找到那个男生，摸出一百块钱："你帮顾喜彤捐的款，我帮她还给你。"

男生不肯接："你是她什么人，有什么资格帮她还给我？"

陆展年也生气了："你又是她什么人，有什么资格帮她捐款？"

"反正我已经捐了，她也同意了啊。"男生挑衅地说。

"你哪只耳朵听见她同意了？"陆展年才不相信。

"没拒绝就是同意，你不会连这个都不懂吧？"

"少废话，这钱你收不收？"

"不收！"

"收不收？"

"不收！"

陆展年看着那男生一脸扬扬得意，几乎已经认定顾喜彤接受自己了的样子，忍无可忍，好久不打架的他终于又为顾喜彤破戒了。

男生完全不是高大的陆展年的对手，但他心里不服气，始终不肯服输，嘴里嚷着："你以为你有钱就了不起吗？你纠缠了她这么久，她理你了吗？"

两个人扭打在一起，旁人无法拉开。有人去找顾喜彤，跟她说清前因后果，希望她去劝架，顾喜彤正掐着时间在做英语卷子，头也不抬地说："他们俩打架关我什么事？第一，我没让任何人帮我捐款，谁喜欢交钱记在我名下，那是他自己的事，与我无关；第二，我更没有叫任何人替我还钱，也没人能替我做什么。他们俩打架那是他们俩的事，别把我扯进去。我没空。"

传话的人老老实实把顾喜彤的话带到，那个男生听了，气得不行，推开陆展年恶狠狠地一屁股坐在旁边，几乎是咬牙切齿地说："老子真是瞎了眼，才会喜欢这么冷血这么没良心的一个女生！"

陆展年吐出一口带血丝的唾沫，一把抓住那个男生的衣领："嘴巴给老子放干净点！"

男生用不可置信的眼神看着他："我说你这人脑子有病吧？人家都这样说你了，你还像条狗似的巴心巴肝守在旁边，她不就长得漂亮点吗？还有什么好？"

"她什么都不好，所以你离她远点，别再打她的主意，OK？"陆展年从钱包里摸出几百块塞到男生手里，酷酷地说，"医药费。"

这件事发生以后，顾喜彤和陆展年成了大家心中的一对奇葩。顾喜彤奇葩在，够自我，够冷血，无论别人骂她还是赞她，对她好还是对她坏，她似乎根本不在乎。陆展年奇葩在，喜欢一个人喜欢到了完全没有底线的地步，无论顾喜彤对他多差，一次又一次将他的心意踩在脚下，他依然百折不挠。

但相较于对顾喜彤的一面倒的差评，陆展年也因此收获了一批支持者，全部是女生，个个都希望自己有一天也能遇上一个像他这么痴情专一的人。

其实顾喜彤也没有冷血到那种程度。至少对陆展年没有，因为她知道陆展年对她好。那个周末，教室里又只剩下陆展年和顾喜彤时，她突然喊他的名字，说："以后别打架啦。干吗跟那些不相干的人打架，不值得。"

她已经太久没向人表达过善意，所以连关心的话听起来也硬邦邦的，如此别扭。但陆展年开心得快要飞起来了，这么久了，他早就了解她是个什么样的人，自然也听得出她的关心之意。

对她来说，他是她会去关心的人，而那个男生只是个不相干的人。

他对她来说是特别的，是跟其他所有人都不同的！只是想到这点，他就已经兴奋得想要狂奔了。

顾喜彤不是没看见他藏也藏不住的笑容。他嘴角上扬的样子特别阳光，她也受到感染，低头的时候偷偷笑了。

以前怎么没发现，他原来是个如此简单的男生，随便讲一句话，就能让他开心好久。

3.

顾喜彤铁了心要考上海的大学。

上海离成都够远，上海够大、够繁华，上海的机会也够多。她相信等去了那里，她一定可以摆脱过去所有的肮脏和阴暗，忘记所有的伤害和不愉快，重新开始，从头来过。

只要肯努力，她一定可以独立生活，拥有一个正常的，不凄惨不悲伤，不靠任何人，也不害怕任何改变的未来。

是的，这就是她最想要的未来了。她对未来的要求，和其他同龄人是那么的不同。

在她计划的未来里，只有她自己，没有其他任何人。没有妈妈，也没有男朋友。妈妈有何政了，不需要她，她也可以做到不需要妈妈。而男朋友，她则从来没想过。

因为何政，使得她再也不愿意跟任何异性有亲密接触。她不相信这个世界上有一个人会爱上完全真实的她，接纳并理解她所有的悲伤和过往，更不相信这世上会有一个人，可以给她她想要的爱。

看看过去这几年里，那么多个曾喜欢过她的男生，有几个真正配得上喜欢这两个字？唯有陆展年要好一点，但他们之间，一开始就已经注定了根本不可能。她不可能喜欢上他，而他对她，大概也只是一种幼稚的征服欲罢了。她相信他是坚持不了多久的，等到将来上了不同的大学，一个全新的世界在他面前打开，他还能记得她多少？

她希望他可以第一时间将她抛到脑后。他过去对她的不好，和后来对她的好，她都记得。其实后来那些好，早就足以弥补当初他造成的伤害了。

但这并不能改变什么。他从出生那天起，就是高高在上的，他有他必须要走的路，有他注定会拥有的世界。而她，不过是偶然误入他世界的一只飞鸟，来过了，必然要离开。他的世界不是她可以拥有的，她也不愿意停留，因为，她注定是要飞在原野上的，注定了一生都要凭借自己的力量去跟风霜雨雪搏斗。

既然有些事情早已经注定，她宁愿他可以早些抽身，早些开始新生活。他是这世上为数不多真心对她好的人，所以她也盼着他好。

对于顾喜彤想要考上海的大学这件事，最高兴的人莫过于陆展年了。

大哥当年因为种种原因，只考上了本省一所普通的大学，姐姐高中毕业就去英国留学，所以母亲一直盼着他可以考上国内的一流高校。父亲和母亲都不是高学历的人，虽然家里不缺钱，子女也不需要靠学历来谋生，但他们还是有名校情结。

当初陆展年死活要转学过来，母亲趁此机会提出要求，要他必须考上F大。他的底子本来就不错，因为顾喜彤，发狠学了一阵数学，所以考F大也不是不可能。

后来真转到了楠县一中，一下子成为尖子生，是所有老师的重点保护对象，加上周末晚上的名师补习，所以高考前夕，对于F大，他已经是志在必得了。

他无数次帮顾喜彤估算过她的分数，又判断她可能会考上的大学，再去地图上看F大和那些大学的距离，嗯，上海的交通虽然很糟糕，但到时候还是得买辆车。

他把一切都盘算好了，只等高考，只等上大学了。

却没想到填志愿那天，他大胆地凑到顾喜彤身边，竟然看见她填的是C大。

尽管C大已经算是四川最好的大学，但以她的分数，去C大明显有些浪费。而且不是要去上海吗？留在成都算是怎么回事？什么时候改的主意，他怎么一点都不知道？

"喂喂喂，你不是要去上海吗？"他着急地问。

"不去了。我要去C大。"她淡淡地回答。

陆展年想抓狂。

他要是去F大，得多久才能见她一次啊？要是她在C大被别人追走了怎么办？不行不行，不管老妈会怎么处置他，这个C大，他是去定了。

班主任老师看到他们俩的志愿，气得都快吐血了，尤其是陆展年，他的分数完全可以上F大，他在楠县一中任教多年，总共也没几个能考上F大的。

他把陆展年单独叫到办公室，苦口婆心劝说半天，好话歹话都说尽了，他就一句话："我喜欢C大，想去C大。"

班主任敏感地意识到，问题可能出在顾喜彤这里。他教书多年，陆展年对顾喜彤这点心思，他不是看不出来。他又把顾喜彤叫到旁边单独谈话，帮她分析以她的成绩可以报考上海哪些比C大更好的大学，但说了半天，她礼貌地道谢，最后还是一句话："老师，我想去C大。"

"我知道你们俩想去同一所大学，但没必要放弃更好的学校啊。"班主任快要急死了。

"我们俩？我和谁？"顾喜彤一脸莫名其妙。

"你和陆展年啊。"

顾喜彤这才知道陆展年也要跟着她报C大。

她不想他对待这件事情如此不负责，为了让他死心，她很直白地告诉他："你该报F大就报F大吧，别为了我去C大。我之所以决定去C大，是因为那里有我一直在找的人。"

陆展年头一次知道，原来顾喜彤也有想要找到的人。

那个人就是韩冬屿。

前不久，顾喜彤在学校里偶遇韩冬屿当初的班主任，他见到她，像是突然想起什么似的，说："同学，当初是你在打听韩冬屿的下落吧？昨天我几个学生来看我，其中有个考去了C大的学生说，在C大遇到过他。不过也只是遇到，并没有留下联系方式。看来他是考到C大去了。"

"谢谢你，老师，非常感谢。"顾喜彤给老师一再鞠躬。

过去这三年，她不是没有绝望过。在没人看见的深夜里，她也曾无数次失眠，睁着疲惫的双眼看着天花板发呆。

那种绝望跟当初被掩埋在废墟里的绝望是如此不同。当初她听见韩冬屿的脚步声靠近又远离，她是那么害怕，害怕被唯一的希望抛下，害怕被永远地掩埋在废墟里。后来，她的绝望是因为她看不到未来在哪里，不知道自己该怎样继续下去。

虽然最终她战胜了那些颓废和低落，强迫自己强大起来，努力往前走，但她却一直不知道方向在哪里。

她只是凭着本能跟迎面而来的风雪作斗争，因为她要活下去，而且还要活得很好。

除了已经离世的父亲，韩冬屿是她唯一能想到的可以给她希望，指引她方向的人。

既然他曾经拯救她于绝境之中，带领她逃离废墟，就一定能再次拯救她，带她重见天日吧。她甚至不只一次想过，韩冬屿的突然出现，是不是当时已经出事的父亲，在冥冥之中的指引。他没办法亲自来救他最爱的女儿了，所以依靠神秘的力量，安排韩冬屿出现。

她原本以为她什么都没有了，但突然知道韩冬屿的下落，使得她重新燃起了希望。韩冬屿，这个曾在绝望中拯救她，被她的记忆一次次美化，从不曾伤害她的人，这个父亲为她选中的人，从此以后就是她要努力的方向。

人真的可以孤独地、没有方向地、不抱任何希望地活下去，并且还要活得很好吗？真相其实是，不可以。人活在这世上，还是需要信仰的，不然在艰难的时候，在难过的时候，要如何支撑下去呢？

我们太容易被这个残酷的世界击倒了。活着，是那么艰难，这个世界有太多的荆棘，在我们想要放弃的那一刻，心中的信仰和希望，就是让我们继续下去的最强大的力量。

顾喜彤，跟别人不太一样的顾喜彤，把韩冬屿，当成了她的信仰。

第八章

我只有过往，却没有远方

The original or meet you

1.

顾喜彤和陆展年最终还是报考了C大。

班主任急得要联系陆展年的家长，希望他们能说服他改变心意，但陆展年一句话就把妈妈打动了："我不想离家太远，我想常常陪在你们身边。"

秦月本来就很宠爱自己的小儿子，再说C大也是名校啊，儿子考上了名校，还离家这么近，有什么不好？

倒是陆环宇忙里抽空关心了一下儿子的升学大事，他皱着眉头说："读什么C大啊，出国！英国和美国都行。"

陆展年急得要跳脚，还是妈妈贴心："男孩子本来就晚熟，我可不放心这么早就让他出国，你急什么嘛，出国的事过几年再说。"

在太太面前，陆环宇总是很容易妥协，事情就这么定下来了。

而顾喜彤的妈妈知道她考上C大以后，高兴得不得了。这两年，顾喜彤跟她除了日常必要的对话，很少讲其他的，她从老师那里知道女儿的成绩很好，但家长会顾喜彤从来不会告诉她，成绩单也不会给她看，就算是填报志愿这种大事，也完全没有跟她商量，自己一声不吭就填了，她也不知道她到底填了什么学校什么专业。

直到收到录取通知书，她才知道女儿被C大录取了。

向来爱面子的她，自然是要大摆筵席的。升学宴那天，来了很多人，顾喜彤礼貌而机械地跟在妈妈身后，端着一杯饮料一桌桌敬酒，听着客人们或真心或假意的夸奖，只微笑，不说话。

对于顾喜彤能考上C大，不少亲朋好友是很意外的。也是，按照她以前的心性，能考上一所普通的本科学校，就算是万幸了。若不是这几年经历了这些，她大概还是当初那个对学习不上心，懒懒散散的小女生吧。

是谁说，苦难也是一笔财富。

顾喜彤在那些过往里，成长为如今的模样。但若要她选，她多宁愿自己还是当初那个天真懵懂的小女生，仗着幸福的家庭、父母的宠爱，不愿意长大。

考不上好学校怕什么，一生那么长，她总会慢慢长大，担负起自己的人生。

而如今，她被生活推着向前，被迫长大，她考上了名校，但却没有最爱的人能来分享这份喜悦。

她记得一首老歌是这么唱的：就算站在世界的顶端，身旁没有人陪伴，又怎样。

没有爸爸来分享这个喜悦，妈妈早已经不是从前那个妈妈，还好，还好，她还有韩冬屿。

进了C大没多久，顾喜彤就积极地去打听老乡会的消息。

其实大部分老乡会都是外地学生组织的，像他们这些本地的，哪有什么老乡会？

但顾喜彤还是执着地去找学长学姐，打听楠县籍学生的情况。

可惜她一无所获。

没课的时候她就满校园转悠，希望能偶遇韩冬屿。但学校那么大，偶遇一个三年不曾见面的人，哪有那么容易？

　　军训再苦再累她都不在乎，可一直没有韩冬屿的消息，却让她失望得整个人都没了力气。

　　最后还是陆展年看不下去了，给她发了一条短信，内容只有一句话：韩冬屿住在3舍。

　　顾喜彤住在9舍，收到这条短信之后，没课的时候她就去3舍楼下蹲点。她不知道陆展年是怎么打听到韩冬屿的消息的，但当她只蹲点两天就见到韩冬屿的那一刻，她是发自内心感激陆展年的。

　　三年了，这个时常出现在她梦里的男孩子早已经不是当初的模样。他长高了，面容多了一丝坚毅，眉眼之间难掩疲惫，整个人多了一份冷漠。

　　顾喜彤没有贸然地冲上去，而是默默观察了他一段时间。他的专业是工商管理，他很少逃课，他总是独来独往，每天早上都会早起去操场跑步，最喜欢去一食堂吃饭。

　　顾喜彤越观察他，越觉得，他们好像是同类。

　　一样的孤独，一样的冷漠。

　　既然是同类，就应该在一起，互相拥抱，互相取暖，一起面对这个荒凉而残酷的世界。

　　军训期间，陆展年曾经来找过顾喜彤，也没什么，就是关心关心她，看她习不习惯什么的。

　　也许是那天训练得太累，也许是那晚的夜色太美，也许陆展年是唯一一个关心她习不习惯大学生活的人，所以，那晚的顾喜彤卸下心防，第一次开口讲述了她和韩冬屿的故事。

　　于是陆展年知道了，她来C大，是为了寻找自己的救命恩人，因为当初那一别太过匆匆，所以她想找到他，亲自说谢谢。

看吧，她其实从来就不是冷血的女生，别人对她好还是不好，她都能清清楚楚地记得。

看她找人找得那么辛苦，他不忍心，于是想尽办法帮她查到了韩冬屿的寝室号。还好这个人的名字比较特别，重名的没几个，所以他很快就找到他的下落。

但没过多久，陆展年就为自己这个举动狠狠地后悔了。他以为顾喜彤只是为了报恩，却没想到，她会不顾一切地陷进去，像飞蛾扑火一般，再难逃离。

那天顾喜彤正在一食堂吃饭，突然电话响了，她拿起来，是陆展年。

她的电话大部分时候都是沉默的，偶尔响起来，除了10086和一些垃圾短信之外，就是妈妈一周一次的例行电话，以及陆展年不定时的骚扰。

她接起来："喂。"

陆展年有点惆怅又有点欢喜地说："好久没见你了，咱们去看电影吧，最近刚上映了一部喜剧片，我请你去看？"

"不了，我今天还要去做家教。"上大学比起高中时期的好处，就是有更多时间可以做兼职赚钱，冲着C大的名头，加上出色的外形、认真负责的态度，顾喜彤开学没多久就找到了一份家教的工作。

"什么时候去，我送你？明天不做家教吧，明天去看电影？"陆展年不死心地说。

"明天我要去图书馆。干吗要去电影院看电影，等网上出来了在电脑上看就行了啊。"顾喜彤觉得去电影院看电影简直就是浪费钱。

她一边接电话，一边端起餐盘，转身时没注意，撞到一个高大的男生。

餐盘里的汤汁溅到男生的身上，她赶紧道歉："对不起对不起，我这里有纸，你擦擦吧。"

待她抬头，却傻眼了。

竟然是韩冬屿。

"韩冬屿？"她脱口而出。

"你认识我？"韩冬屿疑惑地看着她。

顾喜彤觉得自己的眼泪一瞬间就出来了，虽然她偷偷观察了他很久，但还没想好该怎么跟他相认，此刻这种突然见到亲人一般的激动和喜悦让她手足无措，她胡乱挂掉电话塞进包里，又伸手抹了一把眼泪，有些怯生生地说："我找了你好久了……"

"找我？为什么找我？你是谁？"如果换作是别人这样说，韩冬屿才懒得搭理呢，但刚才他不小心听见她打电话，一口楠县口音让他觉得亲切，而且她讲话的内容也让他觉得这是个上进又可爱的女孩子。他一开始没看见她的正面，没想到她竟然长得这么漂亮。

她不施粉黛，是那种不自知的自然的美，跟前不久追过他的那个总是有精致妆容的女生的美完全不同。

顾喜彤激动得说不出话，眼泪不住地滴落下来。

韩冬屿拉着她坐下来："喂，你别哭啊，有话好好说，不然别人还以为我怎么你了呢。"

他少有的跟别人用开玩笑的语气讲话。

过了好一会儿，她才稍微平静些，因为哭了一场，整个人都感觉舒服了。她有多久没哭了？她都忘记了。她曾经发过誓，再也不为不爱自己的人哭。

"我叫顾喜彤，是楠县一中毕业的，地震那一次，你救了我，你还记得吗？"她终于将这句默念了无数次的话说出口。

"是你？"韩冬屿皱着眉头打量她，脸色突然变了。

"是我，我一直想找到你，当面对你说声谢谢，但后来到处打听也没有你的消息，直到……"

"不必了。"韩冬屿突然冷冷地打断了她。

顾喜彤尴尬地停下来，不知所措地望着他。

"我记得你。我当然记得你。我怎么会忘记呢？如果不是为了救你，我就可以早点回家，如果我早点回家，也许还能见到我妈最后一面……"他越说声音越低，越说语气越冷，顾喜彤甚至注意到他的嘴角在微微颤抖。

他在强忍内心巨大的痛苦吧。

"我妈去世了，我连她最后一面也没见到，那天早上我出门前，对她说的最后一句话是'知道了，你怎么这么啰唆'。你知道我多想跟她道歉？可我再也没有机会了。"韩冬屿双手攥成拳，眼眶微微发红。

顾喜彤的眼泪悄悄爬满脸颊，一种巨大的负罪感充斥着她的心，她嗫嚅着说道："对不起……"

"抱歉，我先走了。"韩冬屿猛地站起来，大步离开。

已经有旁人用探究的眼神看着她，她也站起来，匆匆离开。

怎么会这样？怎么会这样？怎么会是这样？！她只觉得心里像有无数的大石，压得她胸口沉甸甸的，难受得喘不过气。她想大声喊出来，想狠狠哭一场，满腔的压抑不知道该如何发泄，索性去操场，闷头跑起步来。

她跑了一圈又一圈，从一开始的狂奔，到后来没了力气，最后瘫倒在跑道上。

"喝口水吧。"一个声音淡淡地说。

她侧眼看过去，又是陆展年。他手里拿着一瓶水，一张纸巾，蹲在她旁边。

刚才在慌乱中，其实她并没有将电话挂断，所以后面她和韩冬屿的对话，他全都听见了。

她坐起来，接过水喝了几口，又拿过纸巾擦了擦汗，然后看着远处，声音有些沙哑地说："我不知道事情竟然是这样的。我不知道因为我耽搁了他的时间，所以他没能见到他妈妈最后一面。如果早知道，我就不会开口向他求救了。我宁愿死的人是我。"

"胡说什么！生死有命，没有什么如果。"陆展年有些生气。其实就韩冬屿救她那点工夫，能耽搁多少时间？那么高强度的地震，就算他不为她而停留，回去也肯定见不上他妈妈最后一面了。

陆展年相信韩冬屿其实是明白的，他更多的是气自己，后悔早上不应该用那样的态度对待妈妈，只是他没有机会赎罪了，所以只好迁怒于顾喜彤。

但他不知道的是，顾喜彤此刻真的宁愿当时死的那个人是她自己。

"活着多艰难呀，早知道一切会变成这样，我倒宁愿当时死了，如果死在那个时候，至少我短暂的一生都是幸福的。"

"我不许你这么说！"陆展年听了这样的话，只觉得心里难受得要命，又不知道该怎么表达，索性一把抱住她，死死抱住她，"你已经活下来了，就必须好好活着，你一定要活得很好，你爸爸才能安心，韩冬屿也才算没有白救你，知道吗？"

从前他是想都不敢想可以跟她有身体接触的，但这一刻，他觉得好怕，她整个人看起来是那么空洞，让他觉得她像随时会消失一般。只有把她紧紧抱在怀里，他才能稍微安心一点。

顾喜彤竟然没有挣脱。

她有多久没有和人拥抱过了？一年多了吧，自从和姜明明绝交，她就再不曾靠近过任何人，无论是心理，还是身体。

他的怀抱暖暖的，她就那样任由他抱着，脑子里却全是韩冬屿眼眶发红的痛苦的样子。

没找到他以前，他对她的意义更像是亲人，像是一个寄托，这一刻开始，她的心意完全变了。

他们是同类，她想要温暖他。她欠了他，她想要弥补他。

2.

陆展年把几近虚脱的顾喜彤送回寝室，走到寝室楼下，她停下来，看着他："谢谢。"

"跟我说什么谢。回去好好休息，不许胡思乱想。"陆展年心疼地看着她。

"我想要和他在一起。"她突然说。

陆展年愣了几秒钟，才明白过来，她说的他，指的是韩冬屿。

不是去道谢的吗，怎么突然变成要以身相许了？陆展年满心慌乱，一把抓住她的手臂，死死攥住："不许！"

"我一定要和他在一起。"她又说。

"为什么？"他几乎是绝望地问道。她看起来那么坚决，让他觉得好害怕。他就要失去她了吗？可他从来就没有得到过。

"我和他才是同类。陆展年，谢谢你喜欢我，谢谢你对我好，谢谢。但你可不可以不要喜欢我了？我不想耽误你，我们是不可能在一起的。"她任由他那样攥着，非常认真地对他说。

他对她好，她都知道。但很抱歉，她无以为报。

"谁说我喜欢你了？再说我喜欢谁是我的事，你管不着！"他气呼呼地说。

她无奈地看着他，像看一个闹脾气的小孩子。

他受不了她的眼神，赌气地把头转向一边，嘴上还不忘劝她："你才见过人家几次啊？你了解他吗？什么都不知道就要在一起，你以为感情是儿戏吗？"

她并不回答，仍然看着他。

"好好好，你去吧你去吧，以后有你哭的！"他说完，看也不看她，气冲冲地走掉了。

顾喜彤站在原地看着他的背影，他的脚步有些踉跄，背影有些狼狈，无论他怎样掩饰，她还是看出来了。

原来她已经这么了解他，原来他们已经认识这么长的时间了。凭着他那股子不管不顾的冲劲和厚脸皮，他竟然成为她现在的生活里最亲近的人。

世事真是奇妙。

那天晚上，快睡着的时候，顾喜彤的手机突然收到一条短信：去吧，如果你能幸福，我为你高兴。如果你受伤了，记住，任何时候回头，我都在。

陆展年说起来是学霸，但却并不会用什么华丽的词藻，只有简简单单一句"任何时候回头，我都在"。

顾喜彤很感动，但她骨子里其实是不相信的。世界那么大，风景那么美，他总会遇见属于他的那朵花。

第二天一早，韩冬屿去操场跑步，刚走到运动场门口，就看见顾喜彤。

"好巧，你也来锻炼身体呀？"顾喜彤笑眯眯地跟他打招呼。

"嗯。"他礼貌性地点点头，然后面无表情地往跑道上走。

顾喜彤跟在他身后，他走她就走，他跑她就跑。他跑了半圈，突然停下来，顾喜彤没注意，来不及刹车，一下子撞到他背上。

"喂？"她揉揉自己的额头，不满地看着他。

"你跟着我干吗？"

"就……一起跑步啊。"

"你跑你的，我跑我的。"他冷冰冰地说完，继续往前跑。

顾喜彤继续跟着他，一边跟，一边开始讲话："你后来就没回过一中了吧，那你肯定不知道，一中重新修过了，现在操场也是塑胶跑道。高三那年，我每天都会去操场跑步，一开始跑不了多远，慢慢就能坚持了。那时候我总是一个人跑步，希望可以把大脑放空，休息一下。"

他没有打断她，也没有加速甩掉她，反而放慢了速度，似乎有在听她讲话。

顾喜彤来了信心，又说："但我其实从来没放空过，那时候有太多要操心的事，有太多想不通的事，就算跑步，脑子里也是乱糟糟的。"

"你一个小女生，能有什么事。"他竟然接话了。

"也不是什么天大的事，我啊，那时候被最好的朋友背叛了，又因为太自我，全班人都孤立我，偏偏我又要强，还得装作不在乎，还要拼命学习保持好成绩，现在想想，也挺不容易的。"她没想到自己有一天竟然能笑着把这些话说出来。

是因为面前这个人是他吧。

韩冬屿听了，没有接话，顾喜彤一时也不知道该怎样继续下去，两个人就都沉默了。跑了四圈，韩冬屿停下来，往外面走去。

顾喜彤也跟着他走出去。分开前，她笑眯眯地说："明天早上还来吧？你可不能因为我就不来跑步哦。"

"你把自己看得太重要了吧？"韩冬屿斜眼看着她。

"那就说定了，明天早上谁不来谁是小狗。"她说完，迈着轻快的步子回寝室了。

其实她的轻松都是假装的。她多怕韩冬屿拒绝她啊，没见到他之间，她要多忐忑有多忐忑，但让她惊喜的是，韩冬屿竟然默许了她的靠近。

韩冬屿看着她的背影，叹了口气，竟然有些无奈。

他有多久没和人这么接近了？为什么对她有一种莫名的亲切感呢？难道是这丫头太有亲和力了？还是说，她是唯一一个能把他和他的过去联系起来的人？

要是顾喜彤的任何一个高中同学听说有人把亲和力这个词跟顾喜彤扯上关系，一定会吓得从板凳上摔下来。

　　其实我们每个人都是多面的，在不同的人面前，我们会呈现出不同的自己，在韩冬屿面前，顾喜彤把自己最美好的一面毫无保留地，甚至是非常用力地呈现出来了。

　　隔天早上，韩冬屿按时去跑步，在运动场门口却没看见顾喜彤。他以为她先进去了，但走进去装作不经意地扫视了整个操场，依然没看见她的身影。

　　他笑自己竟然有所期待，更恼自己竟然觉得失望。

　　是太久没有跟人这么接近了，所以才会心态失常吧。他给自己找理由。

　　说起来，也有三年多了。

　　三年前那场地震，彻底改变了他的生活。

　　很小的时候，他就会问妈妈："为什么别的小朋友都有爸爸，有爷爷奶奶，有外公外婆，我却只有妈妈呢？"

　　一开始，妈妈会告诉他："你也有，不过他们都在很远很远的地方。"

　　后来他稍微长大点，看到母亲因为生活的艰辛而时常沉默的神情，渐渐地就不敢再问那个问题了。

　　其实他很想知道，很远很远的地方，到底在哪里，有多远？他长大后，能跨越这长长的距离去见他们吗？

　　妈妈没有读过太多书，也没什么手艺，在街角撑了个摊子卖面条米线酸辣粉这类小吃，这就是他们所有的收入来源了。

　　最开始还好，后来要跟城管周旋，索性撤了摊子，把所有设施搬到一辆三轮摩托车上，方便随时逃走。日子久了，城管知道她家的困难，往往也会手下留情。

就这样，靠着自己的一双手，妈妈把韩冬屿养到了十六岁，直到那场地震夺走了她的生命。

妈妈没什么文化，对他的教育都是朴实无华的，但就是这样朴实无华的教育，也使得他成长为一个正直善良的男生。他从小到大都是优生，从来不会因为家庭的贫穷和妈妈的职业而感到自卑，他有责任心，有担当，跟妈妈相依为命，最大的愿望就是出人头地，让妈妈以自己为傲，过上好日子。

但他的愿望却再也无法实现了。

如果可以的话，他真想回到那天早上，把对妈妈说的那句"知道了，你怎么这么啰唆"，换成"妈，我爱你"。如果可以的话，他真想回到那天下午，无论顾喜彤怎样呼救他也不要停留，而是争分夺秒地回家去找妈妈。也许……也许就算不停留，也见不到妈妈最后一面了，但他要怎样排解心中的怨气？他该去怪谁？怪谁夺走了他的妈妈，怪谁给他留下一生的悔恨和遗憾，怪谁让他今生都无法释怀？怪他自己吗？不，他只能怪顾喜彤。

其实他早就忘记她的样子了，也从没想过会再遇上她。她就像一个符号，模模糊糊地存在于他的世界里，背负着他的怨恨。

地震后没几天，一个陌生的男人找到他，声称是他的父亲。

男人打扮得光鲜，一看就是养尊处优，韩冬屿对他有种本能的反感，可又有种本能的、想亲近他的欲望。

他相信他是他的父亲，因为自己和他长得很像，可正是这样，他才反感，这些年来他和妈妈过着什么样的日子，父亲又过着什么样的日子？他为什么从来不来找他们，过去这些年他都去了哪里？

父亲着手办了妈妈的后事，然后让韩冬屿收拾行李跟他走。

"走？去哪里？"

"你妈不在了，你以后就跟着我吧。"

"你以前为什么从没来看过我？"韩冬屿低头看地面，看了半天，才说出这么一句话。

"我来过……你妈不让……"父亲解释道。

"是你对不起她？"韩冬屿凭直觉猜测。

父亲沉默良久，说："上一辈人的事，你不要管。"

"我妈会愿意让我跟你走吗？"韩冬屿不想背叛妈妈。

"一定会的。我是你爸爸，你妈不在了，你不跟着我还能跟着谁？"爸爸伸手来摸韩冬屿的头，韩冬屿没有避开。

母子俩在楠县生活了十多年，除了周围邻居，便再也没什么熟人，地震过后，邻居们自顾不暇，还有谁会注意韩冬屿这个失了母亲的少年去了哪里呢。

他也没什么行李可收拾的，原本就家境清贫，房子一垮，什么都被掩埋了，只剩他自己而已。

父亲有车，韩冬屿不认识车的牌子，也没坐过这样高级的车，只觉得车子过于平稳，没什么噪音，以至于他有些晕车。

车子大约开了一个多小时，悄无声息开进一个高级住宅区的地下车库，韩冬屿下车，扶着墙壁有些想吐，但又吐不出来，脸色青白。父亲站在旁边等了一会儿，等他缓过来，才带着他去坐电梯。

从负二楼到21楼，韩冬屿没到过这样高的楼层，想吐的感觉又涌了上来。电梯打开，父亲带着他站定在一扇门前，按了门铃。

门很快就开了，一个保养得当的女人打开门，身后还跟着一个少年。女人和少年拿探射灯一般的目光扫视着他，嘴上招呼着："回来啦，快进来。"

来的路上，父亲已经把家里的情况跟他大致介绍过，女人是父亲的妻子，也是妈妈的表妹，韩冬屿应当称呼她为姨妈，少年是父亲和姨妈的儿子，比他小两岁。

妈妈从未跟韩冬屿讲述过这些故事，所以当他知道父亲的妻子竟然是自己的姨妈时，心里不可谓不震惊。

上一辈之间到底发生了什么事，以至于这么多年来妈妈一直带着他独自生活在楠县，从不见她跟任何亲朋好友来往？无论发生了什么，他都相信，一定不是妈妈的错。

"这是你姨妈，这是你弟弟于放。"父亲介绍道。

韩冬屿礼貌地打招呼："姨妈，弟弟。"

两人应了声，领着他到沙发上坐下。

"于放，带你哥去看看他的房间。"父亲说完，带着姨妈进了书房。

房间不大，是由原来的保姆间改造而成，里面放着成套的单人床、衣柜、学习桌，看得出来是新买的。

跟于放的房间比起来，这个房间算是十分简陋，但对韩冬屿来说，这已经是他从没住过的好房子了。

于放站在门口，抓耳挠腮半天，终于说："要看电视吗？"

"不了，谢谢，你去吧。"韩冬屿礼貌地回答。

于放松一口气，逃也似的回到客厅开始看电视。

韩冬屿在床边坐下来，开始发呆。

3.

第二天，父亲和姨妈带韩冬屿去买了几套衣服，又带他去见了两个人——外公和外婆。

老人家住在乡下的老院子里，知道韩冬屿要来，杀了一只鸡，掐了当季最嫩的青菜，西瓜苹果桃子李子摆了一桌子，第一眼见到韩冬屿就开始抹眼泪。

韩冬屿也想哭，这是妈妈的爸爸和妈妈，是他的外公外婆，是他从小就盼望着见一面的亲人。他只觉得老人家看起来是那么慈祥、那么亲切，在这个朴实的农家小院，他完全没有在父亲家的那种拘束感。

可外公一开口，韩冬屿的心就寒了。

"乖孙，快来，让外公好好看看。"外公拉着他，颤抖着声音说，"芳龄这个不孝女，让我外孙跟着她吃了这么多年苦，死都知道不悔改。"

韩冬屿的母亲叫韩芳龄。

韩冬屿赶紧替妈妈辩解："外公，我妈把我照顾得很好，我没吃苦。"

"你小孩子家家的懂什么？这么多年你连爸爸都没有，外人不知道背后怎么笑你呢！她倒好，走了就什么都不管了，留个不好的名声，让我们老两口天天被人戳脊梁骨！"外公说着说着倒像是真的动气了。

外婆骂他："女儿都不在了，你还说这些有啥用？"说完又牵过韩冬屿的手，"乖孙，快来吃东西。"

韩冬屿替母亲寒心。十六年不见，等再得到女儿的消息时，已经天人永隔，但外公外婆似乎仍然是怨气多过伤心。妈妈到底做错什么了，要被他们这样对待？

韩冬屿觉得这个农家小院和眼前这对老人似乎也没有那么亲切了。

当天晚上，韩冬屿留宿外公外婆家，临睡前，外婆来给他理蚊帐，理着理着，眼泪就出来了。

"你妈这些年过得不容易吧？"外婆问。

当妈的到底还是心疼女儿。

韩冬屿终于把心中的疑问说出来："外婆，我妈到底怎么了，为什么要带着我一个人离家，这么多年都不跟家里联系？我爸……为什么会和姨妈结婚？"

"哎……都怪你妈太倔强……"外婆说着又开始抹眼泪。

从外婆不太连贯的半带埋怨的讲述中，韩冬屿终于解开了多年来心中的谜团。

当年，父亲于国锋和母亲韩芳龄经人介绍认识，开始谈恋爱，后来母亲打算去成都打工，一开始暂时借住在小姨家，和表妹韩雨蒙同住。父亲常去小姨家找她，却没想到被韩雨蒙看上。

小姨父是生意人，家境不错，韩雨蒙娇生惯养，跟农村出生的韩芳龄一比，寻常男人都懂得做出选择。

韩芳龄感情受挫，工也不打了，回到父母身边，却发现自己怀孕了。父母要找负心汉负责任，韩芳龄不肯，变了心的男人她不要。去医院打算拿掉胎儿，最后时刻又于心不忍，她知道向来传统的父母不会同意她当一个未婚妈妈，于是偷偷收拾了行李，一个人去了楠县。

此后就是漫长的十七年，独自忍受怀孕和生产的辛苦，独自抚养儿子，也曾尝试过联系父母，得到的无一不是一顿大骂。负心汉曾经联系过她一次，提出要抚养儿子，被她断然拒绝，此后再没了消息。

外婆只能讲述一个大概，细节都是韩冬屿自己拼凑的，他不知道妈妈受了这样大的委屈，他只知道，过去这些年里，妈妈从来没有教他去恨，她教给他的全是宽容、正直、善良。

妈妈希望他不要去恨，那他就不恨。只是他对这些所谓的亲人，也爱不起来。那天晚上，望着黑沉沉的夜空，韩冬屿只有一个愿望：快快长大，快快独立，远远离开。

父亲帮韩冬屿办了转学手续，转入于放所在的那所名校，芙蓉中学。韩冬屿曾经听见姨妈和于放说悄悄话，大概是讥笑他，一个乡下中学来的土包子也能读名校？肯定跟不上，只有拖后腿的命。但他们不知道韩冬屿从小学习就刻苦，脑子也聪明，很快就跟上了班里的节奏，还因为踏实有担当，颇受老师和同学欢迎。

只是他不再尝试报名参加任何主持活动，这所学校里人才济济，受过专业播音主持训练的大有人在，他那点三脚猫功夫，就不去献丑了。

学习之外，他唯一的爱好是摄影。他刚来这个家不久时，父亲看他对家里那台单反似乎很感兴趣，索性给他买了一台，对此姨妈颇有微词，认为父亲太过宠他。这是父亲送他的所有东西里面他唯一真心喜欢的，整个暑假都抱着相机，后来还加入了学校的摄影协会，不过没过多久，他就退出了摄影协会，甚至连相机都不再碰。

后来想起来，当初还是太过年少气盛。自己明明那么喜欢摄影，却受不了姨妈一点点冷嘲热讽。不过是在一次摄影协会活动后，自己背着相机回家，父亲不在，吃饭时，姨妈故意没有叫他，他听见动静去了餐厅，刚坐下，姨妈像没看见他似的，对钟点工说："有些人真是好命，衣来伸手饭来张口，闲得没事就玩玩相机拍拍照片，日子不要过得太轻松哦，还真把自己当富二代了。"

他正端起饭准备吃，却瞬间没了胃口。

姨妈不喜欢他，从他来这个家的第一天起，他就知道了。她把他视为入侵者，处处防着他，他尽量不去在乎。他努力不去想姨妈当年是怎样介入了妈妈和爸爸之间，怎样抢走了爸爸，伤害了妈妈，他努力不去恨她，不去在意弟弟的捉弄。他告诉自己，把他们当成同处一个屋檐下的房客就好了，毕竟他住在这里是为了跟父亲在一起，不是为了跟他们在一起。

一开始，为了不被讨厌，他束手束脚，尽量减少自己在家里的存在感，后来，为了不被看不起，他努力学习，争取事事都做到最好。

但没有用，统统没有用。

无论他怎样做，她对他的态度和看法根本不会改变丝毫。

后来他想起自己只因为她的一句嘲讽就轻易放弃了摄影，觉得那时候的自己真是傻透了。

跟弟弟的任性不懂事比起来，父亲更喜欢韩冬屿的踏实稳重，所以只要有机会，就把他带在身边，颇有几分要栽培他的意思。

但韩冬屿对父亲的生意和家产毫无兴趣，只是为了不让父亲失望，他才勉强学着去做父亲要他做的事，其实他真正的兴趣在念书、做学问，他希望可以一直读到博士，将来在大学里任教。

但这一切看在姨妈眼里却是莫大的威胁，无论韩冬屿怎样一次次息事宁人，从不将姨妈对他的苛责转述给父亲，换来的，只是她的得寸进尺而已。

真正让韩冬屿第一次产生了反抗之意的，是第二年的5月12日。

韩冬屿还记得那天是星期二，他早就跟老师请好假，要和父亲一起回楠县祭拜母亲。早上临出门时，姨妈慌慌张张地拦下父亲，说于放病了，要马上送医院。父亲让她先送于放去，她不肯，哭得泪眼婆娑，说自己害怕，非要父亲陪着一起。

若是换了别的，韩冬屿也就让步了，但事关祭拜母亲，他觉得父亲欠母亲的，应该亲自去。可最后父亲还是被姨妈拖住，留韩冬屿一个人回楠县。

一个人就一个人吧，父亲本来说让司机开车送韩冬屿的，不知道姨妈做了什么手脚，司机也来不了，韩冬屿只能自己坐大巴回去。

到了车站，韩冬屿才发现自己的钱包是空的。他给父亲打电话，没人接。那一刻他的怒气达到顶点，恨意也达到顶点。

他到底做错什么了？他什么也不想争，什么也不想抢，他只想和父亲一起回去祭拜一下可怜的妈妈而已，连这样小小的要求，她也不让他办到吗？

明明就是她对不起妈妈，她得有多铁石心肠，多狠毒，才能做得这么绝？

既然他无论怎样退让，她都依然步步紧逼，那他索性不要再退让了。

　　那天他最终还是一个人回了楠县，虽然曲折了些。跪在妈妈的坟前那一刻，一年来，韩冬屿第一次痛痛快快地哭了。

　　"对不起，妈妈，我恨她，我恨她！我没办法做到心平气和，我没办法不去恨……"在妈妈的坟前，他握紧拳头，下决心要报复那个女人，不让她好过。

　　但他不过是个十七岁的少年，他能做什么？

　　他也不知道，但首先，他不再忍气吞声。

　　每逢亲朋好友聚会，于国锋一般都在忙，会让韩雨蒙带上两个孩子先去，他忙完了再到。韩雨蒙从来不带韩冬屿，很多时候根本连招呼都不打一声，带上于放就出门了，等于国锋或者别人问起，她就说韩冬屿不愿意出门。本来韩冬屿身份就特殊，一般人也理解，不会再多说什么。

　　又是一个周末，于家有聚会，韩雨蒙照例带上于放就出门了。晚上一家三口回到家，韩冬屿正在厨房里，听见动静迎出来，有些迷惑地问："爸爸、姨妈，你们去哪儿了，怎么现在才回来？"

　　于国锋很意外："去你大伯父家了啊，你姨妈没跟你说吗？"

　　"没有啊，上午我正在看书，听见关门声没在意，没想到我看完书出来，发现家里就我一个人，我等到现在你们才回来。"

　　于国锋看着韩雨蒙："你不是说你跟冬屿说了，他不愿意去吗？"

　　韩雨蒙没想到韩冬屿会来这一出，一时有些慌乱，强辩道："我出门前明明就跟你说了的，你没回答，我还以为你不去，哪想到原来是你没听见啊。"

　　"其实我挺想去大伯父家跟大家多接触接触的，毕竟是我的亲人，又这么多年没相处过，爸爸，下次一定要叫上我啊。"

"你不是不爱出门吗，今天怎么想通了？"于国锋有些奇怪。

"不会啊，我一直都想跟亲戚们多走动走动的，但一直也没什么机会……"韩冬屿说完，突然往厨房跑，"呀，我煮的面都溢出来了！"

于国锋跟着走进来："晚上没吃饱吗，怎么现在煮面？"

韩冬屿有些不好意思："我看书看得忘记时间了，现在才吃晚饭。"

"雨蒙，林大嫂今天没来吗？"于国锋皱起了眉头。

韩雨蒙早上特地给林大嫂打了电话，说家里没人，叫她今天不用来做饭了，没想到此刻被韩冬屿用这种方式给暴露了。

那天晚上，于国锋跟韩雨蒙发生了争吵，虽然他们尽量压低嗓音，但韩冬屿还是听见了。

第二天，于国锋早早出门了，吃早饭时，韩雨蒙和于放坐在餐桌前，各自面前摆着一份早餐，并没有韩冬屿的份。韩冬屿不在乎，他去厨房里拿了两片吐司，自己煮一个鸡蛋，又拿了一盒牛奶，一边吃一边准备出门。

临出门前，韩雨蒙终于受不了他的若无其事，叫住他："韩冬屿！"

他停下来，看着她，一脸平静："嗯？"

"你什么意思？"韩雨蒙气呼呼地问。她习惯了韩冬屿的逆来顺受，虽然不相信他是真的与世无争，虽然认定他的温和只是表面，背地里肯定有阴谋诡计，但他突然跟她作对，她还是很意外。

"什么什么意思？"韩冬屿反问她。

"你想挑拨我们夫妻俩的关系？"她又问。

"你们的关系是我想挑拨就能挑拨的吗？"韩冬屿说完，拉开门走出去。

他没想到自己随口一句话，竟然说中了。

韩雨蒙和于国锋的关系，还真不是他能挑拨得了的。

最开始于国锋会因为他不经意说出来的一些事而跟韩雨蒙生气，比如"忘记"给他零用钱啦，出去吃饭"忘记"叫上他啦，他洗澡的时候她"不小心"碰到热水器让他被烫伤啦，都是小事，但于国锋最初听见时都会很生气，觉得韩雨蒙没把韩冬屿照顾好。

可日子久了，于国锋也烦了，觉得自己老是因为韩冬屿的事跟韩雨蒙吵架，搞得家无宁日，以前不都好好的吗，现在是怎么了？肯定不能只是韩雨蒙的问题，韩冬屿一定也有问题。于是，韩冬屿再去告状时，于国锋就有些不耐烦，连带着看韩冬屿也觉得他没有以前那么乖了。

不过那时候韩冬屿还没意识到父亲态度的变化。他其实从来没仔细想过自己该怎么办，他只是单纯地想给韩雨蒙找点麻烦，不想再忍气吞声。

直到那年秋天，于国锋生意上的伙伴约他带上家人一起去毕棚沟看红叶。他们一行四个家庭，有说有笑好不热闹，在入住的酒店吃晚饭时，他们要了一个能坐二十人的大包间。虽然是出来旅游，但大家也都把晚餐看得很正式，所以饭前都回房间换掉因为长时间坐车而有些皱巴巴的衣服，韩冬屿也不例外。

于放换了一件白色卫衣，父亲经过韩冬屿的行李箱时，顺手指了指他的白色外套："穿这个吧，两兄弟配个套。"纵使韩冬屿不太情愿，还是顺从地换上了那件衣服。

吃饭时，于放坐在韩冬屿旁边，一反常态地给他夹菜，他心里一阵冷笑：在外人面前装兄友弟恭？少来了。于放夹的菜，他动都不动，于放发觉了，一脸无辜地问他："哥，你怎么不吃？"

正跟朋友聊得欢的于国锋似乎听到于放的话，言谈间抽空看了韩冬屿一眼，眼神充满责备。韩冬屿没办法，只好埋头吃掉于放为他夹的菜。

偏偏那些菜不是麻辣荞面就是酸汤鱼丸，韩冬屿夹菜的时候，于放不小心碰到他的胳膊，鱼丸掉到身上，蹭上一块明显的油渍，他拿纸去擦，于事无补，然后还发现胸前已经溅上几点油渍了，大概是吃荞面的时候弄的吧。

吃完饭，一行人按照计划，准备散着步去附近的藏民家参加篝火晚会。大家纷纷起身时，韩雨蒙突然说了声："冬屿，你吃个饭怎么这么不小心啊，衣服都弄脏了。"

其他人纷纷看过来，于国锋也看见了，立马拉下脸，低声呵斥道："饿死鬼投胎吗，吃相这么难看，看看你把衣服弄成什么样了。"

如果是在家里，于国锋肯定不会生气，最多叫韩冬屿去换衣服，但有这么多人在，他最是爱面子，偏偏那些油渍在白衣服上显得特别难看，让他觉得很丢脸，所以一下子就发火了。

朋友劝道："孩子不小心嘛，骂他干什么，回房间去换一件衣服就好了嘛。"

"还不快去！"于国锋瞪着韩冬屿说。

韩冬屿忍不住看了于放一眼，他脸上有一丝不易察觉的得意的笑容，他恍然大悟，但已经太晚了。

回房间换了衣服，韩冬屿急匆匆下楼去，餐厅已经没人了，大堂也没人，他走出去，也没见到他们那一行人的踪影。

他们没等他就走了。

他说不上来心里是什么滋味，但也不想回房间，索性漫无目的地四处游走，心里隐隐抱着一丝希望，希望能找到他们。

不知道过了多久，他竟然真的在一个大帐篷里找到他们了。帐篷里正在举行热闹的篝火晚会，舞台上有人在表演，舞台下在吃烤全羊，有人唱歌，有人围着篝火跳锅庄，于国锋正跟朋友喝酒聊天，满脸红光，韩雨蒙和于放跟旁边的家属也相谈甚欢。

他对他们来说，根本不重要，或者说，根本就是多余的。

从前他只知道韩雨蒙敌视他，于放捉弄他，但至少父亲对他还是不错的。站在那个热闹的大帐篷外，他回忆起最近几个月自己告状后父亲的冷淡，再回忆起刚才父亲发火时脸上厌恶的表情，突然开始怀疑自己了。

父亲爱他吗？

他没有答案。不过没关系，他们不需要他，他也不会不知趣地闯进去，他一个人也可以玩得很好。

他转身去了不远处一家烧烤店，叫了一大堆自己喜欢吃的东西，一直吃，吃到撑不下为止。付钱的时候他尝到了几分快意。如果是以前，他会觉得这种行为太浪费，但现在，他突然明白，那些钱他如果不花，就都被韩雨蒙和于放花了，凭什么？他和母亲过了那么多年苦日子，这都是父亲欠他们的。

吃完烧烤，他又散了一会儿步才回到酒店，没过多久，其他人也回来了。从头到尾，父亲都没问过他一句。

韩冬屿静静地躺在床上，觉得自己先前那一丝小小的期待实在可笑。认清现实吧！他狠狠地咬紧牙关。

之后韩冬屿很是颓废了一段时间，连带着一诊考试受影响，成绩下滑得厉害。

开家长会那天，父亲没去。收到学校的短信通知时，他就冷冷地说："这种烂成绩你也考得出来？我可没脸给你开家长会。"

于国锋的工作一直很忙，但以前只要是学校有事需要他出席，他都会去，因为韩冬屿很优秀，为他去学校参加活动，面上有光。反而是于放的一些活动，他没空的时候也不强求，都让韩雨蒙去。

可这一次，他不去，也没开口让韩雨蒙去，所以家长会那天，韩冬屿的位子就空着。

在芙蓉中学这种地方，家长都非常重视孩子的教育，不来开家长会的实在是少之又少。

班主任虽然对韩冬屿的成绩很失望，但也很关心他，问他为什么父亲没来开家长会，但见他垂着头不吭声，也只得算了。

韩冬屿又想起了在毕棚沟那一次，父亲为了他身上的油渍而发火，那个问题他终于有了答案，答案就是，父亲只是喜欢有一个优秀的儿子为他挣面子，他优秀，他就爱他，他但凡表现不够好，他的爱也就会减少，甚至是消失。

所以他根本不是真的爱他这个儿子。像他对于放那样，无论于放是调皮任性还是懂事乖巧，是成绩差还是成绩好，是闯祸了还是被表扬了，他会骂也会夸，但不会因此更疏远或者更亲近，这才是爱吧？

也对，没有在漫长岁月里的朝夕相处过，仅凭血缘，爱哪里是这么容易就能产生的？

他不该妄想才是真。

寒假里，班里有同学过生日，邀请大家吃饭K歌，韩冬屿在班上的人际关系不错，也在受邀之列。跟同学聚会无论如何都比在家待着强，韩冬屿自然是毫不犹豫地答应了。既然是过生日，就涉及送礼物，韩冬屿知道这个同学平时喜欢玩游戏画油画，送他一些相关的礼物是最好的，但现在的难题是，他没钱。

自从一诊考试过后，韩雨蒙就把他的零花钱减半，理由是，没考好的惩罚，还推说是于国锋的意思。他知道父亲不会在意这些细节，这必然是韩雨蒙刁难他，但去跟父亲告状大概也于事无补，减半就减半吧。

没想到放了寒假，她干脆不再给他零花钱，他也没开口问，猜也能猜到她的理由，都放假了，整天待在家，要零花钱干什么？

他不愿意主动开口向她要钱，不愿意送上门让她羞辱。

身上还剩可怜巴巴的几十块钱，万般无奈之下，他只好随便选了一件礼物，坐上公交车去了约定的地点。

到了那里韩冬屿就后悔了。包间里的沙发上堆满了过生日那个同学收到的礼物，一个个包装精美，出于礼貌，每个礼物他收到的时候都会拆开看一看，那些礼物都是花了心思，也花了不少钱的。

韩冬屿的礼物也被当场拆开，同学愣了几秒钟，出于礼貌还是表示很喜欢，然后放到了那堆礼物里。

可他看见了其他人诧异的目光。

芙蓉中学的学生大概能被分为两种：第一种，家庭条件很好，成绩也很好；第二种，家庭条件一般，成绩非常好。当然也有少量家庭条件好成绩不太好，和成绩非常好但是家庭条件差的，但这两种人实在太少太少。

韩冬屿所在的班上大部分都是双优生，即家庭条件和成绩都好的，少数家庭条件差一点的，也不会差到哪里去。

所以他那份明显随便应付的廉价礼物，确实显得很突兀。

但短暂的诧异过后，一切恢复正常，该吃吃该喝喝，似乎没人再在意他那份礼物。

可对韩冬屿来说，一切都不一样了。他知道他们肯定在心里骂他小气，笑他吝啬，他也自觉气短，因为桌上随便一份菜都比他那份礼物贵。

他倒像是个来占便宜蹭吃喝的人了。

他想起在毕棚沟那天晚上，他豪爽地点了一桌烧烤，老板对他服务周到，笑脸相送，那时候他心里是解气的，对帐篷里的篝火晚会，他可以豪气地说，此处不留爷，自有留爷处。

饭桌上大家有说有笑，但这个世界就是这么现实，竟然真的没有一个人主动跟韩冬屿聊天，也许是无意，也许是故意。

他突然意识到从前的自己是那么可笑。他在清高个什么劲？这个俗不可耐的世界，人人都是先敬罗衣后敬人，他以为自己不去在乎父亲的家业，不去争父亲的公司，就能表明他活得多么高贵了吗？现实是，清高而寒酸的他只会被人瞧不起，变得什么都不是。

就在那一天，在觥筹交错之间，韩冬屿彻底改变了。他没有爱，没有亲情，也没有了单纯的梦想，他认清了现实，明白了金钱的重要性，明白了虽然父亲并不是真正的爱他，但他却必须获得父亲的认可，因为，只有有了父亲的认可，他才能获得金钱和地位，才会受到尊重，而不是被人瞧不起。

从今以后，他会努力让自己活得更好，会想尽一切办法为妈妈报仇，会拼尽全力，赢得父亲的认可，夺走父亲的家业，夺走韩雨蒙和于放的一切。

4.

韩冬屿跑到第二圈时，一个人追了上来，元气十足地跟他打招呼："嗨，早啊。"

他的嘴角扬起一丝笑意，等到察觉后，他赶紧绷起脸，看也不看她，冷冷地说："我还以为你要变成小狗了。"

"你在等我？"顾喜彤惊喜地问。

"少自作多情了。"韩冬屿仍然不看她，加速几步，跟她拉开一段距离。但他不得不承认心里是高兴的。

她跟在他后面，又开始叽里呱啦地讲话，什么都讲，想起什么讲什么，他只听着，不作回应，但竟然丝毫没有觉得不耐烦。

顾喜彤也不知道自己竟然有那么多话可以说。可能一直以来她都把韩冬屿当作自己的精神寄托，而自从跟姜明明闹翻，她就再也没有跟谁好好聊过天，所以终于找到他以后，她才有那么多话说不完。

跑了半个小时，韩冬屿停下来，往操场出口走去，顾喜彤跟在他后面，可怜巴巴地拉一拉他的衣角："能不能把你的电话、微信、QQ、微博给我？"

他回头看她："你要干吗？"

"不干嘛……"她露出讨好的笑容，总不能跟他说我要追你吧。

"微信微博什么的，我不用。"他说完，大步流星地离开。

"那电话呢？QQ呢？"她在他身后问道。可他没有再回头。

顾喜彤就这样厚着脸皮跟在韩冬屿身后晨跑了两周，有的没的说了一大堆。

韩冬屿倒是不抗拒她，但就是吝啬到连电话号码都不肯给她。

现在的顾喜彤早已经不是当初在芙蓉中学那个唯唯诺诺的懦弱女生了，他不给电话号码是吧？没关系，她还有别的办法。

她专门去打印了他的课表，但凡自己没课而他有课的时候，她就跟着去上课，大大方方坐在他旁边，要是有人问起她是谁，不等韩冬屿回答，她就先甜甜地笑，自我介绍说是他的师妹。

韩冬屿平时待人客客气气，从不跟谁发生争执，但也从不跟谁过分亲近，没有交心的朋友，也不曾跟任何女生接近。他身边突然出现一个顾喜彤，虽然他没给过她好脸色，但明白人都看得出来是怎么回事。

几天过后，顾喜彤就顺利拿到韩冬屿的手机号和QQ号。

他倒是通过了她加好友的申请，但她指望通过QQ多了解他一点是没戏了，因为他的QQ里什么都没有，空间一片空白，签名是空白，连个人资料的简介栏也是空白，唯一有价值的信息就是他的生日，12月20号。

不过虽然他的QQ没什么内容，倒也在经常使用，因为顾喜彤每天晚上睡前跟他发消息，发三条他都会回那么一两条。

更多的时候，她在学校找不到他，给他打电话他不接，发QQ消息也总是过很久才回，第一句话常常是：抱歉，一直在忙。

忙就忙，没关系，她不忙，她可以多花点时间和精力来等他。

至少每天早上的晨跑他不会缺席。

很快到了12月20号，那天早上，顾喜彤穿着一件红色的大衣，化了一点点淡妆，拎着一个小小的蛋糕等在操场入口处，韩冬屿出现的时候，虽然没等多久，但她也冻得有些哆哆嗦嗦了。

"生日快乐！"她看见他走过来，马上迎上去，喜气洋洋地冲他举起手里的蛋糕，笑眯眯地说。

他很意外："你怎么知道今天是我的生日？"

"山人自有妙计。"她笑得一脸得意，心想，真是个笨蛋。

"这是我去烘焙坊自己做的蛋糕，从打发蛋白到抹上奶油到最后写字，全是我一个人做的哦。"她献宝似的把蛋糕拿给他看。

果然一看就是她自己做的，奶油抹得不够平，水果摆得不太整齐，字也写得歪歪扭扭。不过这样的蛋糕看起来倒是透着一种笨拙的可爱。韩冬屿忍不住笑起来，顾喜彤的脸红了，佯怒道："笑什么笑，你不知道那个奶油有多难掌控！"

"好好好，不笑。谢谢你。"他嘴角仍有笑意，真诚地道谢。

"今天我就不跑了，你去跑吧，跑完我们一起吃蛋糕？"

"嗯，好。"韩冬屿点点头，走上跑道开始跑起来。

顾喜彤坐在一旁，一会儿整理衣摆，一会儿摸摸头发，心里紧张得要死。她从来没有像此刻这样在乎过自己是否好看，是否得体，因为，她打算等一下向他告白。

跑完步，韩冬屿满头大汗地走来，顾喜彤从包里摸出纸巾递给他，等他擦了汗，然后拆开蛋糕盒，插上蜡烛，点亮，轻声唱生日歌，唱完了，她看着他："许愿吧。"

他双手合十，闭上眼睛，她突然说："韩冬屿？"

"怎么啦？"他睁开眼睛看着她。

"把你的愿望借一个给我吧，你只许两个愿望，行吗？"

"愿望还能借？"他不知道她在搞什么鬼。

"你别管那么多，就借一个给我，行不行嘛？"

她说话的口吻带着点撒娇的意味，从来没有女生这样跟他讲过话，他拿她没办法，只好无奈地点点头。

很快，他许了愿，睁开眼看着她说："好啦，我许完两个愿望了，该你了。"

她也双手合十，闭上眼睛，停顿几秒钟，才开口道："我希望韩冬屿可以做我的男朋友。"说完，她睁开眼，像什么都没发生过似的说，"好啦，吹蜡烛吧。"

他却愣着不动。

和母亲生活在楠县的那些年里，韩冬屿一直是个乖孩子，只知道好好学习天天向上，从来没想过感情方面的事。总是一起主持活动的那个女孩子喜欢他，但他却无动于衷。

后来跟着父亲一起生活，从一开始只想好好念书远远离开，到后来发誓为母亲报仇，夺走姨妈和弟弟的财产，他所有的心思都用在这上面了，对感情之事更是从未考虑过。

在芙蓉中学和C大时都有女生追过他，但无一不被他冷冰冰的难以靠近的样子吓跑了，他呢，也从来没喜欢过哪个女孩子，以至于顾喜彤突然强势地闯入他的生活，他完全不知道该怎样应对。

"你刚才说什么？"他愣了一会儿，不知道该说什么，傻乎乎地问道。

"我说该吹蜡烛啦，快点啦，不然蜡油都滴到蛋糕上了。"

"哦，好。"他赶紧鼓起腮帮一口气吹灭了蜡烛。

她哗啦啦鼓掌，拿掉蜡烛，说："切蛋糕吧。"

他切下一块给她，又给自己切一块，吃了一口，说："味道不错。"

她却没吃，看着他，说："你说我许的愿望能实现吗？"

今天的她精心打扮过，比他在食堂第一次见到她时更漂亮些，红色很衬她，显得她皮肤更白，整个人明艳动人。他突然涌起一种从未有过的冲动，想吻她。

等反应过来时，他被自己吓了一跳。他这是怎么了？对她动心了？怎么可以？就是她，害得他没见到妈妈最后一面，他怎么可以对她动心？

"谢谢你的蛋糕。"他吞下嘴里的蛋糕，放下手中的盘子，努力压抑自己内心的冲动，"我还有事，先走了。"说完，他不等她回答，冷着脸头也不回地走掉了。

顾喜彤不明白发生了什么，明明好好的，怎么突然就变脸了？他的脸色那么差，以至于她根本不敢问为什么，更不敢开口挽留。

等到他走远了，她才抱着膝盖，把头埋进去，任由难过把自己淹没。天知道她鼓起多大的勇气才敢借许愿的机会向他表白，别看她表面上若无其事，其实心里紧张得要死，生怕他毫不留情地拒绝她，可没想到，他会这样冷着脸走掉。

不知道过了多久，突然有人在她身边坐下来，往她肩膀上披上一条柔软温暖的围巾，韩冬屿回来了！她惊喜万分地抬头，却看见陆展年。

"我还以为你哭了。"他调侃道。

"你怎么知道我在这里？"她失望万分，转过头不再看他。

"我在你身上安装了ＧＰＳ定位系统，你在哪里我都知道。"他嬉皮笑脸地说。

她心情不好，不想理他，只是把围巾裹紧。大冬天的，坐了这么久，确实很冷。

"冷吧？"他作势要来揽住她的肩膀，被她推开："走开啦。"

他只好自己抱紧自己，看着远处不再说话。不知道过了多久，他才开口道："其实他有什么好？你根本就不了解他，为什么非要和他在一起？"

想了许久，顾喜彤只说了三个字："你不懂。"

他确实不懂。这世上，谁又真的懂谁呢，就像顾喜彤不会懂，他此时此刻为什么会出现在这里，她也不会懂，看着自己喜欢的人去讨好另一个人，心里有多痛。

足球场外面是跑道，再过去，就是篮球场，顾喜彤每天早上到运动场来，全部的目光只追随着韩冬屿，从来都没有发现，篮球场上，每天也有一个人，目光一直落在她身上。她跟在韩冬屿身后有说有笑，陆展年只好把篮球狠狠往篮筐里砸，韩冬屿对她态度温和，他生气，韩冬屿冷落她，他也生气。

他们认识三年多了，她可从来不记得他的生日，更别提送什么生日礼物了，韩冬屿有什么好，值得她大冬天的早上冻成冰块似的提着蛋糕等他？

别说他的生日了，就是她自己的生日，她都不上心。一个多月以前，她才过了她的十九岁生日，可她根本不当回事，陆展年要送她礼物，她不肯收，甚至连他的面都不见，他没办法，只好把礼物快递给她，直到晚上她才给他发消息说谢谢，原来她忙着上课忙着做家教，空余时间还要去找韩冬屿，根本没空给自己过生日。

他不知道韩冬屿到底有什么好，他只知道她认定的事不会变，别人是不撞南墙不回头，她是撞了南墙就把南墙拆掉，绝不回头。

下午，韩冬屿去了一趟父亲的公司。自从当初下定决心要继承家产，韩冬屿就变了，他努力迎合父亲，做一个让父亲满意的儿子，大学也报了离家近的Ｃ大，高中毕业后，每周都会去父亲的公司熟悉业务。

父亲对他的变化很满意，也确实有意培养他，这一年多以来教了他不少东西，也让他学着做了不少事。

今天是他二十岁生日，算是个重要的生日，父亲看重他，为他在酒店设宴，请了于家和韩家一干亲戚，离开公司后，两人就直接去了酒店。

除了韩雨蒙和于放，其他人都早早到了，有的在打麻将，有的在斗地主，小孩儿们在看电视，很是热闹。见韩冬屿来了，外公外婆走过来，塞给他一个红包："乖孙，生日快乐。"

韩冬屿收下红包道谢，外公又说："乖孙，你爸看重你，你要争气，争取以后让你爸把公司传给你。"

虽然这也是韩冬屿的想法，但不知为什么，从外公嘴里说出来，他总觉得刺耳。到现在他还是不够世故，心态不够好，明明知道世人都是最现实的，跟红顶白拜高踩低，亲人也不例外，但听到外公不是关心他，而是在乎他能不能得到父亲的公司，他还是会觉得不舒服。

也许他还是道行太浅，内心深处仍然渴望真正的，不带附加条件的爱。

直到快开席，韩雨蒙才带着于放过来，旁人问起，她便推说于放功课紧所以来晚了，但韩冬屿知道，她只是不高兴看见他的生日能有这么大的场面罢了。

她越不高兴，他就越高兴。

当天晚上，在父亲的授意下，韩冬屿喝了不少酒，有些醉，就没回寝室，而是跟着父亲回家了。回家后他倒头就睡，正好第二天上午没课，所以他一直睡到日上三竿了才起床。

家里一个人也没有，父亲上班，于放上学，韩雨蒙不知去哪里了，韩冬屿洗漱一番，胡乱吃了点东西就回学校。

走到寝室楼下，远远地一个人就跑过来："韩冬屿，你去哪里了？"

是顾喜彤。她还是穿着昨天那件红色大衣，脂粉未施，但脸颊冻得通红。

"怎么了？"突然看见她，他有些不适应，一时不知道该用什么态度面对她。

"昨天晚上给你发消息你没回，今天早上你也没去跑步，给你打电话你关机，吓死我了……你去哪里了，没事吧？不会因为我昨天跟你告白，你就这样躲我吧？"她看起来真的很担心。

韩冬屿摸出手机，才发现手机不知道什么时候没电了，自动关机了。"对不起，我手机没电了。"

"你今天早上为什么没去跑步？是不想看见我吗？"她又问。

"昨天我回家过生日，喝醉了……"他有些抱歉地解释。

她这才放下心来："没事就好，我还有课，先走了，拜拜。"说完，她像是生怕他再说出什么她不想听的话似的，飞快地跑掉了。

回到寝室，室友一见韩冬屿就说："你总算回来啦，昨晚去哪儿啦？电话也打不通，你不知道你那个小美女多担心你啊，今天一大早就打来寝室，知道你不在，又一直在楼下等着，这么冷的天，真够她受的。怎么，你俩吵架啦？"

"不是啦，我昨天回家了，手机没电，我没注意。"韩冬屿给手机插上充电器，开机之后收到十多条短信，很多条QQ消息，全是顾喜彤发来的。

不知怎的，他像是能透过那些焦灼的文字看见她担忧的脸，心里涌起一阵阵的内疚。

之后，顾喜彤像什么都没发生过一样，每天早上照样出现在操场陪韩冬屿跑步，没课的时候就陪韩冬屿上课，只要遇上下课后该吃饭了，她就一定会跟他一起去食堂吃饭。

认识韩冬屿的人都默认顾喜彤是他的女朋友，他解释不过来，索性不解释了，爱怎么认为就怎么认为吧。

或许潜意识里，他并不愿意解释，因为那样会伤害顾喜彤，而他，不想伤害她。上次她向他告白，他那样突兀地走掉，他以为她会伤心、会退缩、会从此退出他的生活，他甚至已经做好从此不再见到她的准备了，却没想到她竟然能做到像什么都没发生过一样，如往常一般守在他身边。

他从来没见过脸皮这么厚的女生。

可她的厚脸皮都是为了他。何况她长得那么好看，每个男生谈起那个死皮赖脸跟在韩冬屿身后的小美女，都是一脸艳羡。

要说他完全无动于衷，肯定是假的。

但他一再告诫自己，不能动心，不能，千万不能，对他而言，她不只是个喜欢他的女孩子而已，她还和他的过去，和那场地震，和他去世的母亲有关。他放不下，忘不掉，也就无法接受。再说她才认识他多久呢，她到底喜欢他什么呢？

据说形成一个习惯只需要二十一天，而在顾喜彤日复一日的陪伴中，她的存在对韩冬屿来说，早就已经成为习惯了。

其实顾喜彤也不知道自己还能做什么。她从来没有喜欢过哪个男孩子，更没有追过谁，在下定决心要温暖他，要弥补他，要和他在一起之后，她一度感到迷茫，又没有人可以讨论，没有人可以取经，只好去网上搜索。网上倒是有很多教女孩子该怎么追求自己喜欢的男生，甚至怎么谈恋爱的帖子，看来看去，她最后选择了一种最笨的办法，那就是，坚持不断地出现在他面前。

她每天陪他晨跑，她经常陪他上课，和他一起吃饭，可他对她总是无可无不可的样子，甚至用沉默拒绝过她的一次表白，她没有别的办法，只能笨笨地继续厚着脸皮不断出现在他面前。

直到那一天，她第一次缺席了。

早上，韩冬屿到达运动场时没看见顾喜彤的身影，他以为她又迟到了，没在意，可是直到他跑完，往运动场入口处看了一次又一次，还是没看见顾喜彤。

他觉得奇怪，想给她打个电话问问，又觉得不合适，只好憋着。

下午有节专业课，顾喜彤每周都会来，提前几分钟等在教室门口，看他来了，就笑眯眯地跟在他身后，随他进去，然后坐在他旁边。可这天下午，顾喜彤没有来。

韩冬屿有生以来第一次把手机一直握在手里频繁查看，但顾喜彤没有给他打过电话，也没有发过任何消息。

那一整天他都心神不宁，跑步跑得不痛快，上课上得不认真，吃饭也是潦草应付，他自己都没意识到，他满脑子想的都是顾喜彤。她去哪里了？发生了什么事？她为什么没出现？为什么没有一点消息？

到了晚上，韩冬屿终于熬不住了，他给顾喜彤打了一个电话。电话响了几声顾喜彤就接起来了："喂。"

"你在哪儿？"终于听见她的声音，而且是安然无恙的声音，他放下心来，又有一丝莫名的怒气，讲话的语气就很不好。

"我在学校啊。"她听出来他在生气，虽然不知道为什么，但还是小心翼翼地说，"怎么啦，发生什么事了吗？"

她居然在学校？在学校今天早上为什么没去跑步？在学校今天下午为什么没去上课？在学校为什么一整天不出现，一整天不联系他？他很想质问她，又自知自己没这个身份和立场，只得把话咽了回去，可又不甘心就这样挂掉电话。

她不知道他在想什么，但还是解释道："对不起，我今天回楠县了，现在刚到学校，有什么事吗？"

原来她刚回学校啊。他心里好受了些，想说没事，想就此挂掉电话，可嘴巴却不受控制，说："你现在在哪儿，我来找你。"

"刚到寝室楼下。"她老老实实地说。

"等着。"他撂下两个字，挂了电话就往她们寝室赶去。

她果然乖乖地站在那里等着，见他来了，一脸迷茫地问："发生什么事了吗？"

看见她的那一刻，他心里终于踏实了，所有的烦躁不安都消失了，只剩下安心。他邀请她："我们一起逛逛吧？"

校园很大，他们俩还从来没有在一起好好逛过。她有些不知所措地走在他旁边，不敢看他的脸。

"你有什么事吗，今天为什么回楠县？"他问道。

"今天……是我爸爸的生忌……"顾喜彤的情绪一下子低落了不少。自从妈妈嫁给何政，发生了那些不堪的事以后，顾喜彤在情感上无从寄托，更加怀念爸爸，于是这两年除了清明节和5月12日以外，每到爸爸的生忌，她都会找时间去祭拜他。仿佛只有在爸爸面前，她才能仍然是当初那个天真烂漫的小女孩，可以放下一切，可以任性软弱……

"今天我回楠县山里了，四年过去了，那里也重建得很漂亮了，而我的爸爸，可能就永远留在那里了……"顾喜彤喃喃地说着，鼻子就发酸了。

韩冬屿一言不发，静静地听着。

他其实根本不了解她，他只知道她叫顾喜彤，来自楠县，她喜欢他，总是厚着脸皮不管不顾地频频出现在他身边，她很执着，很要强，她不怕被拒绝，不怕被嘲笑……但他却不知道，她那看似充满侵略性的外表下，竟然也有这样一颗柔弱的心，有这样一段伤心往事，有这样一个像他一样被迫坚强的孤独的灵魂。

他们都在那场地震里失去了自己最重要的最爱的亲人，他们都不被现在的亲人所爱，他们都孤独而又倔强地活着，看似平和，实则冷漠。

他突然明白她为什么会喜欢自己了，她比他敏感，在第一时间就认出了自己的同类。想明白这些以后，他心中涌动着一股冲动，一股想要好好照顾她，想要成为她的依靠，从此不再让她孤独的冲动。

"顾喜彤，你还记得你许的愿吗？"他突然问她。

她有些意外地抬头看他，不等她回答，他就低头亲吻她玫瑰花瓣一样的嘴唇，然后说："恭喜你，你的愿望实现了。"

她如遭雷击，愣在原地，他的吻如蜻蜓点水，稍作停留便已经离开，她来不及做出反应，来不及去感受，他就已经直起身子。刚才的一切只是幻觉吗？她正在怀疑中，就听见他说，恭喜你，你的愿望实现了。

我们许愿的时候，谁会听到那些愿望呢？谁会帮助我们实现愿望呢？是天使吗？

四年前，韩冬屿是顾喜彤的天使，在她身处绝境的时候拯救了她；四年后，他仍然是她的天使，在她悲伤的时候，实现了她的愿望。

她并没有设想中的欣喜若狂，只觉得有些羞涩，因为刚才那是她的初吻，然后他伸出手来，她愣了一下，把自己的手交出去，他牵住，两人一起往前走。

她的手是冰凉的，他的手却很温暖，她感受着他的热度，心里的甜蜜一点点涌上来，将她淹没。

不知怎的，她突然想起自己高中时候最爱做的那个梦。梦里，韩冬屿的手是那么温暖，他总会在她被何政欺负的时候出现，英勇地打败何政，然后牵着她的手往前跑，前面雾气蒙蒙，什么都看不见，但她却确信那里一定是一个美好的地方，她放心地跟着他跑，一直跑一直跑，跑了很久也不会觉得累。

那个梦竟然在今天成为现实，他温暖的大手牵着她，她觉得自己从此不再孤独，不再害怕，也不会再绝望。

四年了，她终于再次感受到了幸福。

陆展年活了十九年，头一次借酒消愁，醉得不成样子。如果可以，他真想回到几个月前，在那个一时心软帮助顾喜彤查韩冬屿消息的自己的脸上狠狠扇一巴掌。如果她一直找不到韩冬屿，会不会慢慢忘记这回事，最终接受自己？

谁知道呢。不管会不会，不管还要等多久，但无论如何他都会比现在好过，因为，他不会眼睁睁看着她投向韩冬屿的怀抱。自己当初到底在装什么大方，演什么情圣？还口口声声说什么去吧，如果你幸福，我为你高兴。现在她幸福了呀，可他高兴吗？不！一点都不！他伤心得要命，他心痛得要死，他恨不得往韩冬屿身上扔一颗炸弹来发泄自己的痛苦！

"我想把这个消息第一个告诉你，我和韩冬屿在一起了。"这是前一天晚上顾喜彤发来的消息。

"嗯，恭喜你，一定要幸福。"他受到重击，整个人立马垮掉，却还假惺惺回了这样一句话。

"会的。我很幸福。"

他没有再回复，因为他实在是装不下去了。

其实这样的结果早在预料之中吧，她那么好，谁会舍得不要？韩冬屿也不过是个普通男生而已。

活该，谁叫你当初做那么多蠢事。喝完最后一瓶酒，陆展年恶狠狠地骂了自己一句。失去意识之前，他脑子里全是高一时候的画面：他用凳子大力挤她的课桌，他逼她打扫卫生，他当着全班人的面羞辱她，他联合其他人孤立她……

他们之间，有那样糟糕的开始，所以无论后来他怎样努力都于事无补，因为从一开始，他就已经输了。

是的，活该。无论他现在多伤多痛，他都要自己承担，因为这是他欠她的，是他应该还的债。

韩冬屿和顾喜彤手牵着手出现时，跟韩冬屿关系不错的同学都起哄，嚷着要他请客。当初将韩冬屿的电话和QQ透露给顾喜彤的男生更是要求吃一顿好的，因为在这桩姻缘里，他功不可没。

韩冬屿通通点头答应了。他没有关系亲密的朋友，但男生之间，平时一起打打球，老师点名的时候帮忙答个到，这样的交往还是蛮多的。何况他现在有自己的小金库，每个月除了韩雨蒙打的生活费，还在父亲公司领一点实习工资，经济很宽裕，就算请全班吃饭他也不会皱一下眉头。

这种情况当然是吃火锅最热闹。一起吃饭的人坐满两桌，嘻嘻哈哈地点菜，喝酒，席间不断有人来敬顾喜彤的酒，都被韩冬屿挡下了。敬酒的人不干，嚷着挡酒要加倍，其他人跟着起哄，气氛好得其他桌都频频侧目，对这群有些吵但并不惹人厌的年轻人露出羡慕的微笑。

那顿饭吃了很久才结束，韩冬屿在那样的热闹里，感受到了真真切切的幸福。

拥有顾喜彤，他真的很开心。

饭后，顾喜彤扶着有些晕乎乎的他在校园里散步，走到没人的地方，他停下来将她紧紧搂在怀里，说："彤彤，我好高兴。"

他那样用力，将她抱得那样紧，她的眼眶一下子湿润了。四年多了，这四年多的日子里，她孤独、凄惶、无助，如一只离群的雁，时时活在被人射杀的恐惧中，可现在，她终于有了一个可以躲避风雨的怀抱。她不再是那个需要逼着自己强大起来，拼命竖起浑身的刺来对抗全世界的她了，她有了希望，她得到了救赎，她找到了依靠，从今以后，她会付出所有，去守住这个怀抱。

第九章

你给我的天堂，其实是一片荒凉

The original or meet you

1.

很快到了寒假，别的同学大都归心似箭，韩冬屿本来想送顾喜彤回家，顺便回楠县看一看，她却告诉他，她不打算回家。

顾喜彤什么都告诉过韩冬屿，但唯独有一件事她没讲过，也绝不会开口提到，那就是继父对她的猥亵。

即使她是个受害者，那根本不是她的错，但这仍然让她觉得羞耻。那是她的噩梦，是她永远都不想揭开的伤疤。

不过就算不知道这一层，韩冬屿也能理解她，也许从最爱他们的那个亲人离世之后开始，他们就都是没有家的人了。

"我们一起去旅行吧，你想去哪里？"一个人待在寝室难免会觉得凄凉，韩冬屿想让她开心点。

说起来，顾喜彤还从来没有正儿八经出门旅行过。以前父亲开出租车，母亲卖衣服，都不是可以给自己放长假的工种，一家人偶尔到成都近郊游玩一天就算是出门旅游了。而韩冬屿跟父亲生活在一起之后，一家人倒是一起出游过几次，但因了韩雨蒙和于放的缘故，都玩得不是很愉快。

"好啊，我哪里都想去，因为哪里都没去过。"顾喜彤十分期待。

韩冬屿在电脑上把中国地图打开，让顾喜彤选，她只看了一眼就决定了："我们去哈尔滨看冰灯吧。"

两个人都是生在楠县长在楠县的，长这么大也没见过几次雪，顾喜彤之前刚在微博上看到关于哈尔滨国际冰雪节的情况，心里很向往。

接下来就是订机票，订酒店，收拾行李，等待出发。

顾喜彤记得那天是农历的腊月二十一，星期五，而他们是星期六一大早的机票。星期五晚上，她正在寝室上网，查看一些去哈尔滨的游记，韩冬屿的电话就打了过来。

她一边继续看游记，一边接起电话："喂？"

电话里，韩冬屿吞吞吐吐地说："彤彤……明天……明天我可能走不了了。"

"嗯？什么意思？"顾喜彤没听懂。

"这个周末我爸公司有点事，要陪客户去花水湾，我爸让我也去。"他很抱歉地说。

"你必须去吗？"她很失望。

其实他真要不去，父亲也会同意，毕竟他现在对公司还没重要到非出席这种场合不可的地步。但这两年来为了讨父亲的欢心，只要是跟公司有关的事，他从没说过一个不字，所以，他开不了口去拒绝。

"嗯，我爸开口了，我就得去。对不起了彤彤，这样吧，你明天先去，星期一我坐一大早的飞机来跟你会合，好吗？"

对这次的哈尔滨之行，顾喜彤非常期待，韩冬屿突然说他去不了，她真的是非常失望。改期也不是不可以，但机票订好了，酒店也订好了，每天的行程都是安排好了的，即使韩冬屿有小金库，这些损失对学生族来说也不是个小数目。

这样说来，她先去，倒是最好的办法了。

星期六一大早，天还没亮，韩冬屿就把顾喜彤送到了双流机场，她没坐过飞机，他领着她换登机牌，托运行李，在安检口排队，很快就轮到她了。分别前，他紧紧拥抱她，说："乖，你先去，路上注意安全，过两天我就来。"

她就乖乖地点头，跟他道别，然后独自一人拉着行李箱进了候机室。

离登机还有半个多小时，她从包里拿出准备好的早点慢慢吃完，一看时间，还有二十分钟，她又趴在落地窗前看停机坪上的飞机起起落落。天还没亮，飞机上的信号灯不断闪烁，她看着看着，竟然觉得心里空落落的。

如果是从前，她一定不会有这种感觉，因为她习惯了一个人，也做好了一个人的准备，她不会因为孤独这种生命中的常态而伤春悲秋，可现在，因为生活里多了一个人，因为有了可以依靠的怀抱，所以不过短短数周，再离开那个人，重新回到孤独的状态，她竟然有些不适应了。

原来，当你心中有了爱，就有了软肋。即使从前冷漠如她，也难以逃脱。

快登机了，她站在登机口自拍一张，发到微博上，说：才分离，已经开始想念。旅行的意义之一，是看清自己的内心。

三个多小时的飞行之后，飞机降落到了哈尔滨太平机场。顾喜彤排队下飞机，取行李，走出机场马上愣住了：哈尔滨真的好冷！她在大成都生活了十九年，还从来没有这么冷过。

她马上将自己全副武装起来，帽子、手套、厚围巾，这才稍微好过点。预订的酒店在中央大街，到了酒店已经中午了，她办理了入住，坐在床上看着旁边另一张空床发了会儿呆，直到肚子饿得咕咕叫，才出门觅食。

因为只有一个人，顾喜彤随便找了家饺子馆，点了一份饺子。味道不错，她吃得很饱。吃完饭出来，她往圣索菲亚大教堂走，那是他们行程表上的第一站。

教堂充满了异域风情，很美，广场上很多鸽子，她反正也没啥事，买了鸽食喂鸽子，鸽子呼啦啦飞过来，因为穿得厚，她不担心被抓伤，倒玩得很开心。

喂完鸽子她才觉得脸都被冻得发痛了，但还是觉得开心，大概是因为已经很久没有这么放松过了。

逛完了圣索菲亚大教堂，她又往中央大街走，街上很热闹，路边还有卖冰棍的。第一次看见直接把冰棍放在纸箱子里摆在地上卖的，顾喜彤觉得很新奇，拍照发了微博：冰棍直接放在外面卖，不会化的，可见有多冷啊。

其实她很想把照片发给韩冬屿，但想到他也许在忙，不敢打扰，只好发到微博上自说自话，希望他能看到。跟她在一起之后，从前不用微博的韩冬屿也注册了一个账号，关注了有限的几个用户，其中唯一一个在生活中认识的，就是顾喜彤了。

三点过，天色已黄昏，街上到处都是冰做的装饰，冰灯纷纷亮起来，对从来没见过冰雕的顾喜彤来说，这条街美得像童话世界。

唯一的不足是冷。顾喜彤已经穿了最厚的棉靴，戴上帽子，围上自己最厚的围巾，戴着最厚的手套，但还是觉得冷，过了很久她才发现，原来路人大多都戴着口罩，而她没有经验，只知道把脸往围巾里缩，这么久下来脸都快冻得没知觉了。

因为天色已经很暗，一个人也没什么可逛的，顾喜彤找个便利店买了点吃的，就回了酒店。早上为了赶早班飞机，她起得很早，所以回酒店看着电视，不知不觉就睡过去了。

韩冬屿的电话打过来，已经是晚上九点过。顾喜彤被铃声惊醒，慌慌张张地抓起手机接电话。

韩冬屿听出她已经睡了，笑她："小懒猪，怎么这么早就睡了？"他那边还有点吵，应该是夜间活动正尽兴的时候。

"这边黑得早，外面又冷，没什么可逛的，我就回酒店了，没想到看电视看睡着了。"她有些不好意思地说。

"晚上吃啥好吃的了？今天都去了哪里？"他笑着说。

她这才觉得饿，原来自己还没吃晚饭，但又不想告诉他，怕他担心，只说："我去圣索菲亚大教堂了，还喂鸽子了……"

她正要跟他讲讲今天的见闻，却听见那边有人叫他，他应了一声，对着电话说："乖，我先去忙，你早点休息。"说完不等她回应，就匆匆挂了电话。

记得顾喜彤刚找到韩冬屿时，她每天陪他跑步，乱七八糟讲了很多自己的事，后来父亲生忌那天，两人确定关系，她将家里的事也告诉他了，除了被继父猥亵她没说，他对她的事应该都了解得很清楚了。后来他们约会时，他也断断续续讲过一些自己的情况，她知道他在家里的不易，知道他必须很努力才有可能打败韩雨蒙和于放，所以他为了得到父亲的认可而把公司的事摆在第一位，她也可以理解。

挂了电话，她吃了些零食，洗漱之后又继续睡了。房里的暖气很足，她睡得出汗，第二天起床时只觉得口干舌燥，肚里空荡荡的，急需进食。

随便找了一家路边小店，顾喜彤吃了饼，喝了从没听过的大碴粥，觉得身体舒服些了，就准备找个地方买口罩。

挑好款式，该付钱了，她打开包，翻来找去，刚刚吃早饭时才用过的钱包却怎么也找不着了。随身背的包就那么大，无论怎么翻找，钱包消失了就是消失了。她赶紧翻看手机，还好，手机装在靠近身体的侧包里的，幸免于难。怎么办？她没出过远门，没被偷过钱包，此刻又是独自一人，顿时有些六神无主。

给韩冬屿打电话吧。这是她脑子里唯一的念头。她拨通韩冬屿的电话，可电话一直响到自然挂断，他也没接。现在是周日上午，他应该还在花水湾陪客户，也许昨晚睡太晚，现在还没起床，也许去西岭雪山了，反正，现在是指望不上他了。

她有些不好意思地把口罩放下，沮丧地走出店铺，看着街上的行人，思考自己应该怎么办。

给妈妈打电话？可自己这次出来根本就没告诉她，她还以为自己在学校呢。

只能等了，等韩冬屿什么时候看到手机，给她打电话，她就得救了。何况反正他明天就来了，大不了今天靠昨晚剩下的零食扛一扛。

打定主意之后，她把围巾裹得再紧些，往松花江走去。

松花江很宽，江面结了厚厚的冰，很多人在上面玩耍。顾喜彤第一次见到这种场面，觉得新奇，心里的忧愁也被冲淡了不少，她试探着踏上江面，小心翼翼地走着，生怕滑到。

"顾喜彤！"突然，有人唤她的名字。她抬起头，往声音的来源看去，看到一个穿得像熊一样的人向她跑过来。因为那人穿得厚，帽子围巾口罩全副武装，所以她一开始完全没认出他是谁。

就快跑到她身边时，"啪！"那人脚下一滑，重重摔了一跤，她从他的惨叫声听出，好像是陆展年？

"快来扶我一把……"他哎哟个不停，冲她伸出手。

她小心翼翼走过去，费劲地扶起他，还真是陆展年！

"你怎么在这儿？"她惊讶万分。在这样的情景下遇上他，她真心感到高兴。

"你怎么在这儿？我还以为我看错了，还真是你啊。"他站直了，揉揉被摔痛的屁股，很开心地问她。

"我……来旅行啊。"

"我也来旅行啊。"

"你一个人？"

"你不也一个人吗。"

他一副理所当然的样子，她就真的相信了。

她不会知道，陆展年是在她微博上看到照片，知道她一个人来哈尔滨，他马上就订了机票。他不知道她为什么来这里，也不知道她为什么一个人，韩冬屿去哪里了，他为什么没陪她？但他顾不上那么多，只知道自己一定要去找她。

看到她微博上放的卖冰棍的照片，他从背景看出来是中央大街，于是在这附近住下来，开始在外面晃荡。

他不敢给她打电话。如果说自己来找她，她肯定会拒绝。

零下二十几摄氏度的天气，他晃荡来晃荡去，眼睛都瞪痛了也没看到一个像她的背影，他几乎快绝望了，却没想到竟然在松花江上遇上她。

天知道那一刻他有多开心，天知道她扶起他时，他心里有多踏实。是的，终于见到她了，他一直悬着的心终于踏实了。

"怎么没戴口罩？脸都冻红了。"他瞪她一眼，马上把自己的口罩取下来，"不准嫌弃我。"说完就给她戴上。

她任由他为她戴上口罩，不知道是不是幻觉，总觉得口罩上还有他的温度。

脸已经冻红了，再加上有口罩挡住，所以他应该不会发现，她害羞了。

"怎么戴这么薄的手套？你手不冷吗？走走走，买双厚手套去，顺便再买个口罩。"

他拉起她就要走，她却站着不动，说："我钱包被偷了。"

"什么时候，在哪里？"

"就刚刚，我吃完早饭打算去买口罩，口罩都挑好了才发现钱包不见了。"

"看来是上天安排我们相遇啊，"陆展年露出一个大大的笑容，"没关系，走，哥罩你。"

他是真的很开心，因为，此刻的她需要他。还有什么比心爱的人需要自己更让人开心的吗？

他带她买了厚厚的手套，买了可爱的口罩，又一起吃了大名鼎鼎的马迭尔冰棍。明明是零下二十几摄氏度的天气，两人站在街头吃着冰棍，却并不觉得太冷。

"我还是第一次在冬天吃冰棍呢。"

顾喜彤露出一个傻乎乎的笑容。

"那你可得记住这个第一次。"陆展年也笑着说。

顾喜彤伸手打他："好好的话从你嘴里说出来怎么就变味儿了？"

"喂喂喂，我发誓我完全没那个意思，是你思想太复杂，自己想歪了。"他连连喊冤。

之后他又带她去吃了俄式菜，不过吃惯了麻辣川菜的顾喜彤实在不太欣赏俄式菜的味道，除了红菜汤，别的菜她都不太喜欢，但为了不浪费，她还是努力吃下去。

"吃不惯就别吃啦，等下去吃点别的。"陆展年看出她在勉强。

她皱着眉头看着他："好贵……"

"浪费确实不划算，但是为难自己更不划算，你懂不懂啊傻妞？"他笑嘻嘻地看着她。

其实她觉得他说得对，但节约惯了的她一时还真的很难扭转过来。"敢叫我傻妞？"她瞪着他。

"本来就傻。"也许是因为在外旅行，人会比较放松，他确实比以前更大胆随意一些。

两人正有说有笑，顾喜彤的电话响了。她马上把电话拿出来，果然是韩冬屿。

"喂。"

"彤彤，真是对不起，上午你打电话时我正陪客户坐缆车，没听见。"他解释道。

"嗯，没事儿。"她体贴地说。

"怎么啦，有事吗，还是想我了？"他的声音有一丝笑意。

"我钱包被偷了，不过后来遇到一个同学，我找他借点钱，没事。"她知道他忙，现在又在山上，就算早上那通电话打通了，似乎也没多大作用。与其让他白白担心，不如让他放心。

"人没事吧？小心点，人没事最重要。遇到什么同学啊，这么巧，有机会一定要请她吃饭好好感谢一下。"

"嗯，没事，你忙吧。"

"乖，等着我，明天上午我就来了。"

"好，拜拜。"

顾喜彤挂了电话，觉得气氛似乎有一丝尴尬，但她也不知道该怎样打破这尴尬。

"要不要去吃点东北菜？反正我请客啦，这么好的机会，不吃白不吃。"陆展年喝了一口汤，扯张纸巾擦擦嘴巴，然后笑嘻嘻地说。

他知道刚才是韩冬屿的电话，他也知道，在韩冬屿面前，他对顾喜彤来说，只是个同学而已。

同学就同学吧，她从小到大那么多同学，可在她独自一人"流落异乡"，钱包被偷束手无策时，陪在她身边的是他，多好啊。平时叫她去看场电影，请她一起吃顿饭比什么都难，现在这样，他已经很满足了。

"晚上再吃吧。"她到底还是不习惯太浪费。

两人出了饭店，决定去冰雪大世界。顾喜彤本来有点犹豫的，她希望和她一起去冰雪大世界的那个人是韩冬屿，而不是别人，但按照行程表上的安排，他们今天本来应该去那里的，明天等韩冬屿过来，他们就该去雪乡了。

最终，冰雪大世界的诱惑战胜了顾喜彤的犹豫。

两人坐公交车过江，顾喜彤透过窗户往外看，首先看到的不是窗外的风景，而是窗户上的冰花。

"好漂亮的冰花。"她从前只见过窗户上有雾气，可从来没见过这样的冰花。

陆展年也往外看，她坐在靠窗的位子，他坐在靠过道的位子，但他偏过头去，看的却不是冰花，而是她。

高一那年，她做了他半年的后桌，他从未回头仔细看过她。高二那年，他坐在她后面整整一年，无数次看着她的背影发呆。高三那年，他们隔着一张讲桌，他只有跟她讨论题目的时候才能靠近她。

像这样明目张胆看着她的侧颜的时候，真是少之又少。

她的皮肤又白又细腻，从侧面看，睫毛又长又浓密，鼻梁挺拔，怎么看怎么好看。

"看我干吗？"感觉到他的注视，她不满地瞪着他。

"你好看啊。"

"喂！你不要太嚣张啊，小心我踹飞你！"她凶他。

他只好认怂，把目光收回来。

冰雪大世界里人很多，两人边逛边玩，一开始还不觉得冷，后来就冻得受不了了。

"去吹吹暖风休息一下吧？"陆展年提议道。

休息处需要消费才能进去，最便宜一杯奶茶都要十五块，顾喜彤强撑："还没冷到那个程度。我想去玩长滑梯，你去吗？"

陆展年只好和她一起去排队。

要玩长滑梯的人很多，终于轮到他们，都冻成傻子了。陆展年先去，然后站在下面等顾喜彤，果然，冻得手脚都不灵光了的顾喜彤滑下去之后费了很大的劲儿都站不起来，陆展年赶紧去扶她，两人搀扶着走了几步，"啪！"一起摔了一跤。

陆展年很有牺牲精神地摔在下面，当了顾喜彤的人肉垫子。

顾喜彤很抱歉地问他："你没事吧？"就算摔得不痛，她摔在他身上那一下也够他受的。

"没事没事。"陆展年连连摆手，问她，"你没事吧？"

她还趴在他身上，姿势十分暧昧，好在冬天穿得厚，彼此并没有实质性的接触，但陆展年还是觉得这一跤摔得太值了。

他们挣扎了一下才爬起来，她踉跄几步，他赶紧去她身后扶住她，她有些不自然地退开一点，说："没事。"她讨厌刚才那种脸红心跳的感觉。

离开冰雪大世界，陆展年又带顾喜彤去吃东北菜。锅包肉、地三鲜、哈尔滨红肠……那些顾喜彤只在游记里看到过的菜纷纷上桌，她吃得捧着肚子，满足地说："嗯，比俄式菜好吃太多，看来我有一个中国胃。"

陆展年看她吃得开心，自己也开心，饭都多吃了两碗。

饭后，把顾喜彤送到酒店门口，陆展年掏出钱包说："你身上还是带点钱吧，万一晚上饿了呢。明天我继续请客，咱们早上几点起来？"

"不用了，我房间里还有零食。"她摆摆手，有点抱歉地看着他说，"今天的开销我之后还给你，明天……明天韩冬屿就来了，这次我们本来打算一起旅行的，可他临时有事，所以……"

她说得很艰难，因为她自己都觉得自己太过分。

可虽然戴着口罩，但从他弯弯的眼睛她看出来，他竟然笑了。

他说："我就说他怎么这么浑蛋，舍得让你一个人出来，原来如此啊。那你们玩开心点，明天我就不管你了哦。你答应我一件事就好——不要还钱给我，不要跟我分得这么清楚。"

虽然他在笑，可她还是觉得好抱歉，她点点头说："好，那谢谢你今天请客，谢谢你带我玩。"

"快回去吧，外面冷。"他不由自主帮她理了理帽子，冲她挥挥手，然后潇洒地转身。

从上午到现在，不到十个小时，但这珍贵的十个小时已经足以构成他这次旅行的全部意义。

已经很好了啊。他看着路边的冰灯，一边走，一边露出微笑。

他忘记在哪里看过这个说法了，难过的时候要努力微笑，因为笑着笑着，就真的没那么难过了。

2.

第二天，韩冬屿坐最早的飞机出发，不过到哈尔滨时，也已经是中午了。他和顾喜彤会合，一起吃午饭，然后坐车去雪乡。

那是2012年的二月初，《爸爸去哪儿》这个节目组还没去过那里，顾喜彤也是偶尔在别人的游记里看到这个地方，觉得它美得像童话世界，当时就想，将来一定要亲自去那里。没想到这么快就有这个机会，更没想到，她会和曾经只在梦里出现的那个人一起去。

雪乡的雪很厚，到处都是像雪蘑菇一样可爱又笨笨的积雪造型，顾喜彤和韩冬屿在家庭旅馆老板的带领下办理了入住，就在户外拍照。

韩冬屿是摄影爱好者，这么美的景色，加上顾喜彤这个裹得像维尼熊一样的模特，他拍起照来丝毫不觉得冷。

但天黑得很早，他还没拍尽兴，光线已经变得很差，只好收拾相机进屋子里窝着。

晚餐是东北家常菜，同住在家庭旅馆的游客围在一起，有说有笑的，饭后，大家围坐在炕上聊天，顾喜彤靠在韩冬屿身边，偶尔抬头看看窗外的雪景，看看屋檐下的冰凌，竟然觉得眼眶有些发酸。

她有些不好意思地偷偷骂自己，矫情。

可心里那种酸酸涨涨的感觉却怎么也抹不去。

那天晚上，她第一次睡了炕，第一次和韩冬屿住在一起。虽然两人都穿着睡衣，但仅仅是搂在一起，她的心就已经"怦怦"狂跳。

还好，因为早上起太早，他也累了，只是在睡前吻了她，然后搂着她很快就入睡了。

一整晚她都睡得很浅，保持同一个姿势动也不敢动，到了早上，有点想上厕所，但她还是没动。

这样躺了一晚上，早上韩冬屿终于起床时，顾喜彤觉得自己浑身都酸痛。没办法，虽然她可以接受他的亲吻和拥抱，可太过亲密的肢体接触她还是会紧张，就算那个人是他，也不例外。

今天的安排是滑雪，家庭旅馆的老板带着几个要去滑雪的客人到了滑雪场，两人换上装备就疯玩开了。顾喜彤没滑过雪，韩冬屿也是新手，两人摔了好几个跟头，还撞到了别的游客。

"对不起对不起。"顾喜彤连声跟被她撞到的人道歉。

"顾喜彤？"被她撞到那个人竟然认识她。她爬起来一看，是陆展年。

"要不要这么巧啊？"陆展年自己都笑了。坦白地说，今天的顾喜彤身边有韩冬屿，所以他并不是那么想遇见她。可老天大概想玩玩他吧，唉！

"怎么啦？"见顾喜彤跟路人讲话，韩冬屿关切地走过来。

"昨天我不是跟你说我找同学借钱吗，就是他。"顾喜彤跟韩冬屿介绍道。

"你是……陆……陆展年？"韩冬屿看着陆展年，皱着眉头努力回忆着什么。

"你怎么认识他？"顾喜彤可从来没跟韩冬屿提过陆展年这个人。

"你以前是不是芙蓉中学的？"韩冬屿问。

"你也是？"陆展年有些意外。

"是啊，你打篮球是不是很厉害？有一次高一高二打联赛，你带着你们班暴洗了我们班一顿，场边好多小女生叫你的名字呢。"韩冬屿回忆。

"好汉不提当年勇。"陆展年笑嘻嘻地说。

他并不认识韩冬屿，更没想到韩冬屿竟然是芙蓉中学毕业的。

最难接受的那个人是顾喜彤，她实在是太郁闷了，韩冬屿竟然就在芙蓉中学？芙蓉中学能有多大，为什么她在那里念书那半年从来没见到过他？

如果早知道他在那里，她无论如何也要扛住陆展年的欺负，要留在那里，要找到他。

不过想想她当初在芙蓉中学时，自卑又内向，整天都窝在教室学习学习再学习，连自己班上的人都认不完，哪还有机会找到韩冬屿？就算找到了，他稍微打击她一下，估计她就没有勇气再去找他了吧。

这样说来，其实一切冥冥之中早有安排。

"昨天你说遇到同学，我还以为是女生呢。"韩冬屿随口说道。顾喜彤没觉得他这句话有什么，但陆展年却觉得这句话颇有深意。

"你的同伴呢，怎么一个人？"韩冬屿问。

"我一个人来的。"

"这样啊……那等下一起吃饭？你住在哪里的？"韩冬屿邀请陆展年，"我昨天在电话里就跟彤彤说了，要请她的同学吃饭，感谢同学的帮忙，没想到是你，那更得请客了。"

"不用客气，我还有别的安排，就不和你们一起了，回校再聚吧。"陆展年拒绝了他的邀约。他脑子又没病，干吗自己找虐。

三人道别之后，陆展年很快消失在了茫茫雪地里。

第二天他就踏上了返程的飞机。他不知道会不会那么巧，会再次遇见顾喜彤和韩冬屿，他不敢再去赌这个运气，他不想费劲地在韩冬屿面前装成一个普通同学，更不想自己演得不够好，被他看出点什么，从而影响他和顾喜彤的关系。

这次来哈尔滨本来就是来找她的，人他找到了，开心的回忆也留下了，他也该走了。

顾喜彤和韩冬屿两天后也回到了成都。

腊月二十七，白瑞雪给顾喜彤打电话："彤彤，你真的不回家过年吗？一个人待在学校像什么啊，还是回来吧。"

"妈，上次不是跟你说了吗，我在做家教。"其实她每天都窝在寝室看书看电视剧，除了跟韩冬屿见面之外，根本连寝室门都很少出。

"这么辛苦干什么，生活费不够就跟妈说。彤彤，你回来过年吧。"白瑞雪说着说着，声音里竟然带了点哀求。

"妈，你知道我不想见到他。"沉默很久，顾喜彤才低声说。

白瑞雪好像哭了，说："彤彤，妈保证他不会再做那些糊涂事了，你要实在不愿意，就回来两天好不好？你把除夕和初一过了就走，好不好？"

顾喜彤十九岁，过去十八年，她没有哪一年离开过家，更别提不在家里过年。妈妈是真的想她吧，如果她不回去过年，她会不会觉得很凄凉？即使她身边有了何政。

"好吧，那我大年三十早上回来。"她终究还是心软了。

跟韩冬屿打了个招呼，大年三十早上，顾喜彤踏上了回家的路。要是提前一两天，韩冬屿倒是能送她，可大年三十他不得不待在家里忙碌着，只好让她一个人回去了。

顾喜彤到家大概是十一点，白瑞雪和何政正从车里往客厅搬买来的年货，见她回来，白瑞雪激动得手足无措，赶紧迎上来接过她的行李，又拉着她的手连声说："怎么瘦了？学校的伙食不好吗？是不是生活费有点紧？下学期妈每个月多给你三百够不够？"

半年不见，甚至连电话都很少打，顾喜彤一时之间竟然有些不适应妈妈的热情。

何政知趣地跟她远远地打了个招呼："彤彤回来啦。"就继续去忙碌了。

顾喜彤先回房间，大概是因为她要回来，妈妈提前打扫过了，房间干净又整洁，完全看不出很久没人住了。她摸出手机拍了张照，发到微博上，说：家？不过半年，却恍若隔世。

过去她的微博大多是自说自话，只有几十个粉丝，几乎没人评论，自从和韩冬屿在一起后，他成了唯一一会评论她微博的人，所以有时候不知不觉的，她就会把微博当成跟他交流的一种方式。

她看了看自己柜子里那些高中时代的物品，韩冬屿当初脱给她那件校服，和有韩冬屿照片的那张校报被她放在显眼的位置，她轻轻抚摸它们，又生出一种恍若隔世的感慨。

"彤彤，吃饭了。"没过多久，妈妈在楼下喊。

因为今天是除夕，要吃丰盛的年夜饭，所以午饭很简单，顾喜彤吃完饭，问妈妈："有什么要我做的？"

"没事，都忙得差不多了，你坐着看会儿电视，好好休息吧。"妈妈几乎是有些讨好地说。

顾喜彤坐在沙发上，电视里放着喜庆的节目，她偶尔看看手机，不知怎的就想起从前。

从前爸爸还在，她对过年是又爱又恨，爱的是过年有很多好吃的可以随便吃，有新衣服穿，还有压岁钱拿，恨的是过年前总是要大扫除，她逃脱不了干活的命运。

那是多久以前的事了？

现在她可以闲坐着不干活了，但那种温馨、热闹、亲密，却再也没有了。

对这个家来说，她只是个客人。

年夜饭很丰盛，顾喜彤吃得挺多。饭后白瑞雪和何政坐在沙发上看春节联欢晚会，她坐在单人沙发上有一搭没一搭地看着电视，没过多久就困了，然后就起身去睡觉。

在学校里不是没有熬到过十二点，而除夕的一大意义就是要守岁，但对顾喜彤来说，她却提不起丝毫兴趣。

连妈妈和何政给的压岁钱，她都兴趣缺缺。

春节联欢晚会刚开始时，白瑞雪受到感染，一脸喜气洋洋地摸出一个红包递给顾喜彤，说："彤彤，这是你何叔叔和妈妈给你的压岁钱，新年快乐。"

红包挺厚的，顾喜彤接过去，机械地说了句："谢谢妈，谢谢何叔叔。"他们不知道，她只是喊出"何叔叔"这三个字，都觉得又恶心又抗拒。

睡前，顾喜彤反锁了门，又把凳子抵到门背后，才躺进被窝。

韩冬屿不知道什么时候给她发了短信，祝她新年快乐，说很想她。她何尝不想他呢，他们都是一样的人，不属于自己身处的那个所谓的家，只想快点逃离。

她又想起几天前在雪乡的晚上，他们围坐在炕上吃吃喝喝，有说有笑，那样安宁而幸福的日子让她想到家庭，想到天荒地老。她只愿能和他牵着手，平平淡淡地一直走到老。

陆展年也给她发了消息，问她是不是回家了，祝她新年快乐。

她给韩冬屿回复了一句"我也想你"，就困得睡着了。

正月初二上午，顾喜彤睡够了起床，收拾好行李就要去学校。妈妈没想到她竟然真的只在家待两天，有些伤心地说："今天要去你二姨家拜年，你不去吗？你小时候最喜欢去她家了呀。"

"你也说了是小时候了。现在我已经长大了。"顾喜彤拖着箱子。白瑞雪送她到门口，有些犹豫地说："要不要……送你去车站……你行李不好拿。"

"不用，我自己坐车去。"她毫不犹豫地拒绝了。

白瑞雪的眼神一下子黯淡下来，顾喜彤又有些不忍，她伸出手抱抱白瑞雪："妈，你好好照顾自己，保重身体。打麻将别打得太频繁了，平时多做运动。"

白瑞雪偷偷抹了把眼泪，目送顾喜彤上了车。

刚到车站，她正在买票，陆展年打电话来了。

"你今天有安排吗？"他听起来很兴奋。

"什么事？"

"我来楠县了，出来见个面吧。"

"有什么好见的，开学就见面了嘛。再说我现在在车站，我要回学校了。"

"这么早？为什么？"陆展年又是着急又是吃惊，急得语无伦次了，"你别走，你在哪儿？哦，对，车站，你等着，等我，我马上过来找你，别走啊，千万等着我！"

顾喜彤买好票，反正离发车还有一段时间，就坐在售票厅等陆展年。

陆展年是跑着进来的，见到她，松了口气，过来坐到她身边，问："为什么这么早就回学校？我可是专门来找你的。"

"我又没叫你来。"顾喜彤才不领情呢。

"几点的票，我看看？"陆展年伸手去拿顾喜彤的票，她毫无防备之心地拿给他，没想到他竟然一把撕掉了。

"喂！你干吗？！有病吧？十五块钱呢！"顾喜彤急得伸手去打他。

"我赔给你，或者你干脆坐我的车回学校吧？我开车来的，别看我驾龄不足一年，但技术绝对过关。"他讨好地说。

"好好的一张票为什么要撕了，退票不行吗？有钱了不起啊？败家子！"顾喜彤说着，竟然气哭了，"你就知道欺负我！"

其实她自己心里清楚，陆展年的行为只是个导火线罢了。大年初二的小城车站，坐车的人很少，大多是三三两两的，只有她是孤孤单单一个人。她想起出门前妈妈的眼泪，心里也难受得很，她不明白好好的生活为什么会变成现在这样，中国人最热闹最喜庆的春节为什么到了她头上却变得这么凄凉。

平时她不会这么伤春悲秋，大概这就是节日的功效吧，把一切悲伤和喜悦都放大了。

"对不起，我不是有意的……"一看见她的眼泪，陆展年急得抓耳挠腮，他真的那么过分吗，竟然把她气哭了？他已经好久好久没见过她哭了。

"我是着急，怕你走了……对不起对不起，你打我吧，我保证打不还手骂不还口。"他好声好气解释道。

如今的顾喜彤早已经不是当初那个一哭起来就要哭个够，不然停不下来的脆弱女生，她哭了一会儿，宣泄了情绪，很快就收住了，然后瞪着陆展年："你车停在哪里的？"谁让他撕了她的车票，那就得把她送到学校，正好她还懒得提行李呢。

陆展年开车很稳，确实不像新手，顾喜彤度过了最初的怀疑期，总算放下心来。

两人一边听歌一边聊天，在一个红绿灯路口，顾喜彤突然没了声音，死死地盯住旁边一辆车。

"怎么啦？"陆展年好奇地探过脑袋。车里一男一女正在讲话，有说有笑气氛很好。

顾喜彤没有回答他。车子上了高速，又过了好久，她才说："刚才那车里是我妈和我继父。"

"是因为不喜欢你继父，你才要这么早回学校的吗？"陆展年小心翼翼地问。

顾喜彤又沉默了。陆展年也没有再追问，车里只有音乐声。

"不是不喜欢，是厌恶、害怕。"不知道过了多久，顾喜彤突然开口了，"你还记得高中时候那些关于我的传言吗？"

陆展年突然有些害怕，他敏感地意识到了什么，赶紧逃避般地帮她辩解说："那些都是姜明明嫉妒你，胡说八道的。"

"也不全是。"她低声说。

可笑她上午出门前还对妈妈感到抱歉，可笑她还伤感了那么久，原来她不在的时候，她和何政可是好得不能再好。

她的存在不仅是多余，还是一种阻碍吧。

她打定主意，这学期要多打工，多赚钱，等到经济能独立了，就再也不回这个家。

她也不知道为什么，此刻面对陆展年，她突然想要倾诉自己内心深处最隐秘的秘密。无论是谁，如果一个人背负着一个秘密，都会觉得沉重吧。她需要倾诉，这么久了，只有陆展年让她觉得，对他倾诉是安全的。

他不会看不起她，不会嘲笑她讽刺她，不会觉得这是她的错，不会去评判她。

而她对他，并没有像对韩冬屿那样的期待，所以也就不怕让他看见自己最隐秘的伤痕。

但有一点她错了。

她不该在他开车的时候说这些。因为他听完了，气得猛地喘气，大叫着："我要杀了他！"

为了平复情绪，他不得不把车暂时停在应急车道上。

她静静地坐着，等他冷静下来，看着他的眼睛说："陆展年，谢谢你。你不用为我做什么，甚至不用为我感到生气，你只是听我说完这些，不对我做任何评判，我已经觉得很开心了。"

他的双眼通红，想抱抱她，但最终他只是捂住脸，强忍住泪水，有些哽咽地说："顾喜彤，上天为什么要这样对你……你那么好，你不该遭遇这些……对不起，都是我的错，如果高一的时候我不欺负你，你就不会转学回来，如果你不转学回来，就不会发生这些事……"

"傻瓜，虽然你那时候确实很讨厌，但这真怪不了你，该发生的总会发生，无非是早晚的问题。"她温柔地安慰他。

"可是我好恨他，我真的想杀了他！"他不甘心地说。

"就当作是为了我妈吧。反正以后我也不打算再回家了，我不会再给他任何机会了，你放心吧。"

"我不放心，我得保护你。"他擦了把眼泪，有些气鼓鼓地说。

随即，他很快又想起什么，很沮丧地说："你已经有韩冬屿了……"

"你也会遇到那个对的人的。"顾喜彤柔声说。

"要你管！"陆展年马上变得孩子气。

顾喜彤只好不再提。

3.

自从韩冬屿满了二十岁，父亲便把他当一个真正的大人看待，也越来越多地让他接触公司的事。对此韩雨蒙颇有微词，觉得于国锋偏心，对小儿子于放不公平。于国锋说，两个儿子都是他亲生的，他一定公平对待，将来谁更有能力，就把公司交给谁，另一个不继承公司，但是也会获得一笔财产。

韩冬屿对继承公司势在必得。但因为太心急，经验欠缺，不久他就犯了个错误。

郊县有个工程要投标，不是什么大工程，于国锋决定让韩冬屿负责这件事，就当练个手。韩冬屿接到任务之后很上心，忙得好些天没跟顾喜彤见过面，学校的课也逃了不少，最后总算拿出了让于国锋满意的标书。

因为他毕竟还年轻，所以于国锋指派了公司里一个叫杜彦希的人帮他。杜彦希很年轻，还不到三十岁，干劲十足，全身心扑在工作上，在韩冬屿刚接触公司事务的时候就给过他很多指导，这次更是全力协助，给了他很大的帮助。

竞标过程中，另一家公司和韩冬屿他们实力相当，一时高下难分，杜彦希给韩冬屿支招，示意他这就是该去活动活动的时候了。

所谓活动，自然是去拉关系。

根据杜彦希的调查，甲方的两个主要负责人，徐先生是个妻管严，一般拉关系都从他老婆那边着手，而讨好他老婆也不难，据说她喜欢各种名牌包包。另一个负责人李先生刚好相反，虽然家有娇妻，但喜欢在外寻找刺激。

只要动作够快，能抢在竞争对手前面对甲方的人投其所好，加上他们本身实力够强，中标应该不会太难。

杜彦希把这些信息给韩冬屿时，他对杜彦希真是佩服得五体投地，原来干这一行做好自己的本职工作还远远不够，还得精通这些门道啊。

既然动作要快，那就一刻也不能等，当天他就去买了个奢侈品牌的新款包包送给徐先生的老婆，晚上又安排了丰富的夜生活给李先生。

　　竞标结果很快出来，韩冬屿失败了。

　　他想，难道对手下的本钱更大，动作更快？

　　当天晚上，于国锋把他叫到家里一顿臭骂："你做事情之前都不调查清楚的吗？你知不知道今天我被那些龟孙子好一顿嘲笑？那个李先生是爱妻狂，人家两口子是模范夫妻，你去给他安排夜生活？徐先生在外头彩旗飘飘，根本当家里那个老婆不存在，你去给她送几万块的包？你脑子被门挤了吗？"

　　韩冬屿震惊极了，只觉得脑袋嗡嗡响，他下意识地辩解："是杜彦希跟我说的，他说……"

　　"别人说什么你就信什么，你做事情带脑子了吗？"于国锋懒得听他辩解，怒气冲冲地说，"这段时间你好好反省一下吧，公司的事暂时不要插手了。"

　　韩雨蒙给于国锋倒了一杯水，轻轻抚摸他的背让他消消气："冬屿到底还年轻，没经验，你就别气了。他对那什么李先生、徐先生又不熟，也许刚好记反了呢。下次吸取教训就好了嘛。"

　　韩冬屿气极，冲出家门给杜彦希打电话，那边刚接起来他就怒吼道："杜彦希，你是怎么调查的，为什么会把两个负责人的信息搞反？"

　　没想到杜彦希轻描淡写地说："我没搞反啊，明明就是你自己记错了，我还说呢，我们动作够快了，怎么会失败，今天于总说了我才知道，原来是你搞反了。"

　　电光石火间，韩冬屿想起刚才韩雨蒙的话，顿时如同挨了一记闷拳，痛，但是也明白过来了。

　　那天晚上，他第一次去酒吧，在酒吧里喝得烂醉。这种深深的挫败感袭击了他，他恨自己轻信于人，恨自己无能，恨自己被韩雨蒙玩弄于股掌之间。他根本就是个loser，谈什么报仇，拿什么跟韩雨蒙和于放去争？

不知道过了多久，顾喜彤给韩冬屿打电话，他已经醉倒在吧台上，酒保接起电话，简单说明情况，报了地址，让顾喜彤过来接人。

顾喜彤在学校，离韩冬屿所在的酒吧一条街很远，因为太晚，公交车也停运了，没办法，她只好狠心打了个车，去接韩冬屿。

喝醉的韩冬屿很重，顾喜彤费了吃奶的劲才搀扶着他走出酒吧，下台阶的时候她没注意，脚下踩空，两人一下子摔倒在地上。

韩冬屿被摔了这么一下，迷迷糊糊地睁开眼睛喊："痛……"

"你快醒醒，你太重了，我扶不动你……"顾喜彤都快哭了。

"彤彤，你怎么来了？"他认出她来，听话地用力站起身，在她的搀扶下往前走。

前面就是府南河，河边有一排座椅，顾喜彤实在没力气了，扶着韩冬屿在椅子上坐下来。

听着顾喜彤累得呼呼直喘气的声音，韩冬屿摸摸她的头说："彤彤，对不起啊，让你受累了。"

"发生什么事了吗，你为什么喝这么多酒？"

"我难受……"韩冬屿半是醉腔半是哭腔地说，"彤彤，我太蠢了，我根本没想过杜彦希会骗我……从我刚开始接触公司那天起，他就一直帮助我……他看起来那么认真负责，他为什么会背叛我？为什么？"

在韩冬屿断断续续的讲述中，顾喜彤总算弄清楚到底发生什么事了。她无比心疼他，但又不知道能为他做些什么，只好抱着他，轻轻安抚。

"我是不是太蠢了？居然还会这么轻易地相信一个人。彤彤，我以后再也不会相信任何人了……"他像个脆弱的小孩子一样靠在她怀里，喃喃地说。

"不会啊，就算你不相信别人，但你还可以相信我，因为啊，我永远都不会背叛你。"顾喜彤柔声说道。

韩冬屿将她的腰抱得更紧些，紧得她几乎不能呼吸。在这个短暂春日里，在蓉城的夜色里，两个孤独的身影紧紧靠在一起，似乎什么也不能将他们分开。

几周以后，于国锋的怒气才算平息，韩冬屿又重新开始接触公司的一些事情。一天，于国锋有些兴奋地说，有朋友要介绍他认识一个大人物，如果能攀上交情，将来对公司发展很有利。因为是出席一个公益活动，大人物会带上家属，所以他也会带上家属。

为了这个活动，韩雨蒙特地买了新的礼服，连忙着备战高考的于放也参加了。巧的是，顾喜彤是这个活动的志愿者之一，负责现场接待等事宜。

顾喜彤只说活动的主角曾经资助过她上高中，所以她才会成为志愿者之一，韩冬屿也没在意。

到了现场，韩冬屿意外地发现，陆展年竟然也在场。

原来，活动是由陆展年的妈妈秦月发起的，陆展年的父亲陆环宇，哥哥陆灏年，陆展年本人，都出席了这次活动。陆家只缺一个在英国念书的陆展年的姐姐陆蓁蓁，但她也送来很大一束花，表示支持。

陆环宇是陆家毫无疑问的权威，陆灏年作为长子，是被当作继承人来培养的，现在也已经是好几个子公司的负责人。经过朋友介绍，于国锋得以跟陆环宇搭上话，但没聊两句，陆环宇就走开，换陆灏年来跟他聊天。

陆灏年很年轻，只有二十五岁，但因为从小就被当作继承人来培养，所以谈吐远超同龄人。不过他明显对于国锋没多大兴趣，倒是对韩冬屿和于放兴趣比较大。

"这两个都是您的儿子吗？相差几岁？"

"大的二十，在C大读大二，小的十八，马上要高考。"于国锋连忙回答道。

"C大？我弟弟也在C大。两兄弟好啊，我和我弟弟虽然相差六岁，但感情一直很好。"说完，陆灏年转头去叫陆展年，"弟，过来跟你校友聊聊。"

陆展年正在顾喜彤旁边帮忙，完全不拿自己当嘉宾，更完全没注意到韩冬屿的到来。听见哥哥喊他，他跟顾喜彤打个招呼，这才走过来。

"你们聊。"陆灏年把人交给弟弟就开溜。

顾喜彤的目光投向这边，跟韩冬屿对视了一眼，又移开，继续去做自己的事了。他们刚在一起时他就说过，他现在情况特殊，所以两人的恋爱是不能向家人公开的，她当然理解，再说向不向他的家人公开，她根本就无所谓。像现在这样即使见面也要装作不认识，她也完全可以接受。

反而是陆展年替她打抱不平。他故意问韩冬屿："学长，今天现场有没有熟人啊？"

韩冬屿装听不懂："你就是啊。"

"你们认识？"于国锋惊喜极了，儿子什么时候认识这么个人物，怎么不好好利用啊？

留韩冬屿和陆展年继续聊天，于国锋带着韩雨蒙去跟其他商界政界的人打招呼，于放觉得无聊，自己一个人东看看西看看。

"要帮忙吗？"他见一个漂亮的女孩子有些吃力地抱着半箱矿泉水，走上去问道。

"不用了，谢谢。"这个女孩子正是顾喜彤。

刚说完，她手上的箱子就往下滑，于放赶紧上前扶住，说："来来来，让我来吧。"

她顺从地放手，连声道谢。

"不客气啦。你这么瘦，怎么来干这个？"于放问道。

"我们说得好听叫志愿者，其实就是打杂的，什么都要做的。不过没什么啊，我们这些志愿者当初都接受过秦月阿姨的帮助，现在应该帮忙做点力所能及的事。"顾喜彤随口说。

那天剩下的时间，于放一直黏在顾喜彤身边，她去哪里他就去哪里，还像个好奇宝宝一样问个不停，恨不得把顾喜彤的祖宗十八代都问清楚。

她不知道，这个大男孩在伸手帮她扶矿泉水箱子的时候，触到她腰上不小心露出来的一小块皮肤，心跳瞬间就加快了。

顾喜彤从一开始礼貌应对到后来烦不胜烦，只好借口上厕所去躲个清净。从厕所出来，却看见韩冬屿等在外面。

"彤彤，你愿意帮我一个忙吗？"他深深地看着她。

愿意，当然愿意，只要是为了他，哪怕是上刀山下火海，她都不会犹豫。

韩冬屿看出于放对顾喜彤的心思，于是他交代顾喜彤，顺着于放，跟他保持联系，吊着他。只要于放满脑子想着顾喜彤，心思不在学习上，那本来成绩就不太好的他，高考彻底失败就是必然的了。

一个高分考上C大，一个也许本科都考不上，相信于国锋心里的天平会倾斜得更厉害。

活动散场之前，于放果然缠着顾喜彤交换联系方式。顾喜彤只给了他QQ号，他马上拿出手机加她，高兴得跟什么似的。

活动结束，志愿者们一起聚餐，秦月吩咐陆灏年出席，陆展年积极报名要求一起参加。

吃饭时，陆展年坐在顾喜彤身边，陆灏年笑眯眯地跟顾喜彤握手，说："原来你就是顾喜彤啊。"

顾喜彤不知道陆展年跟他哥都说过什么，只好微笑。

反倒是陆展年不好意思了："哥，你别做出这么八卦的样子好吗？好好吃饭！"

要是哥哥知道他这么久了还没追到顾喜彤，而且她还成了别人的女朋友，铁定会狠狠嘲笑他一顿，再用同情的目光让他抬不起头。

哼，哥哥这种情场浪子，哪里懂得他的心情。

4.

那次活动过后，于家跟陆家算是认识了，但并没有更进一步的交往。对环宇集团来说，于家这样规模的公司确实不值得他们投放什么注意力。

于国锋只好督促韩冬屿多跟陆展年联系，跟陆展年搞好关系，将来才能把这层关系派上用场。他不知道的是，陆家的继承人是陆灏年，环宇集团的事，除了陆环宇，就只有陆灏年能管。作为不被要求担负重任的小儿子，陆展年对生意场上的事没有丝毫兴趣，他感兴趣的都是文学、哲学这类世俗人眼里没多大用处的东西。

韩冬屿当然不愿意去讨好陆展年。凭着一个男人的直觉，他早就看出陆展年对顾喜彤的心思。最初他以为陆展年和顾喜彤是大学同学，后来才知道他们根本不同系，所谓的同学，是指高一时在芙蓉中学同学半年，后来又在楠县一中同学两年。

以陆展年的家境，会去楠县一中那样的学校上学？

还用说吗，肯定是冲着顾喜彤去的。

不过既然从高中追到大学都没追到手，就说明顾喜彤根本就不喜欢陆展年，所以对顾喜彤，韩冬屿还是放心的。

何况她甚至肯为了他去欺骗于放的感情。

于放曾经跟同校一个女生谈过恋爱，但两个人脾气都不好，像小孩子过家家，没多久就分手了。对顾喜彤，他是真心动，虽然他并不了解她，但谁让她刚好就长着一张他喜欢的脸呢？

他给顾喜彤发消息顾喜彤都会回，只是不会跟他见面，她总是鼓励他好好念书，抓紧最后的时间冲刺，争取考上C大，到时候他们就能经常见面了。

但只是嘴上这样说而已。实际上她总是和他在网上聊到很晚，有时候他满脑子都是她的样子，难以入睡，第二天上课就打瞌睡，就算不打瞌睡，也总是想着她。

高考很快来临，于放考完之后情绪不高，韩冬屿故意不去问他，韩雨蒙则是不敢问，直到成绩出来，刚刚超本科线两分。

在芙蓉中学，于放这种成绩算是垫底，排名只能倒数。

那几天于国锋只要在家就会忍不住骂他："同样是我的儿子，同样在芙蓉中学上学，你跟你哥的差距咋这么大？"

因为分数只超两分，志愿非常难填，为了选个好点的专业，于放最后只好报了一所专科学校。

韩冬屿当年拿到录取通知书后，韩家可是大摆宴席，这一次，于国锋提都没提。韩雨蒙虽然为儿子感到委屈，但也有些气他不争气，也是，有韩冬屿在前面，于放上所专科学校，有什么脸摆酒席？

顾喜彤的动作也很果断，于放的分数出来之后，她找了个绝佳的借口，说他既然上不了C大，他们俩肯定成不了，就再也没在QQ上出现过。

受到双重打击，于放很是消沉了一阵，更显得韩冬屿懂事又能干，之前犯的错，也成了年轻人难免会犯的一点小错，不再被提起。

新学年，顾喜彤升大二，韩冬屿升大三了。大一大二在偏远的新校区，大三以后则要回到市中心的老校区。

韩冬屿当然很忙，要上课，要考证，还要在公司做事，为了能多见他几面，顾喜彤只好时常奔波于新校区和老校区之间。两个校区之间有校车，但好几次顾喜彤都因为太晚而没赶上校车，只好转一趟公交，甚至打车回去。

韩冬屿借口自己现在太忙，经常晚归，影响室友休息，想在外面租房子。他让顾喜彤搬过来和他一起住，她一开始没同意，只是陪他看房子，但看到后来却心动了。

那套房子很小，一室一厅，装修也有些年头了，但看起来整洁又温馨，顾喜彤一看就喜欢上了。虽然小，虽然只是租来的房子，但顾喜彤总觉得这就是他们的家。

跟室友打了招呼之后她就搬了进去，只偶尔有晚课的时候才住在寝室。她每天仍然奔波，早上赶着去新校区上课，上完课赶着回他们的家，有时候还会去买点小菜，给韩冬屿做点简单的饭菜。

因为要在两个校区来回跑，她的家教只好辞了，但因为韩冬屿陪她逛街时总是抢着付钱，两人一起吃饭也从不让她付钱，还时常买很多她爱吃的水果零食回来，所以她一个月根本用不了多少钱，经济状况反倒好了很多。

每次跟韩冬屿一起从超市拎着大包小包的零食水果回家时，顾喜彤都觉得她像是他的小妻子，他们会这样过一辈子。

住在一起之后没多久，就到了顾喜彤的二十岁生日。

去年生日，顾喜彤正在追韩冬屿，根本没把自己的生日放在心上，这不才过去一年，回忆起去年生日是怎么过的，就已经毫无印象了，唯一记得的就是她拒绝了陆展年的生日礼物，可他竟然快递给她，让她不得不收下。

韩冬屿打算好好为她庆祝二十岁生日，问她想要怎么过，她却说，吃顿好的，再看场爱情电影就好。因为那天不是周末，有两节非常重要而且老师喜欢点名的专业课，所以白天韩冬屿就陪她回新校区上课，下课后再回到市中心。

他们去吃了顾喜彤一直想吃的海鲜自助，吃到一半，她拿出手机订电影票，正跟他讨论看哪一场，他的电话就响了。

他去旁边接电话，过了会儿回到位子上，一副欲言又止的样子。

顾喜彤敏感地注意到了，问他："怎么了，谁的电话？"

"我爸。"

只这两个字，她就知道他为什么会为难了。

"没事儿，你有事就去忙，我等你。"她体贴地说。

"我跟他说了我有事，可他非让我过去……"韩冬屿试图解释。

"真没事儿，你吃饱了没？吃饱了就快去，我再吃一会儿。"顾喜彤认真地看着他说。

他满怀歉意地吻了她的脸，说："我尽快办完来找你。"然后拿起座位上的外套和围巾匆匆离开了。

顾喜彤慢吞吞地吃着，也不知道到底过了多久，吃了多少，只觉得实在吃不下了，才把嘴和手擦干净，收拾东西走出餐厅。

自助餐厅在一家大型商场，她慢慢地逛着，逛到电影院门口，看看时间，已经过去两个多小时。她犹豫了一下，最终还是给韩冬屿打了个电话，想问他还要多久，她能不能现在先把电影票买了。

但他没接电话。她破天荒地给他连拨两次，他都没接。

她咬咬牙，买了一张票，选了最后一排最角落的位子，进场去看电影。

因为是爱情电影，观众几乎都是成双成对的，她这样落单的人显得格格不入。还好她在最角落，电影很快开始，影院里暗下来，再没有人注意到她。

两个小时，电影散场，她摸出手机，没有未接来电。

晚上十点，韩冬屿才终于给她打电话，着急地问她在哪儿，得知她已经回家，他又急匆匆赶回家。

一进门他就连声道歉："对不起对不起，彤彤，我回来晚了。"

她正在上网，他走过来抱住她，从身后掏出一个小盒子："送你的礼物，生日快乐。"

她接过去打开来，是一瓶外形很漂亮的香水。

其实她并不喜欢用香水，但看着他期待的眼神，她只能装作很喜欢，高高兴兴地收下了。

"来吃蛋糕吧。"他又拿出一个精致的蛋糕，插上蜡烛，让她许愿。

去年借他的愿望许下的那个愿已经实现了，她还有什么愿望呢？好像什么都有了，已经别无所求了。

"愿我和韩冬屿能平平淡淡牵手到老。"

"愿我爱的人平安健康。"

"愿世界和平安宁。"

她默默许下三个愿望，以为自己要的已经很少了，后来才知道，平淡生活、平安健康、和平安宁，这些看似简单的东西，才是最难得到的。

睁开眼之后，韩冬屿问她："许什么愿了？"

"不告诉你。"她有点害羞。

"真不告诉我？"他笑着看着她，慢慢地凑近，深情地吻住她的唇。

一个让她快要呼吸不过来的长吻之后，他把她抱起来，放到床上，开始脱她的衣服。

她努力让笑意停留在嘴角，身体却不由自主地绷紧了。

又到了她最害怕的时刻了。

她已经不记得这是他们第几次尝试了。她以为自己很爱韩冬屿，既然能接受他的拥抱和亲吻，能让他搂在怀里睡觉，那再进一步，应该没有那么难吧？

可每次他做进一步的尝试时，她那种遥远而陌生的恐惧感就会涌上来将她包围，她的身体变得僵硬，连脚尖都绷直了，她觉得害怕，觉得恶心，她想尖叫，想一把推开他，想用被子把自己紧紧裹起来，连眼睛都不要露在外面。

一开始他以为她只是单纯的害怕，为了不吓到她，他忍住自己的欲望，柔声安抚她，直到她的情绪慢慢恢复正常。后来他又在不同的情景下做过尝试，可她每次都一副视他如洪水猛兽的样子，他开始觉得不解，也有些窝火，但还是温柔地安慰她，跟她沟通，希望她可以不要害怕。

他不知道她曾经遭遇过什么，当然无法理解她的恐惧。

后来他建议她去看心理医生，她觉得这是个好办法，在他的陪同下，她去看了医生。

但跟医生聊了好几次，却没有一点好转。

其实她觉得很对不起韩冬屿，她知道很多时候他都在努力控制自己，后来他们总是各盖一床被子。但他是二十来岁的小伙子，怎么可能一直这样忍下去？

所以今天在浪漫的烛光下，他又做了再一次的尝试。

但他们再次失败了。

气氛一下子降到冰点，顾喜彤觉得很难受，又很抱歉。她把自己裹在被子里，等到想哭的冲动过去了，才小声说："对不起。"

"没关系。"韩冬屿背对着她，努力用满不在乎的口吻说。

过了一会儿，他又安慰她："反正我们还有一辈子的时间。"

她的眼泪一下子决堤，伸手从背后紧紧抱住他。他握住她的手，几不可闻地叹了口气，然后转过来，将她拥入怀里。

顾喜彤生日过后，陆展年也在老校区附近租了一套房子。

他看不得顾喜彤每天在两个校区之间奔波，更受不了在她生日这天，他连她的面都见不上，想来想去，他只好也在老校区附近租房，然后每天尽量跟顾喜彤坐同一班校车去上课，至于有时候会因此迟到、逃课，他也顾不上了。至少这样他可以常常见到她，运气好的话还可以坐在她旁边，然后一路跟她聊天。

顾喜彤自己都没发觉，每天她最轻松的时光就是在校车上跟陆展年聊天的时光，他有时候会把她逗得哈哈大笑，有时候又气得她恨不得掐死他——她真的会掐他，掐到他求饶为止。

很快到了寒假，这次无论妈妈怎么劝说，顾喜彤都不会回家过年了。虽然过年那几天韩冬屿不得不回家陪在父亲身边，但就算是一个人待在租来的小房子里，顾喜彤也觉得自在。

除夕那天晚上，她在客厅里守着一堆好吃的看电视，突然有人敲门，她以为是韩冬屿找机会溜出来了，兴奋万分地去开门，却意外地看见陆展年。

"你怎么来了？"她惊讶极了。

"我掐指一算，算到你一个人过年，就来拯救你的孤单啦。"他笑嘻嘻地说。

"什么意思，你不用回家陪父母吗？"

"他们都去英国陪我姐过年啦，我不想去，就一个人留在家咯。"陆展年来之前早就想好了说词。他怎么会告诉顾喜彤，他是在家各种撒泼打滚耍赖，又威胁妈妈说不让他出来将来她的儿媳妇就跑了，又有哥哥从旁协助，才终于获得恩准，可以在除夕的晚上出门。

"那你怎么不回家？"

"刚才不是说了吗，我知道你一个人过年，来陪你啊。"

"可我不用你陪。"顾喜彤并不打算让陆展年进来。她身后的小房子是她和韩冬屿的家，她总觉得如果让陆展年进去了，就是对韩冬屿的一种背叛。

陆展年没想到她竟然宁愿一个人过年，也不让他陪。他不死心地说："我邀请你去我家吧，哦对了，你还不知道吧，我现在一个人住，就在离这儿不远的那个小区，我家有好多好吃的，你的年夜饭总不能是一堆零食吧？"

他指指她身后那堆零食，说："我妈帮我订了年夜饭，已经送上门了，我一个人吃不完，多浪费啊，你陪我吃，吃完我送你回家，好不好？"

其实他租的房子里什么都没有，他已经想好了，只要她同意了，他马上偷偷打电话叫附近的餐厅送餐。

可她还是拒绝了。

"对不起啊陆展年，我觉得一个人过年挺好的，就不去你家了，你也快回去吧。"她是那么坚定，没有丝毫商量的余地。

"可我觉得一个人过年一点都不好，你就可怜可怜我，收留我吧……"陆展年眨巴着湿漉漉的眼睛看着她，一副可怜兮兮的样子。

"快回去吧，年夜饭凉了就不好吃了。"她不为所动。

他的满腔热情都被她冷冻，只好灰溜溜一个人离开，又因为已经在家里放话了，拉不下脸现在回去，只能去租的房子里一个人待着。

顾喜彤从没有一个人过过年，她也不会真的认为一个人过年挺好，她只是在心里还存着一丝微渺的希望，希望韩冬屿会突然出现。

但他并没有。

他来见她，已经是两天后了。

顾喜彤第一次一个人过年，在屋子闷得慌了就去学校散步，冷冷清清的校园里鲜有人的踪迹，她不知道韩冬屿现在在干什么，只是想，如果他在身边就好了。

她用他说过的话来安慰自己，没关系，我们还有一辈子的时间。可那时候她哪里懂得，如果连每一个现在都无法把握，又哪里来的将来，更何谈一辈子呢？

第十章

当初我对爱情的想象，如今全都走了样

—————— *The original or meet you* ——————

1.

春节过后，于国锋得到消息，环宇集团旗下某子公司有个工程准备招标，而那个子公司刚好由陆灏年负责。

于国锋决定再给韩冬屿一个机会。

"你去找陆家那个小儿子联络联络感情，攀攀交情，我看他在家很受宠，他说话肯定管用。"于国锋对韩冬屿说。

韩冬屿表面上应下了，却并不打算这样做。

就算顾喜彤不喜欢陆展年，但那个陆展年天天缠着顾喜彤，他恨不得找机会揍他一顿，怎么可能低三下四地去求他？

他要靠，也只会靠实力。

那段时间，他又开启忙碌模式，顾喜彤则为他做好后勤工作，上课之余为他洗衣做饭，还帮忙查资料，活脱脱一个现代版田螺姑娘。

大概是因为有了上次的教训，这次韩冬屿不再相信公司里任何一个人，但这样也使得他的工作难度大了很多，强度高了很多，最后出来的成果还并不满意。

"要不要……问问陆展年，让他问问他哥？"顾喜彤尝试着提建议。

"不用。"韩冬屿毫不留情地否决了。

顾喜彤一直憋着，憋了好久，陆展年看出她有心事，一直追问，她才终于松了口。

"能不能……拜托你问问你哥哥？"她有些不好意思地开口说，"韩冬屿做事情很认真，他们公司也有这个实力，把工程交给他，他一定会做得很好的。"

"我跟我哥说说看吧，但他不一定会听我的，因为我从来没管过那些事，他可能会觉得我什么都不懂。但我会尽力的。"陆展年应下来。

嘴上这样说，但因为这是顾喜彤第一次求他办事，所以他当然不能让她失望，抱着跟哥哥斗争到底的心态，当天他就回家找了陆灏年。只可惜他把什么好话都说尽了，陆灏年竟然铁面无私，只说："谁走关系也没用，我只看实力。"

陆展年怎么肯放弃，只好耍赖，一直赖在哥哥旁边，他去哪儿他就去哪儿，他去约会他也跟着，还偷拍照片扬言要找爸爸告状。

"告就告，你以为爸会管吗？"陆灏年不满地掐了掐陆展年的脸，"你小子居然胳膊肘往外拐，为了个校友这样坑你哥？"

陆展年被掐得连连求饶，但该跟着还是跟着。

最后陆灏年被他烦得受不了了，终于松口说："好啦好啦，我答应你，只要他的基本实力没问题，我一定用他，可以了吧？"

这就等于是答应了，因为他相信韩冬屿也许不是最优秀的，但还是靠谱的。

任务完成，陆展年开心极了，第一时间跟顾喜彤报告：我哥答应了！

顾喜彤终于松了口气，再看到韩冬屿为这件事烦躁时，她也没那么担心了，因为她心里有底。

竞标结果出来，韩冬屿中标，他兴奋极了，第一个给顾喜彤打电话："彤彤，成功了，我做到了！"

顾喜彤也很开心，跟着在电话里傻乐。

工程倒是小事，真正让国锋高兴的是，儿子搭上了环宇集团这条线。为此，他专门举办一个小型宴会，像是要帮韩冬屿一雪前耻，在公司员工面前立威。

杜彦希来跟韩冬屿敬酒，韩冬屿皮笑肉不笑地和他碰杯，心想，等我将来继承公司，第一个要开除的就是你这个叛徒。

"听说你这次找对路子了，打通了陆灏年那边的关系？看不出来，成长很快嘛。"杜彦希说。

"我做事凭实力，不靠关系。"韩冬屿冷冷地说。

"不靠关系？我可听说这次早就内定是我们公司了。"杜彦希不信。

韩冬屿懒得理他，直接走开。

晚上回到家，顾喜彤特地买了个小蛋糕庆祝。韩冬屿心里一动，装作闲聊，说："我今天听说，陆灏年早就内定我们公司了，你说是真的吗？"

"不会吧，人家跟你又不熟，怎么会内定你。"顾喜彤低头费劲地拆蛋糕盒子。

"你是不是找过陆展年？"韩冬屿的声音一下子沉下来。

"没有。"

"那你怎么不敢看着我的眼睛？"

"切蛋糕吧，这家蛋糕店最近很火，我排了半个小时才买到。"

"彤彤！"韩冬屿突然抓住她的手腕，强迫她看着他。

虽然她不说话，但他却什么都懂了。

"我不需要你为了我去求陆展年，我不需要他帮忙！"他生气地说。

"既然他能帮上忙，有什么不好呢？"顾喜彤也生气了。

"谁都可以帮我，除了他！你难道以为我看不出来他对你的心思？我怎么能让我的女人为了我去求我的情敌？"

"可这次如果没有他，你就中不了标！"

"中不了就中不了，反正我不需要他帮忙！"

"你至于吗？自尊心不是用在这种地方的！"

"反正以后你不要再背着我干涉我的事了！"

"你是我男朋友，我能不管吗？"

……

在一起一年多，这是他们俩第一次吵得这么厉害，以前顾喜彤总是处处体谅韩冬屿，很少跟他闹矛盾，但这次她真的觉得委屈。她又何尝愿意去求陆展年办事呢，她已经欠他够多了，今生都无法偿还，她不想再欠他更多，可为了韩冬屿，她不得不厚着脸皮开口。

但他却丝毫不体谅她。

他不是要赢吗？不是要成功吗？不是要获得父亲的认可吗？既然认定目标，为什么还要有这样可笑的自尊？

这一次，她理解不了。

两人一夜没说话，第二天早上起床时，顾喜彤习惯性为韩冬屿挤好牙膏，接好漱口水，他走到卫生间看到这一幕，心里一暖，从身后抱住她，轻轻吻了她的头发。

她在心里叹了一口气，转身抱住他。虽然还是觉得委屈，但，算了吧。

等到工程正式开工，已经是夏天了。很快，韩冬屿升大四了，基本不再上课，全身心扑在公司。顾喜彤大三了，终于可以安心待在老校区，不用再两边跑。

上课之余，顾喜彤又找了新的兼职，在一间培训学校给小朋友上课。她占了外形的优势，很受学生欢迎，每个周末都要上四节课，收入不算高，但很稳定，她甚至能存一点钱了。

两个人都忙，有时候韩冬屿晚上甚至忙得回不来，顾喜彤不方便去看他，只好在家等着，她在拖地时，在收晾干的衣服时，在抬头看窗外的大树时，偶尔会有一种天荒地老的感觉。

他们在一起两周年纪念日时，韩冬屿买了一对对戒。顾喜彤故意说："又不是结婚，干吗送戒指。"

"等过两年稳定下来我们就结婚，你先把戒指戴上，我得让别人知道，你是我的人。"韩冬屿不由分说把戒指套在顾喜彤的手指上。

她喜欢他这样的霸道。喜欢那个在别人面前冷漠又骄傲的自己，在他面前却只是个平凡的需要被宠溺的小女生。

但没过多久，她就知道她错了。

那天，妈妈白瑞雪给她打电话，说来成都办事，想跟她见面。她已经一年多没回过家了，这期间，妈妈来学校看过她两次，跟她吃顿饭，然后又回楠县。

她正好有空，就跟妈妈约了在附近的商场见面。

很久不见，两人都有些生疏，最后还是妈妈主动挽了她的胳膊。她们逛了一圈，她说自己最近在培训学校上课，赚了一些钱，想请妈妈吃饭，妈妈不肯，让她好好把钱存着，非要请她吃饭。

两人最后选了一家环境清净的粤式餐厅，点好菜之后，顾喜彤起身去洗手间。

然后她就看见了韩冬屿。

他对面坐着一个打扮入时的女生，一脸高傲，他正在努力说些什么试图讨好她。

顾喜彤有些难过。她不想韩冬屿这么辛苦，不想他卑微地讨好任何人。她决定装作没看见，不去打扰。

没过多久，他们吃完了，韩冬屿殷勤地帮那个女生拉凳子，又帮她拎包。

顾喜彤一下子就不开心了。也许是她太幼稚了，但他们一起逛街时，他总是帮她拎包，他还说，只帮她一个人拎包。

是啊，一个男生帮一个女生拎包代表什么，任何人都懂，如果两人只是商务关系，他需要做到这一步吗？

顾喜彤突然回过味来，开始意识到他们的关系可能没有那么单纯。

但她相信韩冬屿，相信这其中一定另有内情。

送走了妈妈，顾喜彤回到家，等待韩冬屿的归来。

他回来得很晚，面有疲色。

"今天很累吗？"顾喜彤让他坐下，给他捏捏肩膀。

"不太顺利。"他说。

"我今天看见你了。"她决定不再绕弯子，直接挑明。

"在哪里？"他突然站起来，回头看着她，一副受到惊吓的样子。

"在锦泰。"她只说了三个字。

韩冬屿沉默了。

"那是谁，客户吗？"她试图为他开解。

他有些艰难地回答："是，是客户。"

"好了，快去洗澡吧，洗完早点睡。"顾喜彤把他往卫生间推。他不知道她怎么突然又不追问了，松了一口气，逃也似的去了卫生间。

等他出来，发现卧室的灯已经关了，估计她已经睡着了。他一直悬着的心终于放下来，摸索着上床，准备睡觉。

没想到她并没睡着，而是靠过来，开始吻他。

他回应她的吻，努力压抑自己的欲望，手上却不敢有任何动作。她干脆掀开自己的被子，钻到他的被子里，紧紧贴着他，他吓一跳，只觉得气血上涌，整个人一下子就失去理智了。

她竟然没穿衣服！

他脑子里那根弦一下子断了，紧紧抱着她疯狂地吻着，吻她的唇，她的脸，她的耳朵、脖子、胸、小腹……

他能感觉到她的紧张和害怕，但神奇的是，她竟然没有推开他。

他欣喜若狂。

两年了，他终于彻底拥有了她，幸福得像是在云端。

第二天早上，韩冬屿醒来第一件事就是去亲吻顾喜彤。不一样，真的不一样，有了肌肤之亲，他才觉得她终于真正属于他了。

"你再睡会儿，早上想吃什么，我去买。"他格外温柔地说。

她想了想，说："花溪牛肉粉。"

"好。"他穿上衣服，简单洗漱，然后出门去买早饭。

没过多久，他忘在枕边的手机响了，顾喜彤拿起来，是一条短信：我今天要跟姐妹去逛街，你要不要来当司机？

发信人叫雪儿。

她心里一惊，不动声色地把手机放回原位，满脑子都是乱七八糟的想法。可听见开门声的那一刻，她却赶紧闭上眼睛装睡。

"小懒猪，起来吃早饭啦，放久了就不好吃了。"韩冬屿声音里都是笑意。

顾喜彤装作被他吵醒，穿好衣服起床，刷了个牙就开始吃早饭。

韩冬屿拿过手机看了看，回复了短信，坐在餐桌边也开始吃早饭。

"今天有什么安排？"顾喜彤装作不经意地问他。

"没什么特别的，去工地看看，然后可能要去一趟公司，晚上也许会回来很晚。"

"哦。"她继续吃早饭。

收拾好了，他准备出门，临出门前，她突然喊他："韩冬屿。"

"嗯？"他停下脚步。

"她是谁？"

他绷着脸，没说话。

"你别去。我会当什么都没发生过。"

他还是不说话。

"是因为我不和你上床吗？你看，我昨晚做到了，以后也可以做到。"

"不是这样的！"他一下子激动起来，"你把我当成什么人了？你知不知道，如果你克服不了，我可以一辈子不碰你，我爱你，即使不上床，我也爱你。"

"那是为什么？"

"对不起……"他颓丧地在门口的换鞋凳上坐下来，垂下头，"我不是有意想骗你的……"

她走过去，蹲在他面前，握住他的双手，眼里含着泪水看着他："那你告诉我，到底是为什么？你说，说出来我会原谅你的，我知道你爱的是我。"

"她是绿森公司老总的掌上明珠，我们双方家长希望能结成姻亲，这样我们公司可以上一个台阶。"他艰难地说。

"你不是不愿意靠关系吗？你有实力，只要好好干，公司一定会越来越好的，为什么要用这种手段？你不愿意牺牲自己的自尊，却愿意牺牲自己的感情和婚姻？"顾喜彤声音颤抖地说。

"不是这样的……是韩雨蒙和于放……于放那小子不知怎么结

识了一个高官的儿子，两人称兄道弟，那男孩还介绍我爸认识了他爸。如果我搞不定雪儿，我之前所有的努力就都白费了，我爸很有可能会把公司交给于放！"

"交给他就交给他，就算不能继承公司又怎样呢？"顾喜彤也激动了，大声说，"韩冬屿，你想过没有，你现在做的事是你真正喜欢的事吗？如果不继承公司，去重新找一份自己喜欢的工作有什么不好？"

"不可能！我必须得到公司，没有公司，我就什么都没有了！"

"可你还有我啊！我们一起找一份自己喜欢的工作，平平淡淡地过日子不好吗？"

"不，彤彤，你知道的，我过不了平平淡淡的日子，我跟别人不一样，我要为我妈报仇，我要让韩雨蒙和于放什么也得不到！"

"所以你就要和那个女孩儿在一起？所以我对你根本一点也不重要？"她的声音里透着一丝绝望。

"不是的，彤彤，你听我说，你等我，我追到雪儿，我爸肯定会让我继承公司，等我得到了公司，我们就结婚，你说好不好？"他激动地反握住她的手。

"那个女孩怎么办，你喜欢她吗？还是只是利用她，利用完了就扔掉？我怎么办，做你的地下情人，做你们的小三？"顾喜彤冷笑一声，站起来，"韩冬屿，你醒醒吧。"

"彤彤，我知道我错了，我不该骗你，不该瞒着你，我该事先和你商量的。你向来是最支持我的人，这次你也一定会理解我的，是不是？我爱的人从始至终都只有你，只是你，你为了我忍一忍，行吗？"

韩冬屿急切地起身紧紧抱着顾喜彤，她能听见他的心跳，能感受他的体温，但这个拥抱，却让她觉得陌生。距离他第一次拥抱她已经过去两年多了，这两年多里，她几乎忘记了自己，她的世界里只有他，她爱他，依赖他，照顾他，顺从他，她把所有的冷漠和防备都留给世界，把内心唯一的柔软毫无保留地给了他。

他就是她的全部。

可她对他而言算得了什么？

她突然发现，自己对他根本不重要，因为她永远是等待的那一个，永远是被牺牲被伤害的那一个，他总是在忙，忙着跟韩雨蒙和于放斗，忙着公司的事，忙着获得他父亲的认可……在他的世界里，有太多东西比她重要，而她，永远不会被他放在首位，他更从未打算跟她平平淡淡牵手到老。

也许他确实爱她，甚至只爱她，但这份爱跟他心中的恨比起来，是那样微不足道。

可笑她还蠢到以为他是介意自己无法跟他亲热。

这件事上她确实感到愧疚，所以考虑了很久，她才痛下决心。为了留住他，她已经付出了最大的努力。天知道她昨晚有多难受，她拼命咬牙让自己忍住，不要尖叫，不要推开他，她怕得浑身发抖，到最后肌肉都僵硬了，直到他睡着，她还没缓过来，熬到半夜才勉强入睡，还做了一晚上的噩梦。

她以为她终于做到了，弥补他了，他就不会再做那些让她伤心的事。

没想到他却要求她眼睁睁看着他去追求另一个女生。

纵使她爱得再卑微也办不到。

她轻轻挣脱他的怀抱，取下手指上的戒指递到他面前："韩冬屿，如果你要去，就把这个也带走。"

"彤彤……"他痛苦地说，"你知道我根本不喜欢她，我爱的人是你，我要娶的人也只有你！难道你不懂，我只有得到公司，将来才能给你更好的生活？"

"不是我不懂，是你不懂。你根本不懂什么叫爱。"顾喜彤把戒指放在鞋柜上，转身进了卧室。

韩冬屿并没有追进来。过了一会儿，她听见轻轻的关门声。

一切怎么会变成这样？他们是怎么走到今天这一步的？曾经她以为他们是同类，没有人会比他们更懂得彼此，曾经她以为这就是她想要的爱情，他们会是彼此的唯一，是彼此的全世界，是彼此最重要的人。

但根本就不是这样啊。

当初她对爱情的想象，如今全都走了样。

她趴在床上，痛痛快快地哭起来。

几年前，她曾经发过誓，不会再为不爱她、伤害她的人流泪了，几年过去了，她好像没多大长进，还是把自己一颗心毫无保留地献出去，还是被人伤得体无完肤，彻彻底底，彻底到让她灰心丧气，让她觉得跌落深渊，仿佛再也爬不起来了。

2.

当天顾喜彤就收拾行李搬回了寝室。

学校规定不准在外租房，所以她虽然住在外面，但寝室里的床位还是有的，可没想到突然回到寝室，却发现她的床上堆满了杂物。

"这些都是谁的东西，麻烦收一收好吗？我要搬回来住了。"顾喜彤放下行李箱，客客气气地对室友说。

因为长期不在寝室住，其他五个人已经习惯了使用原本属于她的那一份东西，从床铺到书桌到柜子，都放满了东西。

寝室里只有两个人在，见到顾喜彤突然回来，她们象征性地问了一句："怎么搬回来了？要住多久？"

"一直住到毕业。"她回答道。

那两个人马上不高兴了，一脸不满，慢吞吞地收拾东西，一边收拾一边还嘀咕："招呼都不打一个突然回来，真麻烦，是被甩了吧。"

声音很小，顾喜彤听得不太清楚，但能明显感觉到她们的敌意。

如果是从前，她会干脆把她们所有的东西直接扔到地上，清空原本属于自己的地方，但此刻她正沉浸在悲伤之中，懒得跟她们计较。

不知道过了多久，那两个女生才把原来放在顾喜彤床上和柜子里的一部分东西收好，另一部分堆到顾喜彤的桌子上，说："这是她们的，等她们回来自己收吧。"

顾喜彤并不把她们的敌意当一回事。从前她总是独来独往，跟室友限于点头之交，后来搬出去住，更是很少照面，她懒得费劲去维护这样毫无价值的人际关系。她把床稍微收拾一下，换了新的床上用品，把箱子暂时收到床底下，就爬上床去玩游戏。

她不敢让自己空下来，又无法思考，只好一直玩手机游戏。

不知道玩了多久，手机都快没电了，陆展年打电话过来了。

"喂，顾喜彤，你现在方便吗？我叫必胜客的外卖，给你叫了一份千层面和鸡翅，你不是很喜欢吃吗，我就在你家楼下，你方不方便下来拿？"也不知道他今天怎么想起来吃必胜客了。

"算了，你吃吧。"她有气无力地说。

"怎么啦，我听你声音不对劲，生病了吗？"他一下子着急了，"你一个人在家吗，我给你送到门口行不行？"

"没生病。我现在在寝室。"

"那我来寝室找你？"

"不用啦，我有点累，想睡会儿，东西你自己吃吧，我心领了，谢谢。"她说完，没等他回答就直接挂了电话。

然后她就真的睡着了。

"顾喜彤，醒醒，有人找你。"一个陌生女孩把顾喜彤摇醒。

她睁开眼，只觉得周围环境很陌生，眼前的女孩也陌生，还以为自己仍然在做梦。

"有个叫陆展年的帅哥在楼下等你，你下去看看吧。"女孩说完就走了。

原来陆展年挂了电话就直接来顾喜彤寝室楼下了，可给她打电话打不通，等好久也没等到一个他认识的她的同学，最后只好厚着脸皮拜托一个陌生女孩，帮他去某某寝室叫一下顾喜彤。

顾喜彤起床，在其他室友探究的目光中不明就里地下楼去，看到一个提着已经冷透了的必胜客外卖的陆展年。

"对不起啊，手机没电，我睡着了。"她很抱歉。

"怎么想起来回寝室睡觉？"他有点奇怪。

"没什么，我以后就住在寝室了。"她轻描淡写地说。

他却意识到不对劲："为什么，你和韩冬屿怎么了？"

她看着地面，小声说："分手了。"

"他做什么对不起你的事了？"他很激动地问她。

他认定一定是韩冬屿的错，他怕她受到伤害，他几乎要卷起袖子挡在她面前，甚至要揍韩冬屿一顿了。

他从未怀疑过她，从不会认为她做错。虽然他猜对了，确实是韩冬屿的错，但她还是为这样的信任和维护而感动。

她三两句讲了事情的原委，他更是气极，转身就要去找韩冬屿，被她拉住了。

"我以后再也不想见到他，不想发生任何跟他有关的事，所以你千万不要去找他，不要节外生枝，不要给他一个来找我的理由。"

前面的话陆展年听不进去，却被最后一句话说服了。

要是……要是韩冬屿真的从此消失在顾喜彤生命里，那是一件天大的好事啊！

"那……东西都冷了，我们去食堂用微波炉热一热？还是重新叫一份？"他冲她晃了晃手里的食物。

她也确实有点饿了，说："去食堂吧。"

陆展年满足地看着顾喜彤吃东西，等她吃完，擦了嘴巴，他小心翼翼地说："能不能，我找人帮忙揍他一顿，他不会知道是谁做的。"

他到底还是不甘心。

她白他一眼："不能！"

他乖乖闭上嘴，不再说话了。

顾喜彤回到寝室，给手机充电，开机，刚开机韩冬屿的电话就打进来，吓她一跳，赶紧挂断，他马上又打过来，她又挂断，他还打，她一生气，把他拉进了黑名单。

过了一会儿，他的短信又来了："彤彤，你在哪里？快接我的电话。"

她把短信删了。

他很快又发短信过来："你在哪里？我很担心你，求求你快接电话。"

她想了想，回复他："我很好，不用挂心。"

"我想见你，彤彤，你在哪儿，我来找你。我有话要当面对你说，给我个机会。"

她没有再回复。

他的短信一条接一条发过来，她烦不胜烦，索性把电话调成静音，看也不看。

"谁是顾喜彤？"突然，宿管阿姨进来，粗声粗气地问。

"我是，有什么事吗？"

"楼下有人找你，说你家里有急事，你快下去。"宿管阿姨不耐烦地说。

家里能有什么事？顾喜彤的心怦怦直跳，飞快地跑下楼去。

可等在那里的竟然是韩冬屿。

"你果然在寝室。"他终于见到她，松了一口气。

"是你叫阿姨去喊我的？"她生气地看着他。

"你不接我电话，不回我短信，我没办法，只好这样做了。"他有些委屈地说。

"早上我已经说得很清楚了，没什么可再说的了。"

"彤彤，我知道你生我的气，但你为什么要搬走？你知道我回家看见你的东西都不见了，有多担心吗？乖，你搬回来，我跟宿管阿姨说一声，上去帮你提行李。"

"韩冬屿！"顾喜彤忍无可忍，"我们已经分手了！"

"分手？我不同意！"他睁大眼睛吃惊地看着她，又有些生气地说，"我们说好一辈子在一起，怎么可能分手？"

"你……"顾喜彤闻言，心底升起一丝希望，"你想好了？你不会再去追那个大小姐了？"

他哽了一下，才犹犹豫豫地说："我……我早上就跟你说过了，我不喜欢她，我只是要证明给我爸看。等我爸把公司交给我，我就跟她分手，然后娶你。彤彤，你等我，不会太久的。"

她很想扇他一耳光，但竟然不忍心。早上不是已经想清楚了吗，为什么还会犹豫，还会再对他抱希望？她觉得自己实在太可笑，他也太可笑，他们都一样，可笑，可怜，可悲。

"韩冬屿，你听好了，我办不到，办不到！从今天起，我们分手，无论你同不同意，分手就是分手！"她说完，怕他再说出什么让她难以接受的话，仓皇地跑开了。

一口气跑到寝室她才停下来，明知道他不会追上来，她还是忍不住回头看了看，看见身后没人，才放下心来。

室友看见她呼呼直喘气的样子，有些不满地交换了一个眼神，小声说："就她事儿多，麻烦精。"

她本来还有些想哭的，在这样的氛围中，哭意也消失了，只剩下冷漠。

这样也好。

第二天一早，韩冬屿就在寝室楼下等顾喜彤，顾喜彤还没走出寝室楼，看见他，吓一跳，条件反射退回去，躲起来偷偷摸摸看他，发现他站着不动，眼睛一直看着寝室楼的出口。

也不知道他是高估顾喜彤对他的爱了呢，还是低估顾喜彤的自尊心了。他真的相信她爱他爱到足以让自己变成地下情人，眼睁睁看着他去追求另一个女生？他真的以为她爱得这样卑微，可以等他功成名就，达到目的，再来娶她？

不。他错了。

真正的爱应该是平等的，没有哪个在爱情中的人可以卑微至此，否则，那爱就已经变得畸形，甚至不再是爱，而是依附、占有。

她叹口气，没办法，只好回到寝室。可惜肚子实在是有点饿，自己又没有储备零食，只好饿着。

不过她相信他不会等太久的，他那么忙，有那么多事要做，公司的事、父亲的吩咐、大小姐的召唤……他不会为了她而耽搁了这些事，所以，她应该不会饿太久。

不知道过了多久，她去阳台上偷看，果然，他已经离开了。她松了口气，收拾东西下楼，准备先去填饱肚子。

正在吃东西时，陆展年打电话过来，听出她在吃东西，问她："这个点你是吃早饭呢还是午饭？"

"早饭。"她口齿不清地说。

"睡懒觉了啊？听起来是饿慌了。"他调侃她。

"别提了，还不是因为韩冬屿。"她不小心就说漏嘴了。

"他怎么了？"陆展年一下子紧张起来。

她只好解释给他听。他听了，又是气得哇哇大叫，她郁闷死了，只能怪自己吃东西的时候大脑基本没在思考，才会犯这种低级错误。

中午，陆展年来接顾喜彤下课，她早饭吃得迟，现在还不饿，他就也不吃午饭，而是拉她到空无一人的教室里坐着，开始游说她。

"你搬到我租的房子去住吧，我搬回寝室。"

"为什么？我不，我在寝室住得挺好的。"

"真的？那你为什么饿成那样，也不找人帮你买点吃的？"他还不了解她吗，自从姜明明伤了她的心，她就再也没有交过朋友了。

"干吗麻烦别人，忍一忍就好了，反正他不会在楼下等太久。"她若无其事地说。

"那他要是天天到楼下堵你，你就天天这样饿着？你搬到我那里去，他找不到你，你就不用受这个苦了啊。"他苦口婆心地劝她。

"还是算了吧，忍一忍就过去了。"她其实挺心动的，但不知道自己能以什么立场什么身份去住他的房子？她又没那个闲钱给他交房租，又不愿白住他的。

"顾喜彤，你能不能别这么倔？我知道你在想什么，你就不能别跟我算这么清楚吗？我们俩认识也这么多年了，你就别把我当成一个喜欢你的人，只当成朋友，朋友，好吗？我不会因为你住过去就自作多情觉得你是不是心里有我了，我更不会要求你在感情上给我任何回报，咱们就像朋友一样简简单单相处，行不行？"

他说得那么真诚，可他不明白，这事哪有那么简单？他对她越好，她越觉得对不起他，越不敢接受他的好，怕欠他更多，怕这辈子都还不完。

"实在不行你就当我在赎罪吧，我当初那样欺负你，我欠你的，现在是我还债的时候，可以吗？你给我个机会，让我心里好受点，行吗？"他几乎是在求她了。

他竟然觉得他欠她的？怎么可能？他是欺负过她，但那都是多久以前的事儿了啊，后来他对她的好，早就足以弥补那一切，早就让欠债的那个人变成了她。

"行不行？"他还在低声下气地问她。

她低下头想了想，说："可我这次要是再搬走，就不想再搬回寝室了。"离毕业还有一年半，就算她早早找到工作，至少也是一年后的事了。

"干吗再搬回去，你本来就不适合集体生活。你到底在犹豫什么啊，我那房子你爱住多久就住多久，不住到毕业我不准你走！"听见她的口气有所松动，他一个劲儿怂恿她。

她被他着急的样子逗笑了，终于放下顾虑，决定搬过去。是啊，她有什么好犹豫的，欠就欠吧，她已经欠他那么多，这辈子，已经还不清了。

3.

顾喜彤之前从没去过陆展年住的地方，等去了才知道，这人真是奢侈。一个人住，居然也租两室一厅，一间做卧室一间做书房。房子装修得极好，像杂志上的样板房一样漂亮精致，除了客厅外有个阳台，卧室外面居然还有个阳台，铺着户外防腐木，摆着一些绿植，一张沙发，一个小茶几，俨然是个世外桃源。

她没想到他住的地方这样好，站在客厅又有点犹豫了。

"傻站着干什么，放行李吧。"他推她进卧室，打开衣柜，迅速收拾一下，"我东西多，寝室里放不下，就还是放在这里，我放这边，那边都给你用。"

她收拾行李的时候觉得东西多，等真放到衣柜里了，才占了半个柜子。

他又给她介绍了屋里各种东西怎么用，日常用品都放在哪里的，连WiFi都帮她连上，怕她不自在，还换了新的床上用品，直到天黑透了才带上简单的东西回了寝室。

她在他书房看了很久的书才睡觉，刚躺上床就收到他的消息："睡了没，还习惯吗？"

她露出一丝微笑，回复他："刚要睡觉，一切都很好。"

韩冬屿也给她发了很多消息，几乎都是问她在哪里，要跟她见面，她索性屏蔽了他的消息。

不去看，不去想，让她先做一个逃兵吧。

之后，顾喜彤除了上课，就是在陆展年的房子里待着，她不用再去自习室，也不用再去图书馆占位，所有的学习和工作都可以在这个房子里完成，无论是书房还是卧室的阳台，她都有足够的空间能静下来专心做事。

陆展年经常过来，他的东西都在这里，而且他需要用这里的洗衣机洗衣服，C大只有公共浴室，他需要在这里洗澡，他的书也都在这里，图书馆没位子的时候，他需要在这里学习……

顾喜彤很快就习惯了跟他同处一室，除了他洗澡的时候，她会觉得有点尴尬，只好躲在书房里不出来。

韩冬屿果然没找到顾喜彤，他也从没去教室找过她，估计他太忙，根本不知道她的课表，不知道她什么时候有课，更不知道她会在哪里上课。

没过多久，他也不再给她发消息。

到这个时候，生活里完全没有了韩冬屿的踪迹，顾喜彤才慢慢恢复了痛感。她不再花心思逃避他，不再害怕面对那个让她难以接受的他，她觉得悲伤，觉得痛，不知道未来没有了韩冬屿，她该怎么办，该去向何方。

她一直以为她的未来里会有他，他会牵着她的手，陪她一直到白头。

现在突然没有他了，她仿佛也就没有未来，没有方向了。

还好，陆展年读懂了她的走神，看出了她的消极。他不知道该怎样安慰她，只好用最笨的办法，每天带她去吃好吃的，早晚拉着她去跑步，下载很多电影陪她看，她去培训学校上课，他就负责接送。

日子过得很简单，也很充实，顾喜彤真的一点点快乐起来。她发现就算没有了韩冬屿，她也不是就不能快乐了，吃到一顿美食，看了一部好片，跑步跑到大汗淋漓，下课后被小朋友簇拥着说甜言蜜语，领到工资查看银行卡余额……每一件小事都让她感受到快乐。

她很感谢陆展年。

寒假，陆展年回家待了几天，每天给她打电话，除夕那天一大早就跑来找她。

"你怎么来了？别告诉我你家里人又出国去过年了。"顾喜彤一脸无奈地看着他。

"你还真猜对了，我哥去女朋友家过年了，我爸妈去新西兰了。可怜我一个人孤零零在家，越想越凄凉，你怎么忍心不收留我？"他故意惨兮兮地说。

这次倒不全是撒谎。陆灏年不知认识了个什么女孩子，好像动真格了，巴巴地赖在人家家里过年，爸妈叫陆展年一起去新西兰，他不去，扬言说自己也要和女朋友一起过年。

陆灏年嘲笑他："去年就说跟你女朋友过年，怎么这一年过去了，连你女朋友的影子都没见着？弟弟，你不会得了什么妄想症了吧，其实你那个女朋友根本就是你自己幻想出来的？"

他故意的，他明明就见过顾喜彤，也知道自己的弟弟巴巴地追了人家好多年，从高中追到大学，现在大学都快毕业了还没追到手。

陆展年不理他，心想，说不定他说的那个女朋友才根本就不存在呢，哼。

"好啦，快进来吧。"顾喜彤赶紧把他让进门。这本来就是他的房子，谈什么她收留他，明明就是他一直在收留她才对啊。

"这么冷，怎么不开空调？"他一进屋子就问。

"环保。"

他忍不住翻个白眼，找到遥控器开了空调。

屋子里很快暖和起来，两人都脱了厚厚的外套坐在沙发上，一边看电视一边讨论这个年怎么过。

卫生顾喜彤已经打扫过了，从前她不爱打扫卫生，跟韩冬屿住在一起那些日子，她总是在等他，等待的空隙就把家里的卫生做了，慢慢地倒是不怕打扫卫生了。

零食顾喜彤也买了，她现在有一笔小小的存款，又固定在培训学校上课，有了固定的收入，所以过年这种时候，她还是舍得花钱对自己好一点。

但陆展年还是不满意。

"过年就吃这个？你也太不尊重我们的年兽大人了吧。"

最后，他拖她出门，又去超市扫荡一堆好吃的，在附近餐厅定了外卖年夜饭，然后回家，一边吃零食一边等年夜饭。

等到年夜饭送过来的时候，两人都吃了一肚子零食，但本着过年就是拼命吃好吃的这条原则，他们又正儿八经坐在餐桌前，吃了不少东西。

最后他们不得不在客厅里捧着肚子走来走去，边看电视边消食。

春节联欢晚会其实不太好看，但好像除夕晚上不看它，就觉得不是过年，所以两人还是守着电视，有一搭没一搭地聊天，偶尔玩玩手机，看到什么有趣的就大声念出来，两个人一起笑。

不得不承认，这是2008年以后，顾喜彤过得最开心最惬意的一个年，是她说得最多，笑得最多，也吃得最多的一个大年夜。

过了十二点，顾喜彤去卧室睡觉，陆展年睡沙发，两人都一觉睡到第二天早上。

之后，很自然地，陆展年就住了下来。他在书房打了地铺，铺上厚厚的羊毛毯，照样睡得很香，到了白天就把地铺一卷，收在衣柜里。

开学后，他也没再回寝室住，而顾喜彤也没提这回事。

日子一天天过去，顾喜彤有时候会有种错觉，觉得他们其实根本就是一对情侣。

真是这样吗？她可以吗，做得到吗？还是说，这段时光，其实只是偷来的，根本不会长久。很久很久以前她就已经明白，她和陆展年根本就不是同一个世界的人，他是温室里万事无忧的名贵植物，不用为干旱和洪涝担忧，因为他的一切自有人打理，而她是独自飞翔在原野上的鹰，必须靠一己之力去对抗大自然的风霜雨雪。

她曾经以为韩冬屿是她的归宿和依靠，因为他们是同类，有相似的经历，懂得彼此的伤痛，他们可以相互依偎着取暖。可她错了，没有人可以真正懂得另一个人，也没有人可以成为另一个人的依靠，任何人，最终都只能靠自己。

顾喜彤想，她是不是不该这样下去？她怕这样的日子过久了她就真的习惯了，她怕陷下去，将来就无法抽身了。她更怕，怕自己给了他希望，给了他这样一段时光，将来再让他失望，再让他从云

原来
还是
遇见
你

218

端跌入深渊。

从未得到过，再痛，也比得到再失去好过。

某天，顾喜彤下课后，在教学楼外看见一个已经很久未见的身影。其实算起来最多半年，但季节轮换，从冬天到夏天，再见到他，对她来说已是恍若隔世。

他比以前略瘦了些，下巴有些胡楂，显得有些憔悴。他目不转睛地看着教学楼的大门，一看见她，马上着急地跑过来。

"彤彤！"他跑过来，在她面前停住脚步，眼神热烈。

顾喜彤一时失语了。他仿佛穿过时光来到她面前，她完全没有心理准备，更不知道该怎样面对他。

"彤彤！"他终于见到她，连声喊她的名字，"彤彤，我好想你。"

这算什么？她想冷笑，又觉得心酸。

"你怎么来了，有什么事吗？"她尽量平静地说。

"给我点时间，跟我谈谈好吗？"他乞求她。

还有什么好谈的呢？莫非他是来宣布他跟那位大小姐结婚的消息的？他不会要给她送喜帖吧，还是告诉她他终于能继承公司了？

但也许是长久以来的习惯，她不擅长拒绝他，所以还是跟在他身后，两人去了最近的一家咖啡厅。

因为临近饭点，咖啡厅里没什么客人，他们选了最角落的位置坐下来，等饮品端上来，他才开口："彤彤，你还好吗？"

"挺好的。"她说，"你有话直说吧，没必要寒暄。"

"彤彤，我不好，我很不好……"他双手握着杯子，因为太用力，指节有些发白。

他说："我想你，我每天都想你，彤彤，我发现我错了，我真的错了，我不该鬼迷心窍去追求雪儿，你说得对，感情是不能被牺牲的，我不喜欢她，我根本演不好……"

"早知今日何必当初呢？"她有些不忍，语气也缓和很多，"你何必这样为难自己。"

"彤彤，我以后不会犯傻了，你……你原谅我好吗？"他突然抬起头，满含深情地看着她。

"谈不上原不原谅，毕竟都过去这么久了。"她淡淡地说，不去看他的眼睛。

"彤彤，我不能没有你，回来，回到我身边，好吗？绿森公司的事已经结束了，我保证以后不会再做这样的傻事了。"他伸手握住她的手，很紧很紧。

咖啡厅里冷气很足，但他的手心却全是汗。顾喜彤突然想起很久以前，他对她说，你的愿望实现了，然后，牵住她的手。

还回得去吗？回不去了吧。

"韩冬屿，你可能只是受到挫折情绪太低落，也许现在你根本不知道自己想要什么，你还是先回去冷静冷静吧。我还有事，先走了。"她有些仓皇地起身离开，不愿再多看他一眼，因为怕多看一眼，自己就会心软。

他曾经是她的希望、她的方向、她的依靠，她怎么可以看他这样低声下气，这样颓废不振。

还好，他没有追上来。她多怕他会拉住她，她多怕他们会像其他情侣一样，连分手也分得姿态难看、自尊尽失。

晚上，她到底还是心绪难宁，一个人去运动场散步，走着走着，发现前面有个人正以疯狂的姿态在跑步，仔细看，那不是韩冬屿还能是谁？

他拼命地跑，疯狂地跑，跑着跑着身子突然一歪，整个人倒在跑道上。

她吓一跳，赶忙跑过去："韩冬屿，你没事吧？"

他睁开眼睛看着她："彤彤，彤彤……"他伸手来摸她的脸，"真好，你又出现了……"他以为她只是自己的幻觉。

"你怎么了？"她着急地扶起他。

他这才明白她真的来了，激动地说："彤彤，真的是你？"

然后不可思议的一幕出现了，韩冬屿哭了。

汗水混合着泪水，他胡乱抹了抹，抓住她的手："彤彤，你说的我想过了，你说得对，我失败了，我情绪低落，但我明白自己要什么，我要的是你！这么久以来，我没有一天不在想你，我忍住不来找你，我知道只有等我得到我想要的了，才有资格来找你，可我失败了，那一天变得遥遥无期，我不能再等了……"

他苦追了雪儿半年，对方总是若即若离，一半是因为她觉得自己还年轻没玩够，根本不想要一段稳定的感情；一半是因为她凭着女人的直觉，感觉到他对她并没有他表现出来的那么真心。

几天前，雪儿跟一个刚认识没多久的男生一起去国外游学了，临走前对他说："如果以后江湖再见，还是当朋友吧。"

父亲得知他追求雪儿彻底失败，倒也没有发怒，只是对他态度冷淡了不少，他回校着手办毕业手续，几天没去公司，父亲不闻不问，倒是当着全家人的面对于放和颜悦色地说："从这个暑假开始，到公司来学着做事，我会指派一个好师父给你。"

韩雨蒙高兴得满脸放光，看韩冬屿的眼神也充满了得意。

韩冬屿很苦闷，一个人待在房子里，坐也不是站也不是，只觉得哪里都是顾喜彤的身影。他以为他可以先去忙事业，他以为她一定会等他，他也相信他们永远在一起的那天很快就要到来了，可现实是如此残酷，他所有的计划都落空了。

他再也忍不住，跑去找顾喜彤，却被她拒绝了。

她被他伤透了心吧。

他没有脸留住她，可心却痛得快要不能呼吸。

"彤彤，回到我身边，我们永远都不要再分开了，好不好？"他哭着对她说。

她从没见过他哭的样子，只觉得自己心里也酸酸的，很难受，又不知道该怎样做才能稍微缓解一点这种难受。

"我以为你永远都不会来找我了……我已经做好了未来没有你的准备，为什么你要再次出现……"她说着说着，眼睛也红了。

"傻瓜，我怎么会不来找你，我根本就不能没有你啊……"他伸手来摸她的脸，大拇指的指腹一遍遍抚摸着她的脸颊。

"可我觉得我对你来说根本就不重要啊，你总是把我排在最后，任何事都比我重要……"虽然已经过去很久了，但往事仍然历历在目，那些日子里，她不是没有怨气的，不是不委屈的。

"彤彤，你怎么会这样想呢？你是我生命中最重要的人啊！一直以来我都觉得我生活在黑暗中，周围所有的人都是冷冰冰的，直到遇见你，你是我的光，你带给我温暖和希望，如果我为了得到一些东西而不择手段，让自己跌入地狱，那你就是我的天堂，只有和你在一起，我才能感受到最单纯的幸福。这辈子我身边可以没有任何人，但一定要有你！彤彤，你听清楚了吗？"他捧着她的脸，说得那样真诚，又那样哀伤，她不得不承认，他说的那些，她真的懂。

她也曾经和他一样，冷漠而自私地独自行走在世间，觉得自己所到之处都是黑暗，直到有了他，她才有了希望和方向。

他们是那样相似，她怎么割舍得下……

"韩冬屿，你以后都不要再这样伤害我了，如果你再这样，那我这辈子都不会原谅你。"她发泄般地伸手去打他，打着打着就泪如雨下。

"好好好，我保证，不会了，再也不会了……"他连声保证，激动地凑上来吻她的唇，却被她躲开了。

那完全是下意识的动作，直到躲开之后她才意识到自己做了什么。也许……也许是太久的分离，让她一时不能习惯吧，她想。

他愣了一秒，没有介意，他想，慢慢来吧。

面临暑假，又是毕业季，学校周围的房租有所下降，顾喜彤在网上看了一晚上的房，最后租了一个靠近培训学校的一室一厅，这样暑期去上班就方便了不少。

她虽然有存款，有固定收入，但突然要交一笔押金和房租，还是觉得肉疼。没办法，单间倒是便宜，但她实在不想去处理复杂的人际关系，有得有失嘛，要清净，只好多花钱。她没仔细想过自己为什么会选择一个人租房住，而不是搬回去和韩冬屿一起住，也许……也许经过上次的分手，她留下了阴影，她不想这么快就进入一段太亲密的关系，她没办法马上和他恢复到从前，她也不想再在吵架后无处可去，得厚着脸皮去寝室忍受别人的脸色，或者求人收留。

她度过了这么多年动荡流离的生活，因为韩冬屿而得到的一点安全感也被他亲手悉数毁掉，现在，她得自己给自己安全感了。

也许，只有自己才能给自己真正的安全感吧，他人给予的，他人随时可以收回，若毫无准备，便只能落得满身狼狈。

陆展年回来时，她正在卧室收拾东西，他很奇怪，问她："收拾东西干吗？"

她不敢看他的眼睛，手上没有停，故作忙碌地说："哦，你回来啦，我正要跟你说，我找到房子了，要搬走了。"

"为什么？"他很紧张地坐到她身边，看着她。

"嗯……下学期开学就要实习，我打算就在培训学校上班，我找的房子离那边近，方便。"她低着头，仍然不看他。

"这里过去也不远啊！你是不是生我气了？你说出来，告诉我，我向你道歉，以后一定不这样了。"他急得不行。

她赶紧背过身去，眼泪重重砸下来，还好没被他看见。这个傻瓜总是这样，在她面前几乎已经没有原则了。

"我们不是说好你要一直住到毕业的吗？你到底怎么了，告诉我啊！"他扶着她的肩膀让她转过来，却发现她哭了。

"顾喜彤你到底怎么了，你说啊，你别哭好吗？你这样我会心慌，我会担心的！"他看着她的脸，眉头紧紧皱在一起，满眼焦急。

"韩冬屿来找我了。"她终于开口道。

他的手不自觉地松开，收回来，交叉握在一起，头也垂了下来。

"他说了什么？他还有脸来找你？"

"他……他失败了。"她轻声说。

"活该！"他几乎是恶狠狠地说道。

"他来找我和好。"她低着头，快速地说。

他觉得自己受到重重一击，几乎不敢相信自己的耳朵，他猛地抬起头看着她，问："你同意了？所以你要搬走，搬到他那里去？"

"我不想搬回去，我重新找了房子，一个人住。"她小声说。

"为什么？"他的目光几乎要将她灼伤。

"不为什么。"她假装抬头看旁边，抬手飞快地擦了一把眼泪。

一时间，两人都没有再说话。

过了很久，陆展年才说："你什么时候搬？要我帮你搬东西吗？"

她闻言，再也没忍住，哭出了声。

只是这一次，他却没有着急，没有心慌，没有过来安慰她，而只是静静地坐在她旁边，任由她哭泣。

他不会让她看见，他的双眼早已经通红。

不知道过了多久，她停止了哭泣。他也吸了吸鼻子，站起身说："那你收拾吧，我有点饿了，去吃点东西。"

他走到门口时，她突然说："对不起。"

他似乎没听见，所以没有回答她。他去了厨房，打开冰箱眼泪就流下来了，他赶紧把抽油烟机打开，在嗡嗡嗡的声音中，他轻声说：顾喜彤，没关系，你开心就好。

4.

韩冬屿对顾喜彤不肯搬来和她一起住这件事不能理解，但他还是愿意尊重她。没过多久，他就觉得两人不住在一起其实也挺好，每次他去接她心里都充满期待，每次约会完送她回家都会依依不舍，偶尔他忙，也不用打电话向她请假说自己要晚回家，两人更不会为了日常琐事而发生争执。

跟顾喜彤和好对韩冬屿是个很大的激励，他从之前的失败和颓丧中振作起来，在公司事无巨细都认真对待，哪怕面对于放的挑衅，他也能做到尽量平心静气。

没过多久，家里发生一件大事。于国锋体检时查出胃癌。

拿到检查结果那天，于国锋背着韩雨蒙和于放把韩冬屿叫到自己面前，说："我忙了一辈子，总以为时间还长，从来没停下来休息过，却没想到老天爷要提前收了我。你也不必太伤心，是人就逃不了生老病死。公司是我打拼了大半辈子的心血，我不想它垮掉，要说能力你是有的，但好像总是缺了点什么，我给你个机会，我听说环宇集团打算去茂县开发滑雪场，项目马上要开始竞标了，你去试试，如果办到了，我就能放心把公司交给你，如果办不到……"

韩冬屿没想到机会竟然这样来到他面前，还用说吗，他一定会拼死办到的啊！他绝不会让那个如果发生。

这一次他没有选择单打独斗，经过几年的经营，他在公司也有了自己的人手，这些人知道这次任务的重要性，个个加班加点做资料，只等韩冬屿将来掌权，自己就是功臣了。

因为这次的成败太重要，所以韩冬屿几乎没怎么犹豫，就向顾喜彤开了口，让她帮忙跟陆展年说个情，请他向陆环宇和陆灏年说好话，拉关系。

顾喜彤答应了，却根本没去找陆展年。

她不可能去。她无法面对他。

她相信韩冬屿有足够的实力，就算她不去说情，他的胜算也很大。

等韩冬屿问起时，她只模模糊糊说，已经说过了。他当了真，信心倍增，发誓要拿下这个项目。

去竞标那天早上，他临走时给她发消息，信心十足地说："彤彤，战士要出征啦！你等我胜利归来，等这个项目做完，我们大赚一笔，到时候我们就结婚，我要给你一场最风光的婚礼，让你像公主一样嫁给我。"

她拿着手机，斟酌了半天措辞，才回复他："嗯，加油。"

只可惜，早上出发时，他锐不可当，下午却铩羽而归。

是陆灏年亲自投的否决票。韩冬屿怎么会知道，经过上次的交往，陆灏年早就查过他的底细，知道他是弟弟的情敌。他气弟弟竟然给情敌帮忙，又觉得弟弟实在蠢得有些可爱。弟弟太善良，他可没那么善良。想做环宇集团的项目？这辈子都别想。

韩冬屿根本没想过自己会失败，以至于返程的路上，他完全不知道该何去何从。

然后他接到电话，于国锋住院了。

查出胃癌以后，于国锋一直不愿意住院，只肯每天吃药，然后和韩雨蒙去了趟新疆。他年轻时曾在那里当兵，一直很想回去一趟，可一直没空，非要等时日无多了，才终于抽出时间回去。

从新疆回来，他又计划跟韩雨蒙去一趟毛里求斯，据说那里风景很美，韩雨蒙一直想去，他总说等以后空了再去，现在倒是终于空下来了，可还没到出发，他的病情突然加重，被救护车送进了医院。

韩冬屿急匆匆赶到医院，于国锋还在抢救。见到韩冬屿来，韩雨蒙没打招呼，他也就不说话，自己在走廊的椅子上坐下来。

顾喜彤对这一切毫不知情。她去培训学校上了课，改了学生的作业，回家吃饭、备课、看书，又看了会儿电视，直到晚上很晚了，韩冬屿还没有消息。

她一开始不敢给他打电话，怕打扰他，后来实在担心，给他发了个短信，问他："情况如何，在哪里？"

他这才想起来自己还没给顾喜彤打过电话，起身去楼梯间拨通她的电话。

"喂。"她很快接起来，"你在哪儿？"

"我在医院，我爸住院了。"他的声音很疲惫。

"严重吗？"

"不知道，还没醒。"

"那，你中标了吗？"

"没有。也许是陆展年的话不管用了，也许，他根本就不想帮我。"

顾喜彤没说话。她不知道该说什么。

"早点睡吧，我这几天可能都会在医院，过了这阵再找你。"

挂了电话，顾喜彤坐在沙发上，总觉得心里不踏实，又说不上来为什么。罢了罢了，还是睡觉吧，以后的事以后再说。

于国锋醒过来已经是两天后的事了。韩雨蒙、于放、韩冬屿、助理……好些人围在床边，关切地看着他。

　　"老婆，对不起，我不中用，可能不能陪你去毛里求斯了。"他看着韩雨蒙，露出一个无力的微笑。

　　"太远了累得慌，我也不想去了，你快点出院，我们就在家待着。"韩雨蒙温柔地说。

　　"嗯，好。"他点点头，"我很累，不想说话了，你们有事就去忙吧，不用都在这里守着，我一时半会儿还死不了。"说完，他就又闭上眼睛。

　　"你们都走吧，有我和护工就行了。"韩雨蒙下了逐客令。

　　韩冬屿满身疲惫地离开医院，去了顾喜彤的家。

　　"我在你这儿睡会儿吧。"他一进门就说。

　　顾喜彤把床整理好，他躺下就睡了。一直到傍晚，他才醒过来，躺在床上迷迷糊糊地喊："彤彤，你在吗？"

　　顾喜彤赶紧进去，他拉着她的手让她坐在床边，说："我爸可能不行了。"

　　顾喜彤没说话，她不知道这种时候该说什么。

　　"他今天醒了之后完全没理我，只跟韩雨蒙说话，我想，他是对我失望了。也是，我这几年总是让他失望，做得越多错得越多，于放什么都没做，反而不会犯错。但是彤彤，我真是不甘心。"

　　顾喜彤轻轻抚摸他的头发，安慰他说："你爸爸还没最后决定啊，也许他最后还是会选你呢。就算不选你，真没了公司，我们一样可以过得很好。"

　　"真的吗……彤彤，如果我变成穷光蛋，什么都没有，你会嫌弃我吗？还会跟我在一起吗？"

　　"你有能力，完全可以自己找个好工作大展拳脚，怎么会变成穷光蛋？就算一时穷，也不会一世穷，你要对自己有信心。"她不希望他妄自菲薄。

"彤彤，你真好。"他紧紧抱着她的腰，一只手不自觉就往她衣服里伸。

"你饿了没？我去给你煮点东西吃。"她温柔地说着，起身走出卧室。复合已经有好几个月了，但她一直没办法跟他有亲密行为，她也不知道为什么，也许是当初她强迫自己跟他有了那一晚，而那晚的经历又太痛苦，所以让她对他不自觉地产生了抗拒吧。

韩冬屿躺在卧室里，突然有些沮丧。每到这个时候，他就觉得他们之间充满了距离感，然后一种无力感就会将他吞噬。

似乎是哪里出了问题。一定有什么不对劲。可到底是什么呢，他不知道。

于国锋还在医院里住着，只要他一天不开口，韩冬屿就还能在公司里干下去。对于国锋的生病，公司里几个高层态度不一，有人希望他快点宣布继承人，有人觉得他走后公司前景堪忧，开始找下家，还有人在于放和韩冬屿之间做出选择，各自支持自己选定的人。

高层的态度搞得下面的员工人心惶惶，但杜彦希好像没受影响，还有心思嘲笑韩冬屿。

"上次才夸你进步快，能打通陆灏年这种大人物的关系，怎么这么快就把人家得罪了？"他嘴角有一丝嘲讽。

韩冬屿冷冷地说："实力不如人，跟得罪不得罪没关系。"

"那我怎么听说人家陆灏年头一个就把咱们公司否了？"杜彦希不相信。

"你的心思全用在八卦和打听小道消息上了吧？怎么你什么都能'听说'？"

"随便你怎么说，不信就算了。我劝你啊，还是好好想想到底哪里得罪了人家，吃一堑长一智吧，免得下次再犯同样的错误。"

"我劝你啊，还是先管好自己吧。"韩冬屿凑到他耳边，低声说。如果于放继承了公司，他的日子自然好过，但万一，万一给韩冬屿继承了公司，他就准备好卷铺盖走人吧。

可他的话还是起作用了。韩冬屿本来就怀疑陆展年不想帮他，杜彦希这样说，更是证实了他的猜测。

陆展年这个小人，当着彤彤的面答应帮忙，背地里却下毒手，不知道说了他多少坏话。他一定知道这次成败对他的重要性，所以故意害他。这个陆灏年也是，都没有自己的判断的吗，啥都听陆展年的？上次那个项目他做得那么好，难道没有证明他们公司的实力吗？

韩冬屿越想越气，恨不得现在就冲过去把陆展年狠狠揍一顿。只可惜，他很清楚他还没那个实力去招惹陆家的人。

稍微内行点的人都知道，环宇集团跟省上一位高官关系密切，陆环宇最初不过是倒卖钢材的，自从搭上了那位高官的船，才开始了发家致富之路，迅速从小打小闹的倒爷成为一个举足轻重的商业集团的董事长。谁敢去招惹环宇集团，谁就是自讨苦吃。

也难怪父亲的天平会偏向于放，若他那个好兄弟的关系真能为他们公司所用，必然是一大助力。

虽然于国锋喜欢清静，只喜欢韩雨蒙和护工在身边照顾，但每天来医院看望他的人还是络绎不绝。韩冬屿和于放自然是每天要去报到的，公司里几个心思各异的高层也必然要来探探情况，再加上一些亲朋好友，所以他难有真正的清净。

而韩冬屿也没想到，自己会在医院里听到那个消息。

他去的时候，病房里只有于国锋、韩雨蒙和于放三个人，房门虚掩着，他走到门口，听见于放用一种谈论秘密八卦的口气低声说："爸，你知道吗，我听说环宇集团背后那位，可能要出事了。"

"你从哪里听到的？"于国锋有些紧张地问，"小六告诉你的？"小六是于放那位好兄弟，那个高官之子的小名。

"不然呢，只有他那种身份才可能接触到这些消息啊。不瞒你说，小六也是偷听到的，你想啊，这么重大的消息他爸怎么可能告诉他。"于放有些得意地说。

"之前我就隐隐约约听到过一些消息，看来八九不离十。不过没到最后一刻谁也说不准。好啦，你可不许去外面胡说八道，这种事谁惹上谁倒霉。我看你最近和小六也少来往些，等过了风头再说，谁知道这场风雨过后谁就突然倒了啊。"于国锋叮嘱于放。

于放本来想邀功，结果被说教一番，有些不高兴。

韩雨蒙看他不高兴，赶忙叮嘱他说："听你爸的，你太小了，不懂得这里面的利害。"

直到三人的话题转到别的事了，韩冬屿才推门进去。

韩雨蒙一看他进来，脸马上就拉下来，坐在沙发上看起了电视。于放倒是跟他点个头，算是打招呼。他回应一个点头，心想，快了快了，父亲走的那天，就是他们彻底撕破脸皮的那天。

离开医院，韩冬屿走在路上，满脑子都是于放和父亲的对话，环宇集团背后那位真的要倒台了吗？如果他倒了，环宇集团还能这么嚣张吗，还是会受到牵连？不过父亲说得对，这种事，不到最后一刻谁也说不清楚，说不定那位就扛过来了呢？

他连顾喜彤那里都没心思去了，回到家就开始在网上搜索那位的大小事迹和环宇集团的相关新闻。单看几条新闻，并不觉得什么，但他系统地看下来，用笔在纸上把关键信息记下来，越看越觉得大有门道。

除了新闻报道，网上也有一些爆料帖，绘声绘色或是隐晦地爆出各种关于陆环宇以及那位的小道消息，真假无法证实，但韩冬屿看了这么多东西之后再来看这些爆料，总觉得很多事应该不完全是空想。

看到半夜，韩冬屿脑子里渐渐形成一个思路，说做就做，他去喝了杯咖啡提神，然后开始在电脑里打字。

快天亮时，他写的举报材料一页一页从打印机里打印出来，他整理好，又看了一遍，满意地收了起来。

凭借网上各种消息，加上他的合理想象，他完成了一个官商勾结的故事，乍一看还有模有样，他相信在这种敏感的时候，这份举报材料一定会发挥一点作用。

就算真的不起作用，至少他心里舒坦。他拉上窗帘，怀揣着这个秘密，心满意足地开始补觉。

正睡得香，突然被一阵敲门声吵醒，他不满地睁开眼，生气地问："谁呀！"

"韩冬屿，是我。"是顾喜彤的声音。

他连忙跳下床去开门，她终于见到他，松了口气，问："你在干什么？怎么从昨天到现在都电话不接，消息不回？担心死我了。"

他很喜欢看她为自己着急的样子，伸出手臂圈住她，温柔地说："对不起，我都忙晕了，昨天还熬夜了，今天在补觉，手机一直是静音，忘记调回来了。"

"最近有什么项目要忙的吗？"她从他怀里挣脱出来，随意地走到书桌前，"看来你爸还是很器重你啊……咦，这是什么？"她拿起他摆在书桌上的举报材料问道。

"没什么，你别管这些乱七八糟的事。"他赶紧拿过材料收在抽屉里。本来想睡醒了就寄出去，没想到她会来。

"屋子里好闷啊。"她没再关心那些材料，而是用手扇了扇鼻子，去开了窗。

"我不睡了，我们出去吃饭吧，想吃什么？"韩冬屿往卫生间走，开始洗漱。

"我也不知道，出去看看吧。"顾喜彤一边整理床铺一边说。

两人最后选了一家新开的泰国菜，进店后，服务员引着他们到了靠窗的座位："两位这边请。"

顾喜彤负责点菜，韩冬屿则摸出手机不知道在看什么，直到上菜了，他还在一直看。顾喜彤四下张望，打量着这家餐厅的装修，突然看到远处有一个熟悉的身影。

是陆展年，他和一个很漂亮的女生面对面坐着，两人有说有笑，那女生还很亲昵地伸手捏他的鼻子，又给他夹菜。

自从她搬出他的房子，两人就没有再见过面。他偶尔会给她发消息，问她好不好、忙不忙，或者聊聊今天的天气，告诉她楼下那只猫已经好久没见到了。C大这么大，两个人想要遇见很难，想要不见面，却很容易。

他……终于有女朋友了吗？很漂亮，很有气质，跟他很配。

他就应该和那样的女生在一起啊。真是为他感到高兴。她低下头，喝了口汤，却被呛得咳个不停，咳到最后眼泪都出来了。

韩冬屿赶紧放下手机坐到她旁边来，又是拍背又是递水，过了好久她才止住咳嗽，顺了气，可满脸的眼泪显得狼狈不已。

"这什么汤，下次不来了！"他生气地说。

其实汤就是正常的冬阴功汤的味道，很美味，没有任何问题，有问题的是顾喜彤。

那顿饭她吃得很沉默，韩冬屿因为一直在看手机，所以倒也没觉得有什么不对劲，最多以为她被呛到，所以吃得比较小心。

晚上，顾喜彤一个人在家看电影，突然收到陆展年的消息："今天看见你了，以后喝汤小心点。你看见我和我姐了吗？我和我姐是不是长得特像，都那么好看？"

她嘴角不由自主翘起来，回复他："是是是，你姐好看，你也好看，你们全家都好看，要多好看有多好看。臭美。"

他回过来一个得意的笑脸，她想了想，不知道该说什么，便没有再回复。

睡前，她突然意识到自己的心情好像好了很多，她吓了一跳，不敢相信自己今天的眼泪和笑容竟然都和陆展年有关。

打住，必须打住！这算什么？她完全看不懂自己了。

5.

仿佛一夜之间，网上突然充斥着环宇集团的消息，从来都是以正面形象出现在新闻报道里的环宇集团，这次却被人挖出了无数的负面消息。

从前，新闻总是报道环宇集团又进军了哪个新行业，又开了几家子公司，又开发了哪里的房地产，又捐建了哪里的学校，做了多少慈善……这一次，总是为环宇集团唱赞歌的记者们摇身一变，变成了正义的使者，猛烈抨击环宇集团为了经济利益作恶多端、行贿官员、威胁竞争对手，更是透露陆环宇本人已经潜逃，公安机关正在全力追捕。

顾喜彤本来很少看新闻的，可网站首页全是类似报道，她再迟钝，也知道陆家出事了。

她的心"怦怦"乱跳，紧张得连手机密码都输错两次，好不容易找到陆展年的电话拨过去，却一直无人接听。她明知道希望渺茫，还是第一时间赶到陆展年住的地方，可任由她把门拍得震天响，也没人来应门。

到底怎么了？陆家是得罪什么人了吗，为什么一夜之间风向就变了？她不懂商业，更不懂政治，她只知道自己此刻很担心陆展年。

也许韩冬屿会知道一些？毕竟他跟着他父亲干了这么久，还在陆灏年手下做过一个工程，说不定会有一点消息。

她连忙拨通韩冬屿的电话，他倒是很快就接起来了，心情很不错的样子："喂，彤彤啊，我正想找你呢，你在哪儿，我来接你一起吃饭？"

"韩冬屿，你知道陆家出事了吗？"她焦急地问。

他停顿了一下才说："哦，环宇集团，嗯，知道，网上不都报道了吗。"

"到底是怎么回事，你知道吗？怎么突然就冒出来那些报道，连十几年前的事都爆出来了？那些都是真的吗？陆伯伯真的潜逃了吗？"她一连串地发问。

"我估计是真的吧。没想到那个陆环宇看起来道貌岸然，背地里竟然这么心狠手辣，活该！"他有些恶狠狠地说。

不知道为什么，顾喜彤在那一瞬间，突然想起几天前她在韩冬屿的书桌上看到的那份材料。那时她只打开随意看了零零散散几个字，不知道那是关于什么的，现在，她却突然明白了。

"韩冬屿！"她失声叫道，"是你！是不是你？我那天看到的那份材料就是你举报环宇集团的材料！你为什么要这样做？"

"你在想什么呢！怎么可能是我？"他马上否认，"我算什么，无名小卒一个，我哪有这么大的能量？是，我是讨厌陆家的人，但借我一百个胆我也不敢做这种事啊。"

顾喜彤不太相信，但又觉得韩冬屿说得对，最后拒绝了他的邀约，半信半疑地挂了电话。

之后几天，她足不出户，几乎是挂在网上，随时刷新消息，网站的头条一直在变，但主角没变，全是环宇集团。

她不断给陆展年打电话，从一开始的无人接听，到后来的无法接通。她给他QQ、微信、微博发消息，却都没有得到回应。

陆展年失踪了。

而自从通了那次电话以后，韩冬屿也一直没露过面。但顾喜彤顾不上关心他，她只想知道陆展年怎么样了。

三天后，韩冬屿出现了。

他敲了很久的门，顾喜彤也没开门，她不想见他。

"叮咚——叮咚——叮咚——"

门铃持续不断地急促响着。

顾喜彤听得出来，韩冬屿的耐心已经被耗尽。

"砰砰砰！"

他大力拍门，语气却又尽可能地温柔："彤彤，不管有什么事你都先开门再说，好吗？"这么些年来，他倒是难得对她低声下气，次次都是她低到尘埃里。

对面的住户打开门，怒气冲冲地说："吵死了，也不看看现在几点了？再这样我报警了啊！"

韩冬屿赔着笑脸道歉："不好意思不好意思，我小声点。"

顾喜彤想象他费劲地压住火气跟人赔笑脸的样子，到底是有些不忍，心一软，就开了门。

感情也是一种习惯，这些年，她心疼他心疼惯了，就算到了这种时候，也舍不得他受一点罪。

韩冬屿第一时间侧身进了门，紧紧将顾喜彤抱在怀里："彤彤。"他深深地唤她的名字，良久，才松开手臂。

这是一个深情的拥抱，顾喜彤感觉得出来。但她睁着布满红血丝的大眼睛看着他，第一句话却是说："有陆展年的消息了吗？"

韩冬屿的脸色微变，他不自然地把目光转向一旁，说："没有。我来找你不是向你报告他的消息的。"

顾喜彤不想理睬他的醋意，她问："陆伯伯真的被抓了？陆灏年也被抓了？"

"我也不是很清楚……"

"明明你就是罪魁祸首，怎么会不清楚？"韩冬屿还没说完，就被顾喜彤愤怒尖厉的质问声打断。

"彤彤，这件事怎么怪到我头上呢？是，我承认我是写了举报材料，可如果陆家的靠山没出事，就算是一百份举报材料又能有什么作用？难道你不明白，他陆环宇能发展到今天，除了靠商业头脑，还有很多别的东西？现在他倒台了，只是因为他的靠山没有了，根本就与我无关。"韩冬屿尽量温和地解释道。

"全都是狗屁！"连日来的担心焦急终于爆发了，顾喜彤狠狠推开韩冬屿，哭得满脸眼泪，她泣不成声地说，"我不管，我不管什么靠山不靠山，也不管陆伯伯究竟做了什么，我只知道陆展年是无辜的……他是无辜的……"

"生在那样一个家庭，他怎么可能无辜？"韩冬屿怒极，他从来没试过顾喜彤明明在他面前，却满心满眼都是另一个男人。这种感觉让他很不爽，很愤怒，怒气冲昏了头脑，他口不择言，"他们全都死有余辜！"

"啪！"

顾喜彤狠狠扇了他一耳光，哭吼道："你把他给我找出来！我要他好好的！"

她一直哭一直哭，嘴里一直碎碎念："陆展年，你要好好的，你一定要好好的……"

韩冬屿愣在原地，不敢相信地捂住自己的脸，过了好久，才红着眼睛问："顾喜彤，你爱他？你爱上他了？什么时候的事？从什么时候开始的？你不是亲口对我说你永远也不会背叛我吗？说！你说啊！"

顾喜彤任由他摇晃自己，瞪着红彤彤的眼睛看着他，凄然一笑，说："我爱他？是，我爱他，我爱上他了，哈哈哈，我爱上陆展年了……"

她终于肯承认，她爱上他了。从什么时候开始的？她不知道，也许从很久以前就开始了，只是她一直没有发觉，或者从来不敢面对。

"顾喜彤！"韩冬屿咬紧牙关恨恨地喊她的名字，又伸手死死抱住她，"不行，我不允许！我们说好要一辈子在一起，我不许你爱上别人！"

她僵硬地任由他抱着，嘴里还在喃喃说着："原来我爱他，是啊，我爱他……"

韩冬屿仓皇地抹了抹眼角，着急地从兜里掏出一个小盒子，打开来递到她面前，然后单膝跪地，用沙哑的声音说："彤彤，我爸已经决定把公司交给我了，我成功了！我说过，得到公司之后我们就结婚，彤彤，忘掉所有不开心的事，嫁给我，这辈子我一定会好好爱你，照顾你，再也不会伤害你了，好不好？"

三天前，于国锋病情告急，又进了抢救室，醒过来以后，韩雨蒙封锁了病房，除了她和护工，没人能见到于国锋。韩冬屿知道如果这个时候再不努力，他就彻底输了，所以他联络了公司高层，又想办法贿赂了护工，才终于见到了于国锋。

过程自然是艰辛的，但好在无论多艰辛都值得，因为于国锋当着所有的高层，用虚弱的声音宣布，由韩冬屿继承公司。其实病中的他也考虑了很久，但于放到底还是太年轻、性子浮躁，不适合经营公司，韩冬屿性格沉稳，又历练了几年，再说，这些年来，虽然嘴上不说，可在心里他始终觉得亏欠了韩冬屿……

韩冬屿多年的愿望终于达成，他成功了，他不过二十三岁，却有了千万身家，他不会再因为贫穷而被人瞧不起，他有了金钱有了地位，他报复了韩雨蒙和于放，为母亲报了仇，只要再和顾喜彤结婚，他的人生就完美了。

他从没想过顾喜彤会拒绝他。

"韩冬屿，我们分手吧。"她双眼通红，哀伤地看着他。

"不行！"他无法接受，抓住她的手就要往上套戒指。

她双手紧紧握成拳头，无论如何也不肯松开。

两人挣扎了许久，最终，韩冬屿颓丧地坐在了地上。

"韩冬屿，我们分手吧。"她看着他，又重复了一遍。

是从什么时候起，她竟然变得这么残忍了？曾经她是他唯一信任和依赖的人，他看惯了人性的肮脏和龌龊，只有她，才能让他感受到一丝美好和干净，只有她，才是他的温暖和光明。她全心全意地爱着他，不计回报，不问对错，她把他视作自己的全部，她眼里从来就容不下第二个人。

可现在，她却拒绝了他的求婚，她说她爱上了另一个人。

那个陆展年有什么好？如果说从前他是富家公子哥，可现在他什么都没有了啊，他甚至失踪了，能不能继续活下去都成问题。而他韩冬屿呢？他什么都有了，他哪里比不上他？

"你走吧。"不知道过了多久，顾喜彤打开门，对韩冬屿说。

他还想再说什么，站在原地不动，可看着她哀伤的样子，又不知道该如何开口。

"走吧，不要逼我恨你。我已经后悔了，后悔通过我而让你和陆展年产生联系，不要再让我后悔来C大找你。韩冬屿，谢谢你救了我，但我欠你的，已经还清了。"她明明就看着他的，可眼里却根本没有他。

她真的后悔了，如果她不那么傻，不答应韩冬屿去找陆展年说情，如果她直接拒绝他，而不是骗他自己已经找过陆展年了，他是不是就不会去报复陆家？

韩冬屿只觉得自己的心一直一直往下坠，他木木地挪动着步子，走出了顾喜彤的家。

"砰！"

门毫不犹豫地关上了，他回头，只看到冰冷的房门。

真的结束了吗？他就这样失去她了吗？他以为她已经融入了他的骨血，他以为她已经成为他生命的一部分，所以他从来不曾担心会失去她，所以他也从不曾把她的感受放在第一位，因为无论怎样，她都爱他，原谅他，她总是会在那里的啊。

他没想过有一天，她会突然不在那里了。如果得到了全世界，却失去了她，他还会快乐吗？这一生他还会再拥有幸福吗？

几天后，韩冬屿正式接手公司，在众人的簇拥中，他坐上了父亲的位置，助理微微弓腰，用标准的笑容把文件摆到他面前，毕恭毕敬地说："韩总，这份文件请过目。"

他手中握着昂贵的笔，低头看着文件上的字，心里却空落落的。

他记得顾喜彤喜欢唱一首老歌，有句歌词是：就算站在世界的顶端，身边没有人陪伴，又怎样。

助理出去了，办公室里只剩下他一个人，他看着空荡荡的房间，问自己：韩冬屿，你快乐吗？

为什么他感受不到一丝快乐，只觉得孤独，深深的孤独。

要到很久以后，韩冬屿才会明白，他一生当中最快乐的日子有两段，一段是十六岁以前，跟妈妈一起生活在楠县，那时候虽然清贫，但有妈妈的爱，有奋斗的目标，日子过得简单而充实。另一段是后来跟顾喜彤在一起的时光，他知道有那样一个人全心全意地爱着自己，他知道无论做了什么他都不是独自一人，因为有她陪在他身边。

但他亲手把她弄丢了。

后来他去顾喜彤住的地方找过她，她已经不在那里，她所有的联系方式都失效了，似乎，她就这样从他的世界里消失了。

而他人生中所有的温暖和希望，所有的快乐和幸福，也随着她的消失一起消失了。

顾喜彤去英国了。

就在她拒绝韩冬屿的求婚的那天晚上，她的微博收到一条私信，是一个陌生人发过来的，只有一句话："一切安好，勿念。"

她知道那一定是陆展年，她像疯子一样哭着往手机上打字："你在哪？我很担心你，我要来找你。"

陆展年很快回复她："我不在国内，但我很好，你放心。"

她怎么可能放心呢，她怎么放心得下呢？她回复他："不管你在哪，我都想来找你，告诉我，求你了！"

这次他很久都没有回复，她捧着手机一遍遍刷新，不知道过了多久，他终于发来消息："我在爱丁堡。你来吧，到了给我发私信。"

那是他跟妈妈争执了很久的结果。家里出事后，他和妈妈一起到英国投奔姐姐，他们住的地方没有告诉过任何人。这种时候，任何人都是危险的。但陆展年知道，顾喜彤是他可以相信的人。

时间已经来到2015年的初春，距离顾喜彤和陆展年第一次见面，已经过去了快七年，这七年里，陆展年喜欢过顾喜彤，欺负过顾喜彤，爱上了她，追随着她，从来没有放弃过她。而顾喜彤呢，她怕过他，讨厌过他，恨过他，感激过他，伤害过他，却从来没有争取过他，更没有追随过他。

这一次，她决定不管是天崩地裂还是世界毁灭，她都一定要找到他，陪在他身边。她欠他太多，没有更好的办法，只能用她的一辈子去偿还了。

她不知道这一去，会有什么在等着她，也不知道什么时候才能回来，但她不在乎，因为现在重要的，只是要见陆展年一面。

她用最快的速度办了签证，带上一张存着她所有钱的卡，拎着一个箱子出发了。

经过十多个小时的折腾，她才终于到达爱丁堡机场。走出机场那一刻，她一眼就看见了陆展年。

他裹得厚厚的，像一只笨熊，让她想起几年前在哈尔滨那个冬天。他站在那里看着她，露出一个微笑，可嘴角却有些颤抖。

她等不及了，她把箱子放到一边，两步跑到他面前，紧紧地、紧紧地拥抱他。

他用外套将她裹住。她把头埋在他怀里，眼泪偷偷流下来。

她像小狗一样蹭了蹭，吸了吸鼻子才说："你没事就好。"

他低下头看她，伸手去擦她眼角的泪，擦着擦着自己却掉了泪。

她伸手去帮他擦眼泪，说："傻瓜，不准哭。"

两个人明明都在流泪，却又破涕为笑，她看见他的笑容，觉得心里终于踏实了，又把头埋进他怀里，双手紧紧环抱他，说："陆展年，以后不许不打招呼就消失。"

"嗯。"他把下巴放在她头顶，轻声回答道，"不会了，以后不管去哪里都会告诉你。"

"不，以后你去哪里我就去哪里，我再也不要跟你分开。"她在他怀里说。

"你说什么？"他不敢相信自己的耳朵，连忙捧着她的脸，眼睛凑到她面前。

"我说，陆展年，我爱你，我要和你在一起，永远都不要再分开。"她有些害羞，却又无比坚定。

"我不是在做梦吧？顾喜彤，你掐我一把，告诉我这都是真的！"他欣喜若狂。

　　她笑得眼睛弯弯的，然后踮起脚，吻住了他的唇。

——全文完——

番外

爱是软肋，也是盔甲

　　几个月后，震惊各界的环宇集团案宣告了判决结果，陆环宇被判死缓，环宇集团部分高层涉案，分别被判无期到十年不等。陆灏年被判了四年，秦月、陆蓁蓁、陆展年未受牵连。没过多久，陆家背后那位果然倒了台。韩冬屿说得对，就算没有他那份举报材料，这些事也一定会发生，不过是早和迟的问题。而他在这其中起的作用，也许根本微不足道。

　　一直躲在英国的秦月、陆蓁蓁、陆展年回了国，同行的当然还有顾喜彤。

　　回国之后的第一件事是去探监。陆环宇苍老了很多，不愿多言，看见陆展年带着顾喜彤来了，只说："这种时候愿意跟小星在一起，是个好姑娘，小星，你要珍惜。"

　　陆灏年精神状态倒是不错，还有心思开陆展年的玩笑："老弟，你终于把姑娘追到手了，不容易啊。"

　　陆展年想抹眼泪，陆灏年嘲笑他："哭什么，没什么可哭的，你记住，以后你就是陆家唯一的男人了，是顶梁柱了，要把你身边这三个女人照顾好。"

　　"我会的。"他坚定地说。

陆蓁蓁硕士即将毕业,她打算放弃在英国的工作和男友回国,但陆环宇和秦月都不同意,陆环宇还坚决要求秦月去英国跟陆蓁蓁生活。

打理完杂事,秦月随陆蓁蓁去了英国,陆展年和顾喜彤留在了国内。经此重大变故,陆展年像是一下子成熟了很多,毕竟像哥哥说的一样,现在他是陆家唯一的男人了,要承担起应担的责任。

父亲刚出事的时候,他以为自己这辈子都完了,但在爱丁堡机场见到顾喜彤时,当她吻上他的唇那一刻,他知道,他重新活过来了,他不会放弃,他会坚强,会振作起来,会变得强大。

从前的他衣食无忧,生活在温室里,但从今以后,他会是和她一起飞翔在原野上的鹰,不畏惧任何风霜雨雪。

他曾经也痛恨过命运的安排,恨它让他晚于韩冬屿遇上顾喜彤,让他没能成为那个救她一命的人,所以他无论怎样努力,都得不到她的爱。到现在他才明白,不是这样的,原来这世间的一切都自有它的安排,就像他们之间,只有经历了这些,他才能成熟起来,而她也才能看清自己的心,才能放下韩冬屿,才能给他全部的爱。

顾喜彤原本害怕陆展年会一蹶不振,还好,他很坚强,也很乐观,没有了父母的保护,他一下子成长为一个独当一面的男人,让她觉得安心又可靠。旁人也许会觉得她傻,从前陆家那么有钱,她不和陆展年在一起,现在他一穷二白了,她却坚定地选择了他。

或许不是她选择了他,而是命运选择了他们。

如果不是面临失去陆展年的威胁,她不会正视自己的心意,如果陆家还是从前那个陆家,她在他的家人眼里也许会是一个妄图飞上枝头变凤凰的拜金女。

现在他们一起从头来过,他们都是对方的依靠。

其实这么多年来,他从来都是她的依靠,只是她从前没发觉而已。她曾经以为她要的爱情应该是救赎，是希望，她以为韩冬屿就是她的爱情所在，为了他，她放弃了全世界，却从来没有被珍惜。她以为爱是软肋，爱上韩冬屿，从前冷漠孤傲、百毒不侵的她就有了软肋，可陆展年让她明白了，爱是软肋，也是盔甲。

这么多年以来，他的爱一直像盔甲一样保护着她，在她受伤时，在她低落时，在她失意时，在她孤独时……只是她从来没发觉。

而对他来说，她也是他的软肋和盔甲，他为她担忧为她欢喜，她是唯一能伤害他的人，却又是唯一轻易就能让他快乐的人。她给他勇气，让他强大，让他即使面对家族的巨变甚至是人生的巨变，都不会害怕。

她似乎明白得有点晚，但对她所拥有的余生而言又不算晚，因为，此刻就是最好的一刻，是最早的一刻，是最恰当的一刻。

她终于有一点点体会到那句在电影里听过无数遍的结婚誓词：无论顺境或是逆境、富裕或是贫穷、健康或是疾病、快乐或是忧愁，我将永远爱你、珍惜你。

她知道未来还很长，他们还会面对很多风雨，但从现在开始，他们都有了盔甲，他们不会再害怕。

后记

要努力做更好的自己

—————— *The original or meet you* ——————

　　《原来还是遇见你》是我写得最久的一本书，从最初动笔到最后定稿，接近两年，这中间，我写了《云深不知处》，直到《云深不知处》完稿，我才重拾这本书。这时候回头看当初写的七万多字，感觉很多东西都变了，我经历了很多，我的生活变了，我想表达的东西也有所变化了。

　　最初构思这本书时，我只是想写这样一个女孩子，她受过伤害，没有人可以依靠，为了保护自己，她不得不像刺猬一样竖起浑身的刺，变得冷漠而自私，甚至有些为达目的不择手段。她曾经遇到过一个给过她一丝温暖的人，后来她找到他，爱上他，为他付出所有，她深陷其中，执迷不悟，即使一次次被伤害被牺牲，也从未想过要回头。对她来说，当初那一丝温暖就是她绝望生命中唯一的救赎，她需要这样的救赎，她渴望这样的救赎，以至于忽略了那个真正爱她，一直守在她身边，无论发生什么也不曾离开过的男孩。

　　我曾经写过的故事里，绝大部分都是BE，那时候我总觉得，只有悲剧才让人印象深刻，让人念念不忘，所以对这个故事，我最初的设想也是悲剧，在那个版本里，无论是顾喜彤还是陆展年还是韩冬屿，他们都没有获得幸福。但过去这么久，当我重新写这本书时，我决定改变原来的构思，于是就有了现在这个结局，这个以一个温暖的吻而结束的结局。

因为啊，我觉得现实生活已经足够残酷了，人生中已经有太多悲苦了，而故事里的顾喜彤，她已经受过太多伤害，但她从未放弃，这样的她，值得一个温暖的结局。

故事以汶川地震为大背景。其实，我们一生当中，就算没有遇上地震，也一定会遇上这样那样突如其来的困难和不幸。到我写这篇后记的时候，汶川地震已经过去八年了，八年前，很多人的人生因为这场灾难被改变，这其中有些人走过那段黑暗，生活越来越好，但有些人呢？

一些如顾喜彤和韩冬屿一样的人，他们的生活发生翻天覆地的变化，却没能越来越好。

他们该怎么办呢？怎样挺过命运赐予的兜头而来的风暴？所有那些善良努力的无辜的人，遇上人生中突如其来的不幸时，该怎么办？

也许一开始都是会怨恨的吧，怨天怨地，怨命运的不公，怨自己明明就什么都没做错，为什么却要接受这些不公，要经历这一切的痛苦。

但怨恨是没有用的。生活已然如此，我们唯一能做的，就是擦干眼泪，挺起胸膛，向前，再向前。可能还是会受伤，会遇到很多挫折，可能还需要跌跌撞撞地走很久，挨过很多苦，在无人的地方一个人掉很多眼泪。

但没关系的，真的，只要你足够勇敢，内心足够强大，你一定会挺过去，伤口会愈合的，人生也会慢慢好起来的。

故事里的顾喜彤始终有陆展年陪在身边，但现实中的顾喜彤，也许很难遇见一个陆展年。我曾经看过一个老剧的片段，那个女生说，你爱他，他也爱你，这本身就是奇迹啊。

是的，爱情是一个奇迹，你爱的人刚好也爱你，应该是最大的幸运。更难的是，在未来漫长的生活中，在经历那么多风风雨雨，发生那么多变化之后，你们仍然相爱。

写这篇后记之前，有个朋友发了一条微博，大意是我们该怎样确定真爱。我回复她说，我觉得真爱是确定不了的。这其实并不符合我们写故事的人一直在描述的东西，在我们所有人写的故事里，一定都有真爱这个东西，一定有一个人，或者是男女双方，为了真爱不顾一切。

我曾经也以为你认定的那个就一定是真爱，现在我突然明白，这世上只有变化是不变的，其他的一切都在变，两个相爱的人在以后的生活中都会变，会成长，会有新的想法。所以我觉得这世上最幸运的事，应该是你们相爱，然后你们步伐一致，你们都变了，都成长了，你们的爱情也一起成长了。

Soulmate是存在的，在每一个当下。

但愿每一个善良的人都能遇上自己的软肋和盔甲，都能拥有自己的soulmate。

更愿每一个还没遇见你的软肋和盔甲的人，甚至这一生都不曾跟自己的soulmate相遇的人，也能找到自己的乐趣，拥有一个笃定的快乐的人生。

《生活大爆炸》里面的Sheldon在好友婚礼上说过这样一段话：人穷尽一生追寻另一个人类共度一生的事，我一直无法理解，或许我自己太有意思，无需他人陪伴，所以，我祝你们在对方身上得到的快乐，与我给自己的一样多。

所以，就算你暂时没有遇见那个人，或者失去了那个人，或者永远都不会遇见那个人，也不要怕。

写完这本书之后，我的生活发生了很大的变化。在很深很深的夜里，我也思考过，人生来到这个局面，接下来的路该怎么走。

未来会发生什么，谁都不清楚，命运要赐予什么，我们永远无法预测。那，就坦然接受，坦然面对吧。我一直相信，无论如何，人生都是很值得过的，来这世上活一回就是赚到，悲欢离合都是必然的体验。

这本书，献给我的软肋和盔甲，陈小淘，谢谢你，谢谢你让我成为更好的自己，谢谢你给了我面对一切的勇气。因为你，无论发生什么，我都永远不会放弃。

2016.8.2于家中

扫一扫看更多图书番外，作者专访